風を紡《つむ》ぐ

針と剣 縫箔屋《ぬいはくや》事件帖

あさのあつこ

実業之日本社

〔目次〕

装画　田尻真弓
装幀　松田行正

風を紡ぐ

針と剣　縫箔屋事件帖

一　桐《きり》唐《から》草《くさ》入《いり》珊《さん》瑚《ご》玉《だま》模《も》様《よう》

雑巾を固く絞る。

それを二つに畳んで、両手を載せる。

お尻を上げ、腕に少し力を込める。

小袖だと裾が割れて、あまり前屈《まえかが》みになれない。その点、道着だと遠慮なく足を踏み出せる。何より動きやすい。道着に着替えると、不思議なほど心身が軽くなるのだ。

「みんな、いい。行くわよ」

おちえは左右を確かめ、声を掛ける。右に二人の少年、左に三人の少女がやはり雑巾に手を置いて、おちえを見詰めていた。

「よし。雑巾がけ、始めっ」

おちえの一声と同時に、五人の少年少女たちが飛び出す。おちえは一息分遅れて、雑巾を前に押し出した。

「うわっ」。小太りの少年が身体《からだ》をぐらつかせ、そのまま床に転がった。春太郎《はるたろう》という古手屋の息子だ。三日前に入門してきたばかりだった。

「春ちゃん、身体がぐらぐらしてるよ。手や足ばっかりに力を入れないで」

たかが雑巾がけと嗤《わら》うことはできない。真っすぐに、そこそこの長さを拭き通すには身体の均衡を保つ力がいるのだ。それは、竹刀《しない》を握って立つ場合も同じだ。

揺るがない身体、揺るがない心がいる。

足を地につけ、構える。切っ先は微動だにしない。けれど、柔らかく縦横に動きもする。動と静、剛と柔。二つを兼ね備えて、初めて剣は生きる。

と、おちえは剣の師、榊一右衛門《さかきいちえもん》から教わった。

揺るがない身体、揺るがない心。これが、何とも難しい。

もともと、人は揺らぐものだ。心はとりわけ容易《たやす》く揺れ惑う。幻に騙《だま》されるし、わかっていながら過ちを犯す。どんなに鍛えても隙をなくすことはできない。厄介で面倒だ。

「そんなの、当たり前じゃねえか。人の心ってもんが、きっちり定まって揺れもずれもしないとなると、こちとら、お手上げだ。いや、縫箔屋《ぬいはくや》はみんな、どうしようもなくなるぜ」

父の仙助《せんすけ》はそう言って、両手を肩のあたりまで上げた。

あれはいつだったか、榊道場が、さる事件のために閉門を余儀なくされたすぐ後だったろうか。心の拠《よ》り所《どころ》でもあった道場を唐突に失ったことで、おちえは狼狽《ろうばい》したし、我を失いそうな心細さに襲われもした。己の弱さ、脆《もろ》さを思い知った。それで、つい弱音を吐いてしまったのか……。いや、違う。あのときは耐えたのだ。現《うつつ》を受け止め切れず、どこか気持ちが痺《しび》れていたために、かえって、痛みの全てを感じずにすんだのかもしれない。

弱音を吐いたのは、ついこの前だ。

道場の再開がなかなか思い通りに進まず、忌まわしく、おぞましいあの事件について根掘り葉掘り問われたり、面白半分にからかわれたり、「榊道場？　例の一件のかい。え？　再開する？　あんな事件に関わっていたのにか？」「悪いけど勘弁してよ。力になんてなれないよ。事が事だけにねえ」とあからさまに拒まれたりして、心が萎えかけていた。けれど、せっかく摑《つか》んだ、道場再開という明かりを手放すつもりには到底なれない。気力を奮い立たせる。また、萎えようとする。奮い立たせる。その間で心は揺れて、揺れてどうしようもなかった。疲れてしまう。父親と向き合って、他愛ない話をしていたとき、愚痴とも弱音ともつかない、どちらもが入り混じった一言二言が口から零《こぼ》れてしまったのだ。

「おとっつぁん、あたしね、あたしなりに剣の修行をしてきたつもりなのに、心の方はちっとも強くなってなかったよ」

と。仙助は耳掃除をしていた手を止め、首を傾《かし》げた。

「うん？　何のこった」

「だからね、気持ちがあっちこっちして、ちっとも落ち着かないの。揺るがず、騒がずなんて心境にはほど遠いわけ。何だか情けなくて……」

おちえがため息を吐《つ》く前に、仙助が「そんなの、当たり前じゃねえか」と言った。

「人の心ってもんが、きっちり定まって揺れもずれもしないとなると、こちとら、お手上げだ。いや、縫箔屋はみんな、どうしようもなくなるぜ」

「は？　それこそ何のことよ。あたしはあたしの話をしてんの。おとっつぁんの仕事とは関わりないでしょ」

仙助は、八名川町《やながわちょう》の縫箔屋『丸仙《まるせん》』の主《あるじ》であり、当代随一の縫箔師と評判の職人でもあった。刺繍《ししゅう》や鹿《か》の子《こ》に技巧を凝らした豪奢《ごうしゃ》な小袖は、慶長《けいちょう》に始まり元禄《げんろく》で隆盛を極め、寛文《かんぶん》で結実したと言われる。しかし、今の小袖の様式は友禅を筆頭とする染めが主流で、刺繍、縫箔は脇役でしかない。それでも、廃れてしまったわけではなかった。主役の座を降りても、染め模様の色彩をさらに鮮やかにし、奥行きや厚みさえ感じさせる縫取りの技、密な針目による平縫や纏《まと》い縫によって引き締まった美を生み出す手法は磨かれ続けてきた。

昨年の初め、梅が風に香るころ注文を受け、今年の仲秋、薄《すすき》が風になびくころ仙助の仕上げた一枚は、鹿の子絞りの隙間に細かな唐草と珊瑚玉《さんごだま》を刺した逸品で、地が見えなくなるほどびっしりと模様を施した地無《じなし》小袖だった。

桐唐草入珊瑚玉模様。

注文主は本所深川《ほんじょふかがわ》随一の大店《おおだな》の主、大和屋庄八郎《やまとやしょうはちろう》。大和屋は鹿の子絞りと刺繍を多用した寛文小袖に近い物をとあえて望み、仙助は、その望みに十分に応えた。『丸仙』の技が、かつての絢爛《けんらん》でありながら優美、斬新でありながら品位を感じさせる意匠を蘇《よみがえ》らせたのだ。

父親の為《な》した仕事が、為してきた仕事が、おちえは誇らしい。心から誇らしい。世間から誉《ほ》め称《たた》えられながら、高慢になるでなく、ひけらかすでなく「縫箔屋が縫箔の技を磨いていくのはあたりまえだろうが」と本気で言い切る性分も誇らしい。

しかし、あのときは父の受け答えを頓珍漢に感じた。揺れ惑う心をどうにかしたくて、ほろりと弱音と愚痴の混ざりあいを口にしたのに、あっさりいなされた気がして腹も立った。

「花は散って花になり、人は惑うて人になるって、知ってるか、おちえ」

「知らないわよ。なにそれ、端唄の一節？」

「なんだ知らないのか。これはな……うん？　あれ、出所がどこか忘れちまったな。まあ、いいやな。おれの言いたいのは、人の心ってのは、ぐらぐらしてくれなきゃ困るってことさ」

「困るって、どうして」

「うーん、おれらは絵師に近《ちけ》えとこもあってよ、ああ、きれいだとか、おもしろいとか、そんな風に思ってもらってなんぼってとこもある仕事じゃねえか」

「うん、そこはわかるけど……」

「だろ？　けど、心がかちんかちんに固まっていちゃあ、きれいもおもしろいもねえ。ぐらぐらして、泣いて笑って怒って悲しんで、そういうやつじゃねえと縫箔の美しさにも、染めの鮮やかさにも、模様のおもしろさにも惹《ひ》かれたりしねえのさ。だからよ、おまえがあれこれ悩むのも、がっかりするのも、途方に暮れるのも、こっちにしたらありがてえんだ。心が柔らかく動いてる証《あかし》だからよ。人らしいじゃねえか。人は惑うてこそ人ってもんさ」

「……よく、わかんないなあ」

おちえは正直に告げた。

よくわからない。わかったのは、仙助が仙助なりに娘を励まそうとしていることだ。不器用で回りくどいけれど、誠のある励まし方だった。仙助らしい。

少し、元気が出た。弱くて迷うばかりの自分を何とか受け止められる気がした。

「おとっつぁん、ありがとう」

小声で礼の言葉を伝えたけれど、仙助は聞こえないふりをして、また、耳掃除を始めた。

あれから、いろんなことがあった。これからもあるだろう。

今でも、おちえの気持ちは上がり下がり、右に揺れ左に傾《かし》ぐ。迷うし、狼狽《うろた》える。後の悔いなんて、しょっちゅうだ。でも、今日は晴れ晴れと澄んでいる。雲一つない碧空《へきくう》のように、まぶしく照り輝いている。

榊道場が息を吹き返した。再び、動き始めたのだ。

ずっと閉じていた門を開け、庭の草を抜き、二日がかりで道場を掃除した。大工を頼んで、傷んだ場所の修繕を済ませ、新たに門弟を募った。

以前の通り、元に戻った……とは、とても言えない。

高弟の一人が江戸を震え上がらせた娘殺しの下手人であったこと、その関わりで師範代の沢《さわ》原荘吾《はらしょうご》が自刃したこと、一右衛門がめっきり老け込んで、度々床に臥《ふ》すようになったこと等々、様々な負の因が重なり、おちえが入門したころの活気にはほど遠いのだ。

剣に身分無し。志あるのみ。

一右衛門の信念に沿い、榊道場には身分による分け隔ては、ほとんどなかった。町人も入門でき、武家の子弟と同じ場、同じ刻《とき》に稽古に励めた。それを厭《いと》って離れていく武家もいたが、伊上源之亟《いがみげんのじょう》のように一分も気に掛けず接してくる門弟も多かった。闊達《かったつ》で、のびやかで、誰も拒まない。それが、榊道場の気風だった。おちえがどうしようもなく惹かれた気質だ。しかし、あれだけの出来事を経てきた。正直、昔日と同じ活気、気風を呼び戻せるかどうか、心許《こころもと》ない。とてもとても心許ない。

それでも、おちえは幸せだ。

道場に立てる。道着を身に着けられる。竹刀を握れる。稽古ができる。

幸せ過ぎて、眩暈《めまい》を覚えるほどだ。

昔と同じ生き生きとした気配はなくとも、あの気風を忘れずに励むことはできる。そう思えば、心は奮い立ち、生気がみなぎってくる。それは、幸せと呼ぶしかない情動だった。

「はい、雑巾を裏返して、向きを変えて、同じように真っすぐに拭くのよ。始めっ」

おちえは声を張り上げ、両の手を打ち鳴らした。

子どもたちがある者は軽やかに、ある者はよたよたと拭き掃除を続ける。息を弾ませている子も、乱れぬ足取りの子も、笑っている子もいる。その向こうでは、大人たちが板壁や武者窓の埃《ほこり》を払っていた。竪格子《たてごうし》の間から日の光が差し込み、帯に似た幅広の筋を作っている。床の一部を新しく張り替えたので、芳しい木の香りが漂う。それは、息を吸うごとに身の内に滑り込んできた。

「おぉ、みんな励んでいるな。偉いぞ」

背後で大声が響く。驚いた子どもたちが一斉に身を縮めた。その拍子に、春太郎がまた転がり、今度は肘でも打ったのか泣きそうな顔つきになった。

「もう、伊上さまったら、どうしてそんな素っ頓狂な声を出すんですか。みんな、びっくりしちゃうでしょ」

「は？　素っ頓狂？　おちえ、何てことを言うんだ。おれの美声は誰もが知るところだぞ」

「誰も知りませんよ。あたしだって、今、聞いたばかりなんですから。ともかく、ここは戦場《いくさば》でも大通りでもなく道場ですからね。普段の声で十分、聞こえますから」

「普段から、これくらいの声だろうが。おちえこそ、口うるさすぎるぞ。ああ、耳に響いて、頭が痛くなるほどだ。ときを告げる鶏だって、もう少し静かなもんだ。あれ？　ときを告げるのは雄鶏《おんどり》だったっけな」

「まっ、鶏と一緒にするなんて失礼しちゃう」

おちえは頰を膨らませ、横を向いた。すぐ後ろで、お若《わか》たちがくすくす笑っている。

伊上源之亟は、かつて榊道場の四天王と呼ばれたほどの強者《つわもの》で、道場を立て直すべく、中心となって働いた人物だ。

源之亟の奮闘がなければ、こんなに早く門は開かなかったはずだ。

奮闘。ここ一年あまりの源之亟の働きを表そうとすれば、その二文字しかない。おちえも、むろん懸命に動いた。金策に、力を貸してくれる人々の掘り起こしに、門弟を集めることに奔走してきた。早朝に家を飛び出して、木戸の閉まるぎりぎりまで帰らない日も何日かあって、さすがに母のお滝《たき》にこっぴどく叱られた。

台所の板敷に座らされ、半刻近く説教されたのだ。

「おちえ、年が明けたら、おまえは幾つにおなりだい」

「……十八」

「そうだね。十八だね。娘の盛りが過ぎようかって年じゃないか。そういう年頃の女が、お日さまが沈んでから、あちこちするんじゃないよ。お江戸の夜は怖いんだ。何が起こるか、わからないだろう」

「あたしが襲われるとか、さらわれるとか、そんなこと心配してるんだったら、大丈夫よ。念のために竹刀を持ち歩いてるから」

おちえの剣才は抜きん出ている。一右衛門をして「我が道場でおちえを負かせるのは沢原一人だろう」と言わしめた力量だ。つまり、源之亟たち四天王をもってしても敵《かな》わないと師範自ら認めたことになる。認められて嬉《うれ》しくはあるが、有頂天にはならない。町人で、しかも女の身であれば剣才を生かす道は、ほぼない。

戦国の世は遥《はる》か昔だ。男であっても、武家であっても剣を生きる糧にできるのは、ほんの一握りに過ぎないのだ。それが、太平の世の理《ことわり》だ。道場から一歩出れば、女だてらに剣士気取りかと揶揄《やゆ》されることはあっても、誉められることなどめったにない。

でも、おちえは剣が好きだった。竹刀を握り、息を整え、相手と向かい合う、その一瞬が、存分に打ち合った後の清々《すがすが》しさが、己を高めていく日々に満たされる心が、道場の稽古だけが与えてくれる諸々《もろもろ》が好きでたまらなかった。それだけだ。

今が、人と人とが殺し合う戦の世でなくてよかったと心底から思うし、白刃を握っての真剣勝負など微塵《みじん》も望まない。ただ、並でない剣の腕は、江戸の夜に湧いて出てくる破落戸《ごろつき》や遊び人など、悪たれ連中から守ってくれるとは信じている。

「おふざけじゃないよ」

お滝が怒鳴り、床をこぶしで叩《たた》く。

おちえは身を竦《すく》ませた。

「何が心配するなだ、何が大丈夫だ、だよ。まったく世の中をどこまで舐《な》めたら気が済むんだい。この馬鹿。現ってのはね、芝居や読本とは違うんだよ。女を襲おうかってならず者が徒党を組んでやってきてごらん、ちっとばかり剣が使えたって敵うわけがないんだよ。それとも、おまえは何かい、剣を片手に大の男をばったばったとなぎ倒せるとでも考えてるのかい。だとしたら、とんだ大馬鹿だよ。ほんとに、この馬鹿娘が」

「いくらおっかさんでも、そんなに馬鹿、馬鹿って言わないでよ」

「馬鹿を馬鹿と言って、どこが悪いんだよ。馬鹿でなかったら、娘の分際も弁《わきま》えられない大あほうのこんこんちきだよ」

「そこまで罵るなんて……ひどい」

俯《うつむ》いて、両手で顔を覆う。

そこに、仙助がのそりと入ってきた。

隣の部屋で母娘《ははこ》のやりとりに聞き耳を立てていたのだ。辛抱できなくなって、障子戸を開けてしまったのだろう。

「お滝、もういいじゃねえか。おちえだって、よーくわかってるさ。今日はちっとがんばりが過ぎて、こんな時刻になっちまったが二度目はねえよ。そうそう過ちを繰り返したりするもんか。そこを汲《く》んで、許してやんな」

「三度目だよ」

亭主を横目で睨《にら》み、お滝は指を三本、立てた。

「へ？」

「おちえが丸一日家を空けて、木戸が閉まろうかって刻に泥棒猫みたいにこそこそ帰ってきたのは、今日で、都合三度目になるのさ」

「今度は泥棒猫呼ばわりなの。おっかさん、あんまりだわ。で、でも、ごめんなさい。あたしが……あたしがいけなかったの。ううう」

「あ、おちえ、泣くな。わかったわかった、もういいって。お滝、おちえが泣いて謝ってんだ。今日だけは許してやれよ。遊び歩いていたわけじゃなし、浮かれ騒いだわけじゃなし、大目に見てやれって」

お滝がふんと鼻を鳴らした。

「あんたも馬鹿だね。とんだ親馬鹿さ。こんなの嘘泣《うそな》きに決まってるだろ。おちえ、おまえも親に怒鳴られるのを覚悟で走り回ってんだろう。だったら、嘘泣きで誤魔化そうなんて、姑息《こそく》な真似《まね》をするんじゃないよ。おまえは『丸仙』の娘だ。もっと潔くおなり」

「す、すみません」

母の一喝に背筋が伸びる。両手をつき、深々と低頭する。

「おっかさん、申し訳ありませんでした」

「嘘泣きで誤魔化そうとしたことかい。こんな刻まで帰らずに親に心配をかけたことかい。どっちを謝ってんだ」

「どちらもです。どちらも、あたしが浅はかでした。もう二度と、こんな真似はしません。ほんとうに、ごめんなさい」

本気で謝る。本気で恥ずかしかった。

そうだ。覚悟していた。

家の仕事を放り出して、夜まで家に帰ってこないのだ。お滝に説教されるのも、嘆かれるのも覚悟の上だったはずだ。なのに、なんとか誤魔化せないかと考えてしまった。仙助の親心につけ込もうとした。

「中途半端じゃ結局、何にも手に入らないんだ。よく覚えときな」

「はい。肝に銘じます」

「うん？　ちょっと待てよ。お滝、おめえ、それじゃあ、おちえのやってることを認めてるみてえに聞こえるぜ」

口を挟んできた亭主を、お滝はまた睨みつけた。睨みつけられた仙助が身を縮める。

「しょうがないだろ。蔵にでも閉じ込めない限り、どうせ明日も飛び出していっちまうよ。そういう娘なんだからさ。けどね、おちえ、どんなに強くても、剣の腕が立っても、おまえは嫁入り前の娘なんだ。日が暮れる前には、必ず帰ってくるんだ」

「はい」

「台所の片付け、掃除、翌日の朝の用意。それだけは何があっても自分でやる。わかったね」

「はい」

「その後、お針の稽古をする。毎日、欠かさずだよ」

「ええっ、そんな。それはあまりに殺生よ、おっかさん」

「お黙り。十八になろうかという娘が浴衣の一枚も満足に縫えなくてどうするんだい。竹刀じゃなく、お針の稽古をたっぷりしてもらうからね」

そこで、お滝は凄艶な笑みを浮かべたのだ。

娘のころ、美貌と気風《きっぷ》の良さで評判を呼んだお滝は、三十路《みそじ》の半ばを過ぎた今も瑞々《みずみず》しい色香を保っている。容姿ではなく、その気質に惚《ほ》れ込んだ仙助がお滝の許に通い詰め、嫁入りを承諾させたと、おちえは聞いていた。百日間、通い詰め、百日目に深草少将《ふかくさのしょうしょう》と小野小町《おののこまち》を縫い表した打掛を持参し、お滝はそれを花嫁衣裳《いしょう》にして嫁いできたとも。

「馬鹿馬鹿しい。お大尽じゃあるまいし、町方の女が打掛なんか着て嫁にいくわけなかろうさ。だいたい、深草少将は想《おも》いを遂げられず亡くなったんじゃないか。そんな悲恋ものを花嫁衣裳に使うはずがないだろう。験《げん》が悪すぎるよ。おまえのおとっつぁんが持ってきたのは、打掛じゃなくて今川焼だよ。今川焼。神田《かんだ》今川橋まで足を運んで、焼き立て熱々を十個さ。それを懐に抱えてきたもんだから、胸んとこが火傷《やけど》すれすれみたいに赤くなっててね。『ひりひりする。

痛い、痛い』って。ほんと、あれには呆《あき》れちまったよ。まあ、今川焼は評判通りの味で、美味《おい》しくはあったけどね」

お滝はそう言って笑いはしたが今川焼にほだされて、仙助の女房に納まったわけではあるまい。熱々の饅頭《まんじゅう》を冷めないように抱えてきた男を憎からず思ったに違いない。仙助の方は勝ち気で情け深く、口達者でしっかり者の女房に今でも惚れ込んでいるし、頼りにしているし、尻に敷かれているようだ。

仙助も、そして、ぶつぶつ言いながらお滝も榊道場の立て直しに加勢してくれた。道場の改築を安く請け負ってくれる大工を連れてきてくれた。町内の主だった商家に掛け合って出捐《しゅつえん》を募ってもくれた。

親には恵まれたと、おちえは心内で何度も手を合わせたものだ。

周りに助けられ、源之亟と共に頑張り続け、やっとここまで辿《たど》り着けた。

「伊上師範代とおちえ先生って、ほんと仲がいいね」

お若がにっと笑う。

道場の再興を待ち望んでいてくれた一人だ。父母を早くに亡くし、祖母のお秋《あき》と暮らしている。そのお秋は、かなりの金子《きんす》を道場のためにと差し出してくれた。お秋の助けがなかったら、榊道場の門はまだ閉じたままだったろう。

「仲がいいわけないでしょ。お若ちゃん、何を言ってるの」

お若に、わざと仏頂面を向ける。

「そうかなあ。すごく、楽しそうに見えるけど」

「おお、楽しい、楽しい。おちえはおれといるのが楽しくてたまらんのだ。お若、よくぞ見抜いた。これほど楽しいのなら、もう夫婦《めおと》になるしかないと思わんか。思うだろう？　そうだ。いっそ、この道場を借りて祝言を挙げるか。門人みんなから祝ってもらうのだ。仲人はむろん、榊先生と奥さまにお頼みする。うむ、我ながらなかなかの妙案だ」

源之亟が笑みながら、何度も頷《うなず》く。

「伊上さま、どうして、そう軽々しい口を利くんです。道場がこれからってときに夫婦だの、祝言だの言ってる場合じゃないでしょ。そんなもの、とっとと横に回してくださいな」

「横に回すのはいいが、いつかは正面に戻して、じっくり話し合わねばならんぞ」

「もう、いい加減にしてくださいったら」

おちえが源之亟の腕をぴしゃりと叩いたとき、背後で「あの……」と遠慮がちな声がした。

振り返ると、まだ前髪を残した少年が立っている。

「佐久弥《さくや》、どうかしたか？　あちらはだいたい片付いたのか」

「あ、はい。掃除はほぼ終わりましたが……」

山岸《やまぎし》佐久弥がもごもごと答える。お若と同じ十一歳のはずだが、小柄なせいか八、九歳にしか見えない。源之亟の遠縁にあたるとかで、道場の再開とともに入門してきた。

「あの、それで……えっと……」

気弱なのか、はにかみの強い性分なのか、要領を得ない話し方をする。深川の職人の娘としては、こういう、もたついたしゃべりが苦手の上にも苦手だ。つい、苛立《いらだ》ってしまう。

何をもごもご言ってるの。もっと、しゃきしゃきしゃべりなさい。

と、叱咤《しった》したくなるのだ。とはいえ、人の性質は十人十色だ。それぞれに長所も欠点もある。何が長所でどこが欠点なのか、判じられないことも多い。容易く叱咤したり、苛ついてはいけないと、おちえなりに学んできた。それに、せっかく門を潜《くぐ》ってくれた大切な門弟だ。叱りつけて辞められでもしたら、源之亟に申し訳ない。

おちえは唇を結び、佐久弥から目を逸《そ》らした。

「うん、何か気になることでもあったか」

源之亟は苛立つ様子もなく、前屈みになる。佐久弥の話をちゃんと聞くつもりなのだ。こういうところは敵わないなあと、思う。

相手が若かろうと老いていようと、貧しかろうが富んでいようが、誰であっても真剣に話しかけてきた者には真剣に耳を傾ける。源之亟にとってはごく当たり前の行いなのだろうが、おちえには、いや、大抵の者にとっては難しい。つい、急《せ》かしたり、軽くいなしたり、適当に受け答えたりしてしまうのだ。

伊上さまは偉いわ。がさつでいい加減で、大食いで、図々しいところがあって、やたら声が大きいのはいただけないけど。

心の内で呟《つぶや》くと笑いだしそうになった。慌てて口元を押さえる。

「はい、あの……わたしが今朝方、庭の草を片付けておりましたら……」

「ふむ。夏の間に伸びるだけ伸びた草だから難儀しただろう。ご苦労だったな、佐久弥」

「あ、いえ、そんな」

佐久弥がかぶりを振る。しかし、労《ねぎら》われて嬉しかったのか、口元が綻んだ。

「そのとき、門の外から武家の形《なり》をした男が一人、中を覗《のぞ》いておりました」

「武家が？　ふーん、入門を望む者かな」

「わたしもそう思いましたが、声を掛けるのを臆してしまって……すぐに、姿が見えなくなったのでそのままに、放っておいたのですが、さっき、道場の壁を拭いていたら……その男が格子の隙間から覗いていて……」

「まあ。気持ち悪い」

つい、顔を歪《ゆが》めてしまった。

「山岸さま、その男の人体《にんてい》はどんな風でした」

「え、人体……」

「そう。太っているとか痩《や》せているとか。優男だとか、伊上さまみたいにいかつい顔だとか」

「おちえ、おれの顔はいかつくなんかないぞ。どちらかと言うと優男の類だろうが」

「伊上さまが優男のわけがないでしょう。山岸さま、どうですか。覚えておられます？」

佐久弥の黒目がうろつく。

「えっと、あの……いかつくはなかった気がします。かといって瘦せていたわけでもなくて……ずんぐりした感じで、顔は、これといって目立つほどじゃなくて……」

「年のころは？　若かったですか。それともお年を召していました？」

「と、年寄りではありませんでした。わたしより、ずっと年嵩《としかさ》のようでしたが、若い方かもしれませんが、二十歳はとっくに過ぎているぐらいの様子で……ちらっと見ただけだから、何とも言い切れませんが」

もごもごと、佐久弥が告げるけれど、いっこうにはっきりしない。

おちえは源之亟と顔を見合わせた。

「やはり、入門を乞いに来た者じゃないのか」

源之亟は、あっさりと言った。さほど気にしていないらしい。

「入門したくて門や窓から覗いていたんですか？　いい大人が？」

おちえの脳裏にふっと閃《ひらめ》くものがあった。

もしかしたら……。

「じゃあ、何事かと様子を見に来た野次馬ってやつかもしれんな。なにせ、急に賑《にぎ》やかになって人が出入りし始めたんだから、気にもなるだろう」

「誰が気にするんです」

「うん？　誰とは？」

「この道場が賑やかになって、気になる人って誰ですか。わざわざ中の様子を気にする人って、誰だと思われますか、伊上さま」

源之亟の眉がひくっと動いた。

「おい、まさか」

おちえの返答を待たず、源之亟は身をひるがえして外に出て行った。おちえも後に続く。

道場を飛び出したとたん、風が吹きつけてきた。

冷たい。柔らかく地を照らす光とはうらはらに、風は涼やかを通り過ぎて冷たささえ感じさせる。そのくせ、どこか湿り気もはらんでいるようだ。

小春日和は今日で終わり、明日からは空模様が怪しくなるのかもしれない。一雨ごとに冬に近づく季節でもあった。

「おい、池田《いけだ》」

寒さも暑さも吹き飛ばすような大声がぶつかってくる。おちえは思わず両の耳を塞いだ。

門の内に佇《たたず》んでいた武士が大きく目を見張る。通りに飛び出し、走り去ろうとする。

「池田、待て。なぜ、逃げる。あっ、わわっ」

石畳につまずいて、源之亟がたたらを踏んだ。おちえはその横をすり抜けて、走る。

「池田さま、お待ちください。池田さま」

逃げる男が後ろを振り向く、その拍子に足がもつれたのか大きくよろめいた。おちえは、思いっきり地を蹴ると、男の腕に縋《すが》りついた。

「池田さま、逃げたりしないで。駄目、駄目です」

「わわわわ、おちえ、放せ。往来でなんて真似をするか。止《や》めろ、放せって」

「放しません。池田さまが道場に戻ってくださると言わない限り、縋りついてます」

腕にさらに力を込める。赤ん坊を抱いた女、店者《たなもの》らしい男、番付売り、豆腐の棒手振《ぼてふり》、肩あげをしている子どもたち、二本差しの武家……。通りを行き来する者たちが、おちえと男を眺め、ある者は笑い、ある者は肩を竦め、ある者はこそこそ話しながら遠ざかっていった。

「なんだ、なんだ痴話喧嘩《ちわげんか》か」「あらまあ、昼日中から天下の往来でねえ」「捨てられた女が縋りついてるのかしらね」「けど、女は道着姿だぜ」。そんな声が耳に届く。構ってなんかいられない。恥ずかしいとも感じない。

「止めろ、おちえ、止めてくれ。頼むから手を放してくれ」

男、池田新之助《しんのすけ》が悲鳴に近い声を上げた。

源之亟と同じく、かつて榊道場の四天王と呼ばれていた一人だ。

伊上源之亟、池田新之助、黒岩九郎《くろいわくろう》、そして八槻要《やつきかなめ》、榊道場の四天王。

その八槻こそが何人もの娘を手に掛け、師範代沢原荘吾を自害に追いやった張本人だった。八槻は捕えられ、既に斬首に処せられている。ずっと虚《うつ》ろな顔つきだった八槻が切腹さえ許されず、縄を掛けられ刑場に引き出されたとき、初めて声を上げて泣いた。泣きながら首を落とされた。そう伝え聞いている。

八槻の犯した罪はあまりに重く、非情なものではあったが、竹刀を交え共に稽古に励んだ記憶は消せない。八槻の処刑を知った日の夜、おちえは夜具に包《くる》まって嗚咽《おえつ》を漏らした。あの一件以来、池田とも黒岩とも、まともに顔を合わせていない。

「わかった、わかったから、もう逃げぬ。だから放してくれ。頼む、おちえ」

「ほんとに、ほんとうですね」

「武士に二言はない」

そこにやっと、源之亟が追い付いてきた。

「よし、捕えたか。おちえ、お手柄だぞ」

「はい。もう逃げないとお約束くださいました」

「いや、油断はならんぞ。容易く手を放すな。しっかり捕まえておけ」

「合点、承知。お任せください」

池田が眉を下げ、口元を歪めた。苦笑したのだ。

「他人を犯科人みたいに言いやがって。全く、相変わらずだなおまえたち。とことんおもしろくて、息がぴったり合っている。似合いの夫婦になれるぞ」

「そんな見込みは万に一つもありません」

何か言い掛けた源之亟をさえぎり、おちえは言った。

「それより、池田さま、道場にお戻りくださいますよね」

「そうだ、そうだ。榊師範に挨拶しろ。どれほど、喜ばれるか。なあ、おちえ」

「はい、それはもうお喜びになられますよ。師範はずっと、池田さまや黒岩さまのことを気に掛けておいででしたから」

池田がすっと横を向く。

「黒岩は出仕が叶《かな》ったそうだ。嫁取りの話も進んでいるとか……」

「まあ、めでたい話ではありませんか。できるならお祝いをしたいぐらいです」

「まことに、まことに。そうか、よかったな。祝い事は何よりだ。黒岩のやつ、なぜ報《しら》せに来ないのだ。水くさいにも程がある」

「馬鹿！」

池田が罵り言葉を吐き捨て、腕を強く引いた。おちえの指だけが空に残される。

「おまえたちは本当に似合いだ。揃《そろ》いも揃ってお人好《ひとよ》しで、どこまでも能天気でな」

「池田さま？」

「黒岩は、もう二度とここに顔を出したりはせんぞ。榊道場との縁はなかったものにしたいのだ。僅かも関わりたくないのだ」

「そんな……。池田さま、なぜそんなことをおっしゃるのです」

「なぜ？　それが現だからだ。榊道場の名は地に落ちた。門を閉めようが、開けようが同じだ。門弟がおぞましい人殺しだった事実は、消えはせん。ずっとついて回る」

冷たい風の中で、池田の額には汗が滲《にじ》んでいた。

「そんな……そんな所の門弟だったと公言して何の得になる。これから出仕を控えている者にとって足枷《あしかせ》、重荷にしかならんではないか。黒岩が榊師範や道場を避けるのは、賢明だ。仕方のないことだ。いや、黒岩だけじゃない、おれだって同じさ」

目元と口元を歪め、池田が薄く笑う。おちえは後退《あとじさ》りしそうになった。

池田新之助とは何度も稽古をした。門弟の中には士分であることに拘《こだわ》り、町人であり女であるおちえとは決して竹刀を合わせない者が幾人かいた。けれど、源之亟も池田も黒岩も八槻も、そんな素振りは一切見せなかった。むしろ進んで、稽古相手を名乗り出てくれた。それは、おちえの剣を認めていたからだ。町人だ、女だと厭う前に少しでも腕の立つ相手との稽古を望んだからだ。武家と町人の間でさえ、さほどに垣根は高くないのだから、武家の内でも身分、家格などへの忖度《そんたく》は皆無だった。道場を一歩出れば、堅牢《けんろう》な上にも堅牢で僅かも揺るがない壁が、この小さな修練の場にはない。だからだろう。門人は並《な》べてよく笑い、おおらかで、かつ、朗らかだった。

池田もそうだ。稽古のときは真剣に、稽古の後はにこやかに談笑している。そんな顔しか記憶にない。なのに、この薄笑いだ。

池田さまが、こんな笑い方をなさるなんて。

背中のあたりがうそ寒くなる。

唐突に、八槻の顔様が脳裏を過《よぎ》った。捕えられた直後、ぼやけた眼差《まなざ》しをおちえに向け、奇妙な笑声《しょうせい》を漏らしたときの顔だ。

けけけけけ。

髪の毛が逆立つほど恐ろしかった。そこには、おちえの全く知らない八槻要がいた。あのときほどではないが、今、目にした池田の薄笑いも、おちえを怯《おび》えさせる。人はなぜ、こうも容易く見知らぬ者に変わるのだろう。底知れない。何を抱え持っているのか、どんな姿を隠しているのか、見当が付かない。

薄笑いのまま、池田は続けた。

「そうさ、同じだ。関わりたくないと思った。おまえたちが、道場を立て直そうと奔走していたのは知っていた。耳にも目にも入ってきた。い、一緒にやりたいと思った。やらなきゃいけないと……。しかし、動けなかった。いや、動かなかったんだ」

池田はもう笑っていなかった。額の汗が大粒になり、一筋、頬を伝う。

「おれにも婿入りの話が来たんだ。おれは三男だし、家督を継いだ長兄には男子が生まれていて……そんなことはどうでもいいな。ともかく、もしかしたら、部屋住みからおさらばできて、それなりの役職につけるかもしれん。そんな機会がやっと巡ってきたかと思えば、榊道場とは関わり合いたくないと……」

「関わり合うなと池田家のご当主から言われたのか」

源之亟の声が低く、掠《かす》れた。池田は何も言わない。言わないことが返事になっている。

おちえは唇を嚙《か》んだ。そうしないと、黙した男を、男の後ろにいる男たちを詰《なじ》ってしまいそうで、詰る言葉を止められなくなりそうで怖かったのだ。

これだから、お武家は嫌なんだ。

家のため、沽券《こけん》のため、保身のためにのみ動く。あるいは動かない。

こぶしを作り、胸の上に置く。

どうしてこの胸にある想いに従おうとしないのだろう。

源之亟が池田の肩を軽く叩いた。

「けど、おまえは来てくれた。恩に着るぞ、池田」

「な、何を言ってる。おれはただ……」

「今日は榊道場の新たな始まりの日だ。おまえは、それをちゃんと知っていた。ずっと気に掛けてくれていたからだろう」

おちえは、あっと声を上げそうになった。

考えてみれば、その通りだ。おちえたちにとっては掛け替えのない場所でも、世間からすれば小さな町道場に過ぎない。門の開閉も、門弟たちの出入りもさしたる関心事にはならない。なのに、池田は様子を窺《うかが》いに来た。おそらくかなりの刻、うろついていたのだろう。中を覗き込み、門の辺りをあちこちし、それでも声を掛けられず佇んでいた。

「無理にとは言わん。けど、あまりややこしくごちゃごちゃ考えても厄介なだけだぞ。『道場がまた始まるとかで、祝いに来ました』なんて、あっさり入ってくればいい。それだけのことじゃないか。師範もよく来たと迎えてくださるに決まっている。師範のご気性は、おまえだってよく知っているだろうが。細かいことを気になさるわけがないのだ。だいたいな、おまえは昔から何かしら考え過ぎの嫌いがある」

「伊上が考えなさ過ぎるのと違うか」

池田が小さく笑った。これは、おちえには馴染《なじ》みの笑顔だ。何となく、ほっとする。

「池田さまのおっしゃる通りだわ。伊上さまは考えるより先に、身体が動くって性質《たち》ですからね。たまには、いろいろとお考えになったらどうですか」

「うわっ、おちえにだけは言われたくない台詞《せりふ》だな」

「まっ、それどういう意味です」

「まんまではないか。頭より身体の方がささっと動くだろう。さっきだって、ものすごい勢いで池田を追いかけ、往来の真ん中で捕まえ、投げ飛ばしてだな」

「投げ飛ばしてなんかいません。勝手なこと言わないでください」

「投げ飛ばす勢いだったぞ。池田などおまえの形相の恐ろしさに竦み上がっていた。まさに、蛇に睨まれた蛙《かえる》のごとき、だ。かわいそうになあ、池田。さぞかし怖かっただろう」

「それこそ、伊上さまだけには面相のことを言われたくありません」

「ああ、わかった、わかった。もういい」

おちえと源之亟の間に、池田が割って入る。

「日中の表通りで、口喧嘩なぞ止めろ。全く、ほんとに」

ため息を一つ吐き、池田は額の汗を拭いた。

「おまえらは、ちっとも変わってないな。昔のまんまだ」

「昔だなんて、池田さま、ご一緒に稽古に励んだのは、ほんの一、二年前のことではありませんか」

池田が目を細め、おちえを見詰める。

「遥か昔のことだ。少なくとも、おれにとってはな。おちえ、駄目だ」

池田はゆっくりとかぶりを振った。

「もう、元には戻らん。おれは、この道場に帰ってくることはできん」

「池田さま」

「おれは、おまえらのことを見て見ぬ振りをしていた。何もせず、遠くから眺めていただけだ。

ずっと、ずっとそうだった。今更、おめおめ戻れるものか。そんな恥知らずな真似はできん。すまん、伊上、おちえ」

一礼すると、池田は背を向け、足早に去っていった。

もう、追えない。追ってはいけない。

八名川町の町並みが、僅かばかりぼやける。

おちえは、泣きそうになっている自分に気が付いた。奥歯を噛み締め、涙をこらえる。

もう、元には戻らん。

池田の一言が刺さってくる。幻でなく、現の痛みを感じる。ずくりずくりと胸が疼《うず》く。

門は開いた。道場にはまた、門弟たちの声や竹刀の音が響く。

しかし、もう沢原荘吾はいない。八槻も黒岩も池田もいない。他にも戻ってこない者たちはたくさんいる。おちえだって、いつまで通えるのか先は見通せないのだ。

正月を迎えたら、十八だ。いつまでも娘ではいられない。男とは違う理由で、女は剣を置かねばならなくなる。その日は、遠くない。あえて考えずここまできたけれど、すぐ間近に忍び寄っているはずだ。あと何年、あと何か月、あと何日、竹刀を握っていられる？

好きなものがお針だったらよかった。

ふっと思った。針なら一生ものだ。女の人生に寄り添ってくれる。習ったことはないけれど、お琴でも茶道でもよかった。諦めなくとも、捨てなくともよかった。何だったら絵とか俳諧でも生涯続けられたかもしれない。

「馬鹿。ふざけんじゃないよ」

お滝の怒鳴り声が生々しい。

「おまえの針の腕で好きとか嫌いとか言えるわけがないだろう。お琴でも茶道でもよかった？お琴や茶道がどれほど大層なものか知りもしないくせに、よく言うよ。ちゃんちゃらおかしいね。おちえ、いい加減に腹を据えて現と向き合いな。いつまでも逃げてんじゃないよ。どこまで逃げたって、逃げ切れるものじゃないんだからさ」

おっかさん、そんなに怒らないで。

耳を塞ぎたくなる。けれど、わかっていた。耳を塞いでも、身を縮めても声は聞こえてくると。これはお滝ではなく、おちえがおちえ自身を叱っているのだと、本当はわかっていた。

腹を据えて現と向き合う。そろそろ覚悟のころだろうか。

「どうして、ああも小難しく考えるかなあ」

源之亟が呟いた。思案の中身を覗き見られたようで、おちえは目を見張る。

「伊上さま、どうして？」

「うん？　おちえはそう思わんか。さっきも言ったが池田のやつ考え過ぎなんだ。それも結構だが、考え過ぎて身動きできなくなったら元も子もあるまい。どう足掻《あが》いたって五十年、六十年の人生だ。短いぞ。やりたいことを躊躇《ためら》わずやらなければ、あっという間に過ぎてしまう。

おれは、道場を立て直したいから、立て直すために走り回った。おちえだって、そうだろう？　それだけに過ぎんよな。なのに、池田のやつ、変な遠慮や引け目を感じやがって。頭でっかちのやつは、これだから困る」

源之亟が腕組みして、唸《うな》った。

「あぁ、池田さまのことでしたか」

「池田より他に誰がいるんだ」

「え？　あ、はい。誰もおりません。確かに、池田さまは考え過ぎるのでしょうね。太刀筋にもそういうところがありました」

池田の剣は整っていた。相手の動きに応じて、実に細やかに変化する。どう受けてどう返すか、どう攻めてどう退くか手本を見るかのようだった。が、その分、先が読める。型を壊して、見知らぬ剣が飛び出してくる驚きがない。突きの一手を得意とし、ずんぐりした体軀《たいく》に似つかわしくない速さで、剣先を突き出してくる。が、それもある程度、ここで来ると読み切ることができた。

「伊上と池田を混ぜ合わせて半分にすれば、類まれな剣士ができようものをな。惜しいのう」

以前、一右衛門が告げたことがある。冗談めかしてはいたが、二、三割は本気が入っていたように、おちえは感じていた。

伊上源之亟の粗いながら抜きん出た剛力を秘めた太刀筋と池田新之助の隙のない柔らかな太

刀筋と。混ざりあえば、確かに無双の剣が生まれたかもしれない。

いいえ、既に生まれていた。

源之亟よりさらに猛々《たけだけ》しく、池田より格段にしなやかで、美しい。どのようにも変化し、信じられないほど粘り強く、速い。鬼神の剣だった。眼裏に焼き付いた、あの剣を思い出すたびに心身が震える。指先まで痺れる。

敵わないとは重々承知だ。おちえの歯の立つ相手ではない。それでも、それだから一度だけ、竹刀を合わせてみたい。おちえが剣を置かねばならなくなる、そのときまでに、せめて一度、たった一度、この想いに頷いてはくれまいか。

お願い、一《いち》さん。あたしの望みを叶えて。

剣を針に持ち替えた男に、おちえは心内で語り掛ける。決して声に出してはならない望みだと、わかり過ぎるほどわかっている。けれど、心内に閉じ込め、ため込んだ想いがいつか声になり、叫びになって一気に噴き出しはしないかと、怖い。

「どうした？　顔つきが暗いぞ。池田のことなら案じるな。ああは言ったが、あいつも榊道場が好きでたまらんかったのだ。いやいや、今でも好きで諦めきれないのさ。だから、どうしても足を運んでしまった。ふふ、見てろ、池田は近いうちにきっと帰ってくるさ。おれにはお見通しだ。はははははは」

源之亟がからからと笑った。

「まあ、伊上さまは本当に前向きですねえ。きっと百まで生きられるわ」

「そうか。では、共に頭に霜を置くまで連れ添おうではないか」

「ですから、その見込みは万に一つもありません」

「おちえ、どうして、そうつれないんだ」

「伊上さまがしつこいんです」

「おれの好物は、とろろ芋だからな。どこまでも粘るのさ」

「何をわけの分からないことを言ってるんです。いいですか、伊上さまは榊道場の師範代なんですからね。しゃきっとしてください。しゃきっと」

「おう、任せとけ」

源之亟が胸を張ったとき、お若が駆け寄ってきた。

「師範代、おちえ先生、奥さまがお昼の用意をしてくれましたよ」

「あら、いけない。もう、そんな刻なの?」

お若と並んで道場に戻る。一右衛門の妻である信江《のぶえ》が襷《たすき》がけで、大皿を運んでいるところだった。握り飯と稲荷寿司《いなりずし》がきれいに盛り付けられている。

「あ、奥さま。申し訳ありません。お手伝いもしないで」

慌てて頭を下げる。

「おちえさんは掃除方でしょ。台所方はお任せなさいな。それに、今日はとても心強い助っ人がきてくださってますからね。大丈夫よ」

信江が目尻を下げて、笑う。

「助っ人?」

信江の背後に目をやって、おちえは小さく声を上げた。

「まあ、加寿子《かずこ》さま」

小柄な女が静かに頭を下げる。幾つもの椀《わん》の入った笊《ざる》を抱えている。

沢原荘吾の妻、加寿子だった。

加寿子さま。

おちえは唇を結び、心の中でもう一度名を呼んだ。

何と言っていいかわからない。

掛ける言葉を失うほど、加寿子は面変わりしていた。華奢《きゃしゃ》な身体つきのせいか、丸い童顔のせいか、明るく、よく笑う気質のせいか、加寿子は実の齢《よわい》よりずっと若やいで見えた。髷《まげ》の形から武家の妻とはわかるけれど、島田を結って振袖を身に着けていてもおかしくはない見場だった。もっとも、武家とはいえ実家も嫁ぎ先も軽輩の身であれば、華やかな振袖とも帯とも無縁ではあるが。

その加寿子が窶《やつ》れて、老いている。

頬がこけ、白髪が目立ち、肌は乾いてかさついている。何より、加寿子を若々しくも愛らしくも見せていた、屈託のない笑みや生き生きとした眼の光がない。消えている。一気に十、いや二十も歳《とし》をとったようだ。

「加寿子さま。あ、あの、ご無沙汰いたしておりました」

「ほんとにお久しゅうございます。あ、でも、おちえさんも伊上さんも当家の墓によく参ってくださっておりますよね。ご住職さまから聞いておりました。ありがたく存じます」

加寿子が再び低頭した。首も痩せて付け根の骨が目立つ。思わず、目を伏せてしまった。

「師範代には言い尽くせぬほどお世話になり申した。墓前に参るぐらいしかできぬのが口惜《くちお》しゅうございます」

源之亟の一言に、加寿子は強くかぶりを振った。

「参っていただけるだけで十分でございます。沢原があのような亡くなり方をしてから墓参りはおろか、道ですれ違っても素知らぬ振りをする人ばかりで……。ええ、見て見ぬ振りをするのです。挨拶などしようものなら、露骨に迷惑顔になってそそくさと遠ざかってしまう有り様なのですよ。沢原は罪を犯したわけではなく、疚《やま》しいところなど何一つなかったというのに、縁者でさえ我が家には寄り付かなくなりました。老齢の義母など、人の世がこんなにも薄情だったとはと、毎日のように泣き暮らしておりますの」

「加寿子さん」

信江がそっと、呼びかける。

「みなさんに、お昼を食べていただきましょう。あなた、汁物を配ってくださいね」

「あ、はい。畏《かしこ》まりました。すみません。わたしったら、余計なことをつい……でも、伊上さんやおちえさんのお顔を見たら、どうしてだか辛抱できなくなって……」

加寿子の双眸《そうぼう》が潤む。瞼《まぶた》を強く閉じて涙をこらえると、加寿子はおちえたちに背を向けて遠ざかった。信江がため息を漏らす。

「笑わないのよ」

ため息と同じくらいの声で呟く。

「一緒にお台所をしていても、ずっとあんな調子でね。ただの一度も笑わないのです」

笑わず、口調を弾ませることもなく、口を開けば恨み言に近い愚痴が流れ出る。以前の加寿子からは考えられない有り様だ。

「無理もないと思うのですよ。加寿子さんのお気持ちは痛いほどわかりますもの。わたしがもう少し、気を強く持って配慮すべきでした。自分の些事《さじ》にかまけて、加寿子さんのお苦しみ辛《つら》さまで心を馳《は》せられなかった……。今さら悔いても取り返しは付かないけれど、やはり悔いが残ります」

師範代の自刃、門弟の捕縛、道場の閉鎖、一右衛門の病。些事などではない。人の世の変転の重さを、惨《むご》さを、信江は潜ってきた。一右衛門を支え、己を己で奮い立たせて生きてきたのだ。加寿子の苦労、苦悩を気遣えなかったと責められる者など、いない。そして、加寿子もまた、何とか現を生き抜いてきたのだ。死を選ばず、生きて凌《しの》いできた。見事だと思う。身に染みつけた暗みを補って余りある見事さだ。

「いけない、いけない。お昼にしなければ。二人ともお腹《なか》が空《す》いているでしょう。お稲荷でもお握りでも好きな方を召し上がってくださいね」

「おうっ。かたじけのうございます。実は腹が減って腹が減って、もはやここで飢え死にかと覚悟しかけておりました」

まるで機を窺っていたかのように、源之亟の腹がぎゅるぎゅると音を立てた。信江が笑いながら、皿を運んでいく。おちえは、眉も口元も引き締めて渋面を作った。

「ま、はしたない。伊上さま、あらかじめ申し上げておきますが、お一人で五個も十個も平らげてはなりませんよ。いいですね。他の門弟たち、とくに、入門したばかりの若い方々に先をお譲りください。で、残ったものをお食べになりますように」

「ええっ、そんなことをしたら、おれの食い分がなくなるかもしれんぞ。子どもたち、意外に大食いなんじゃないか」

「だから、まずは子どもたちのお腹を満たすのが先なんです。伊上さまは、腐っても師範代なんですからね。そこのところをちゃんと心得てくださいな」

「おれは腐ってなんかおらん。ぴんぴん活《い》きのいい……あっ、おちえ、大変だ。もう始まっているぞ。うわっ、みんな、すごい勢いで食ってる。待て、おれの分を残しといてくれ」

「伊上さま、ですから、はしたないですって」

源之亟が足を止め、振り向いた。あまりに唐突な仕草だったので、おちえは思わず顎を引き、身を縮めた。

「何です、急に止まったりしないでください。ぶつかるじゃないですか」

「おちえ、道場開きの祝いに、一本勝負どうだ？」

「え……」

唾を呑《の》み込む。胸の奥が熱い。

「おちえと竹刀を合わせるのも久しぶりだ。どうだ、やるか。やるよな」

鼓動が早まった。手のひらに、竹刀を打ち合ったときの手応えがよみがえる。疼きが、痺れが、見事に一本決めたときの快がよみがえってくる。

久しぶりだ。本当に久しぶりだ。

道場の門が閉じられてからも毎朝、毎夕、素振りは欠かさなかった。「竹刀を握ってる間の半分でいいから、お針の稽古をしてくれたら、今ごろ浴衣の一枚ぐらいちょいちょいと縫えているはずだけどねえ」と、お滝から嫌味と紙一重の嘆きを何度も投げつけられた。むろん、聞き流す。母の言葉に意気阻喪して、竹刀を置いたりしない。

竹刀を握っていられる一時が好きでたまらないのだ。しかし、素振りは素振り。一人では淋《さび》しい。竹刀を合わせる相手がいて、応変に動く。受ける。守る。攻める。打つ。そんな稽古が恋しくてたまらなかった。ずっとずっと、恋しかった。

「はい。伊上さま、ぜひに、ぜひにお願いいたします」

「おう」

源之亟がこぶしを突き出し、にっと笑った。


日が傾くと、待っていたかのように冷気が忍び出てくる。優しく穏やかだった一日を惜しむのか、空にはまだ鮮やかな青が残っている。なのに、地上は既に闇が溜《た》まり始め、足元に冷えが纏わりついてくるのだ。

『丸仙』の裏には井戸が一本、掘ってある。

本所深川あたりの井戸水は、ほぼ、飲用には使えない。塩気や鉄気の混じった水しか出ないのだ。だから、飲み水は水売りから買う。

「米や味噌《みそ》と同じなんだからね。徒《あだ》や疎《おろそ》かに扱うんじゃないよ」と、お滝はことあるごとに念を押していた。おちえも下女のお富《とみ》もおまさも、本所深川で生まれ育った。言われるまでもなく、水の大切さは心得ている。

井戸の水は料理には言うも及ばず、洗濯にも掃除にも向いていないが汗を拭いたり、身体を冷やしたりには十分、使える。

釣瓶で汲み上げた水に手拭いを浸し、手首を押さえる。打ち身の火照りが冷めていく気がした。しかし、それは一時のことで、すぐに疼きはぶり返してしまう。

源之亟の小手の一撃、その疼痛《とうつう》だ。

「おちえさん」

背後から、遠慮がちに呼ばれた。振り向かなくても、呼んだ相手はわかっている。こんな静かに、柔らかく他人に呼びかける者は、『丸仙』には一人しかいない。

「まあ、一《いち》さん。びっくりした」

驚きなどしていないのに、わざと大きく目を見開く。

「いつの間にそんなところにいたの。全然、気が付かなかった」

これも、わざと朗らかな声を出す。

「今、榊道場からお帰りですか」

「うん。ちょっと遅くなっちゃった。おっかさん、また御冠《おかんむり》かな」

肩を竦める。一居《いちい》は僅かに笑み、いいえとかぶりを振った。

「お内儀《かみ》さんは、今、お客の相手をしておられます」

「あら、ほんと？　じゃあ、今から台所に立てば、何とか誤魔化せるね。よかった」

「おちえさんがお帰りになったら、すぐに知らせるように言い付かっていますが」

「やだ、おっかさんたら、そんなことまで一さんに頼んでるの。一さんを奉公人みたいに、気安く使わないで欲しいわよね」

「奉公人ですよ。しかも、まだ新参者です」

「そんなことないでしょ。熊吉《くまきち》も入ったし、一さん、仕事だってちゃんと熟してるじゃない」

「熟せるほどの年季は入っていませんよ。おちえさんだって、よくご存じでしょう。まだまだ駆け出し者の域です。まあ、熊吉よりはマシかもしれないが」

　熊吉は、この春の終わり、『丸仙』に奉公に入った十歳の子どもだ。昔、『丸仙』にいた職人の倅《せがれ》とかで、父親が突然の病で亡くなった後、暮らしに困った母親が奉公を頼み込んできた。名前は猛々しいが、痩せて気弱な男の子だ。『丸仙』に来た当初は家恋しさによく泣いていた。覚える仕事は半端なくあり、淋しくても辛くても耐えるしかない。甘やかしてくれる者など、どこにもいない。それが奉公するということだ。それでも半年以上が過ぎた今も、熊吉は逃げずに踏ん張っている。

　一居は、熊吉より十は年上だが、それでも職人たちの中では一番若く、当然のように熊吉の世話役に、というより、世話を押し付けられた。『丸仙』は商家ではないが、年端のいかない奉公人には読み書きの基を覚えさせる。何十とある糸や針の品名を読めねば、書けねば、後々苦労するからだ。一居は全ての仕事が終わり職人が引き上げた後、熊吉に手習いや読み方を教えていた。おちえも一度、お滝と一緒に学び場になっている小間を覗いたことがある。丁寧でわかり易《やす》い教え方だった。熊吉が懸命に取り組んでいる気配も伝わってきた。

「さすが元二千石のお旗本だねえ。教え方が違うじゃないか」

「おっかさん。一さんの出自なんて、読み書きに関わりないでしょ」

「大ありだよ。何てったって二千石のお家だよ。学問もきっちり修めてるだろう。他人に教えるのだってお手の物ってわけさ。あたしたち、町方だとああはいかないよ」

「そうかなあ。大身のお武家がみんな、教え方が上手《うま》いわけじゃないでしょ。あれは、一さんの人柄だと思うよ。熊吉を見下さないで、きちんと教えてるでしょ。だから熊吉も本気になれるんじゃないかな」

「へえ、人柄ねえ。そういうもんかね。なんだよ、おちえ。ずい分と分かったような口を利くじゃないか」

「あたしだって道場で、小さな子に素振りとか教えてたもの。子どもって、おとなよりずっとよく人を見てるから、こっちが威張ったり、怒鳴ったりしたら怖がっちゃって、習ってることそのものが嫌になったり、何にも頭に入らなくなったりするのよ。その点が、職人さんが親方の下で仕事を覚えていくのとは、違うとこなんだよねえ」

「へん、何を偉そうに。全くねえ、教えるのも教えられるのも、やっとう一点張りじゃどうにもならないじゃないか。ため息しか出ないよ。まっいいさ。それじゃ、あたしも本気でお針を教えてやるとしようかね。威張ったり、怒鳴ったりしないから、しっかり学んでおくれよ。わかったね、おちえさん」

「もう、おっかさんたら。どうして、そこに話を持っていくのよ」

覗き見の後、台所に戻り、母娘でそんなやりとりをした。

一居は二千石の旗本、吉澤《よしざわ》家の息男になる。類稀《たぐいまれ》な剣士でもあった。榊道場での、沢原と一居の勝負をおちえは一生、忘れない。忘れられない。天性の遣い手二人が本気で相対すれば、どうなるか。それを目の当たりにした勝負だった。

そういう男が身分も剣も捨て、縫箔職人になるべく『丸仙』に弟子入りしてきた。いまだに、信じられない心持ちになる。あの苛烈な、見事な一本勝負を闘った男たちの一人は武士としての死を選び、一人は剣を針に代えて生きようとしている。

人の世とは何と摩訶不思議《まかふしぎ》な、変転極まりないものだろうか。

だったら、あたしは……。

と、おちえは思案する。

あたしは、あたしの生き方ができるんじゃないだろうか。女だとか、娘だとか、女房だとか、母だとか、そんな枠組みのないところで生きることができる……だろうか。そんなの、ただの絵空事でしかないだろうか。いや、でも、もしかしたら……。

おちえはときに高揚し、ときに落胆し、それでも思案し続けていた。一居を見ていると、できる気がするのだ。枠を越えて行ける気がするのだ。

ただ、今は少し落ち込んでいた。不安や消沈の想いが心に食い込んでくる。

「どうしました」

一居が長身を屈め、おちえを覗き込んできた。

「え、どうしたって、何が？　何のこと」

無駄だとわかっていたけれど、とぼけてみる。

「小手ですね」

一居はおちえの顔ではなく、手首を見詰めていた。赤く腫れている。

「そうよ。伊上さまのお小手。見事に決められちゃった」

「決められただけではないでしょう。相打ちですか」

「ええ……ううん、違う」

おちえは目を伏せて、腫れた手首をそっと押さえた。

源之亟の小手とおちえの胴が決まったのは、ほぼ同じだった。少なくとも傍目《はため》にはそう見えただろう。源之亟自身も脇腹を押さえ、喘《あえ》ぎながら「あ、相打ちだぞ……おちえ」と告げたのだ。しかし、違う。相打ちなどではなかった。

「伊上さまのお小手の方が、ほんの少し早かった……」

正直に語る。一居に誤魔化しは通用しない。一居だけは誤魔化したくない。

「真剣の勝負だったら、あたし、手首を斬り落とされてた。相打ちになんか持っていけなかった。いいとこ、切っ先が伊上さまの脾腹《ひばら》を掠れたかどうかってとこだと思う」

「竹刀と真剣は、まるで違うものです。竹刀での勝負がそのまま、真剣に当てはまるとは思えませんが。ただ、おちえさんと対等に勝負できたというなら、伊上さまは相当、腕を上げられたわけだ」

「以前とは、まるで違ってたの」

源之亟の剣は剛力ではあるが、粗い。打ち込んだすぐ後に、必ず隙ができた。一撃を避け、構えの崩れた刹那の隙を狙えば負けることはなかった。それが、今日は違った。剛力なのは変わりないが、力任せに打ち込んでくることはなかった。おちえが受け、攻めに転じようとすれば、すぐさま退き、構えを整える。そこに、一寸、いや一分の隙も無かった。隙のない構えから次の一打が襲ってくる。おちえは凌ぐのが精一杯で、攻め入ることができない。長引けば、身体の地力に勝る源之亟がますます有利になる。だから、思い切った。上段に構えた源之亟の胸元に飛び込んでいったのだ。しかし、源之亟の竹刀は力だけでなく速さもまた、伸びていた。

「そうなの、伊上さまは相打ちだと言ってくださったけど、本当はあたしの負け」

唇を嚙む。

「それが悔しいのですか、おちえさん」

「あたしが悔しがっているように見えた？」

問い返す。一居は、「いいえ」と首を横に振った。

そうだろう。おちえが悔しさに耐えているると見たなら、一居は声などかけなかった。黙って立ち去り、何も知らぬ振りをしてくれたはずだ。

「おちえさんが何だかとても……悲しそうに見えたものですから」

つい、名を呼んでしまったと、一居は言外に告げる。

「悲しそう？　そう、一さんには、そんな風に見えたんだ。あたしは……あたしは自分が情けなくて、横っ面を一発、張り倒してやりたいって気分なの」

「自分で自分をですか」

「そうよ。この意気地なしのこんこんちき。馬に蹴られて死んじまえって。あ、横っ面を張るんじゃなくて、お尻を蹴り上げるのでもいいわ。でも、それはさすがに無理よね」

「無理でしょうね。どんな器用な者も自分の尻は蹴れません」

「だよね」

ほろりと、ため息が零れた。ため息は嫌いだ。吐けば吐くほど心が重くなる。なのに、この井戸端で何度、零しただろうか。

「情けなくて、恥ずかしいのよ」

桶《おけ》の中に手を突っ込み、痣《あざ》になるだろう手首の腫れを冷やす。

「伊上さまに相打ちだと言われたとき、どうして、違うって、伊上さまの勝ちですって答えられなかったんだろう。変な意地を張っちゃって、自分が負けたこと認めたくなくて、それで……黙ってたなんて、ほんとに恥ずかしい。伊上さまに負けたことより、ずっと恥ずかしい。せっかくの道場開きの日なのに……」

「おちえさんらしいですね」

一居が傍らにしゃがみ込む。整った顔に笑みが浮かんでいた。

「いつでも真っ直《まっす》ぐで、自分に正直で、心の内を隠さない。姿も心映えも美しい人だなと、いつも感じています。おちえさんに逢《あ》うまで、姉上を別にすれば、そんな女人を知らなかったので、とても心惹かれますよ」

「一さん」

「はい」

「あたしに惚れてるの？」

一居が瞬《まばた》きした。眼の中に、珍しく戸惑いの色が走る。

「いや、そ、それはさすがに無いと……。おちえさんは『丸仙』のおじょうさんですし、わたしはまだ職人の域にも入れないですし、これから、まだまだ修業の日々が続くわけで、惚れたの惚れてないのなんて、そんな気持ちの余裕がなくて、それで、その、ただ人としておちえさんはすごいと」

「そんなに慌てることないでしょ。余計に気落ちしちゃうじゃない。だいたい、『さすがに無い』って、どういう意味よ。失礼しちゃうわ。あぁあ、ますます気分が沈むなあ」

濡《ぬ》れた手を振る。水滴が四方に散った。

「すみません。そんな気は些《いささ》かもなかったのです。ただ、おちえさんの生き方は傍《そば》で見ていて、とても爽快で心地よくて、惹かれるのです。そのことを伝えたくて口が過ぎました」

「女とか男とかじゃなくて、人としてね」

「はい」

一居の言葉は嘘言ではないだろう。嘘言で窮地を切り抜けられるほど、一居は小賢《こざか》しくも卑《ひ》怯《きょう》でもない。

女ではなく人として、心惹かれる。

もしかしたら、極め付きの誉め言葉かもしれない。

この人になら、問えるかもしれない。問うて答えを返してくれるかもしれない。

「一さん、もう一つだけ尋ねたいことがあるの」

「はい」

「あたしね、もう、伊上さまには勝てないのかな」

一居が立ち上がる。おちえもそうした。

「おちえさんにそこまで思わせるほど、伊上さまは腕を上げられたのですか」

「うん。以前より格段にお強くなっていらしたわ」

「道場が仕舞っていた間、ずい分と励まれたわけですね。鍛錬を欠かさなかった」

そうだろう。源之亟は一人で、ひたすらに稽古を続けていたのだ。道場再開のために奔走しながらも、己の剣を鍛えることを忘れなかった。そんな日々が源之亟の剣に、思慮深さのようなものを与えていた。ただ打つ、攻める、守る、受けるだけでなく、剣というものが己にとって何なのか、剣とどう生きていこうとするのか、深い思案や決意と結びついているのだ。だから、根が太い。太く強く、伸びている。

「榊先生はいずれ、伊上さまに道場を引き継いでもらうおつもりなのよ。伊上さまも、その覚悟はできているみたい」

実際、源之亟からは「おれの腹は決まっている。この道場と一生を共にする所存だ」とはっきり告げられた。その後、「いや、一生を共にするのは、おちえがいいのだがな。二人で、しっかり守《も》り立てていこうではないか」と手を握られそうになったので、「二人でじゃなく、門弟の方々みんなでやればいいでしょう。皆さまのお力を借りないと、守り立ててなんかいけないんですからね」と返しておいた。

そのあたりのやりとりまで、一居に報せるつもりはない。

「敵わないでしょうね」

ぽつりと、一居が言った。

「伊上さまは、もともと剣士としての大きな才をお持ちだった。今までは、それのごく僅かが表に出ていたに過ぎなかったけれど、本気で向き合うと決意されたのなら……」

「隠れていた才が現れると？」

「ええ、おちえさんが敗れたとなると、既にその兆しは見えています。これから、もっと強くなられると思います。いや、間違いなくなるでしょうね」

おちえは指を握り込んだ。爪が手のひらに食い込む。

あたしが負ける。この先、もう、伊上さまには勝てない。

「諦めますか」

もう一度、一居が言った。さっきより、低く、張り詰めた声だった。おちえは伏せていた顔を上げ、一居の眼差しを受け止める。

「伊上さまに勝てぬのが明らかなら、剣を諦めますか、おちえさん」

一居を見詰めたまま、息を吸いこむ。

今度は、おちえが答えねばならない。

諦めます。その答えなら筋が通る。

あたしは町人だし、女だし、年が明ければ十八になっちゃうし、諦めるしかないの。

それが、真っ当な筋の通った答えというものだ。

「嫌よ」

おちえは横を向き、指をゆっくりと開いた。

「伊上さまに敵わないから諦めるなんて、そんなの嫌。あたしは、伊上さまのために道場に通ってるわけじゃないもの。あたしは榊道場が好きなの。稽古が好きだし、剣が好きなの。誰に負けようが勝とうが好きなものは好きなんだから、しかたないでしょ。やめられるわけないの。

文句を言われても、どうしようもないんだからね」

　無茶苦茶だ。我ながら、子どもの駄々のような無茶苦茶を言っている。源之亟に敗れ、落ち込んでいたのはおちえだ。一居は、文句など一言も口にしていない。おちえの落胆を悟り、声を掛けてくれたに過ぎないのだ。

「そうですね。しかたないです」

　一居が口元をほころばせた。

「あ、えっと、ごめんなさい」

「え？　どうして、おちえさんが謝るのです」

「だって、あたし、一さんに八つ当たりした気がする。ううん、八つ当たりしました。ほんとはとっても辛くて……うん、泣くほど辛かったんだ。でも、それ以上に負けを誤魔化してしまったのが情けなくて、情けなくて、辛いのと情けないのがごっちゃになって、居たたまれないような気になったの。なんかもう苛々しちゃって、その苛々を一さんにぶつけちゃった。堪忍してね。心配してくれたのに、ほんと、ごめんなさい」

　頭を下げる。

「それは違います。わたしは、おちえさんを心配したわけじゃありません。むしろ……」

　束《つか》の間《ま》言い淀《よど》み、一居はもう一度、微《かす》かに笑んだ。

「おちえさんに、しっかりしろと背中を叩いてもらいたかったのです。ちょっと、気持ちが挫《くじ》けそうだったので」

「一さんが、挫ける？　兄さんたちと何かあった？」

『丸仙』の職人たちに、一居の素性や出自は伝えていない。どこで生まれようと、どんな育ち方をしてこようと、縫箔師の修業には関わりないからだ。それでも、一居が自分たちと身分の違う者だとは、さすがに気付いているようだった。立居振舞が異なるのだ。余程、鈍くない限り、わかってしまう。いくら髷や身形《みなり》を町人風に整えても、これまで身に沁《し》みついた武家の挙措や物言いが、容易く変わるわけがない。おちえだって打掛を羽織って、裾を引いて、大身の武家の娘らしく振舞えと強いられたら、二進《にっち》も三進《さっち》もいかなくなる。一居は早二年近く『丸仙』の奉公人、職人見習いとして過ごしているが、おちえなら一刻と持つまい。打掛を脱ぎ捨て、裾をまくって、我が家に逃げ帰っているだろう。

ただ、職人頭の弥吉《やきち》が、さっぱりとした大らかな気性だからなのか、一居の真摯な奉公振りがわかるからなのか、職人たちの間で一居が邪険にされたり、嫌がらせを受けたりしている風はない。だからといって、手厚く、大切に扱われているわけではなかったが。気の短い兄弟子に殴られたことも、怒鳴られたことも、数知れないはずだ。中には理不尽な叱責も、さっきのおちえのような八つ当たりも多くあったと思う。けれど、概して一居は楽しそうだった。生き生きと目を輝かせ、武家のころよりずっとよく笑うようになった。憧れ続け、全てを捨てて志した縫箔の道を歩んでいる。その喜びを身体全部から放っているようだ。

　しかし、それは、おちえから見た一面に過ぎず、視《め》の届かない、見ようとしても見られない別の面では、心が挫けるような目に遭っていたのかもしれない。兄弟子との間にどんな揉《も》め事や不和が生じたとしても、それらが表立つことはなかなかないし、表立ったときには、既に手遅れなまでにこじれ切っていたりする。そうやって、辞めていった職人を何人か、おちえも知っていた。

「違います。兄さんたちではありません」

　一居がかぶりを振る。

「え、じゃあ、何があったの」

「……親方と」

「おとっつぁん？　おとっつぁんがどうかした？」

　少し、驚く。仙助はむろん、一居の前身を知っている。前世の身ではなく、現世で『丸仙』に弟子入りする前にどういう身分、境涯だったかというところだ。全てを承知の上で、実家吉澤家とは絶縁してきた一居を受け入れたのだ。受け入れた後、仙助は一居を新弟子、一介の奉公人として扱った。他の者との区別はいっさいなかった。熊吉が来るまでは、下働きも雑用も一居一人の仕事だったし、熊吉が来てからは世話役まで任せられていた。

「これ以上、何か仕事を押し付けられたの？　すごい厄介事か？」

「違うんです。あまりの立ち勝り方に、わたしが勝手に怯《ひる》んで、怯んだ自分を悔しくも、情けなくも感じ……というわけです」

「え、なにそれって……あっ、あれ」

やっと読めた。あれだ。

桐唐草入珊瑚玉模様。

大店の主の求めに応じ、仙助が刺した模様だ。

「だって、あれ、おとっつぁんの仕事の内でも一、二を争う出来栄えだよ。というか、あんな注文、生きている内にはもう二度と来ないかもなって、おとっつぁんが言っていた。『大和屋』の旦那だって、家宝にして代々受け継いでいきたいとまで仰《おっしゃ》ったらしいし」

「わかっています」

一居が僅かに頷く。

「親方のすごさは十分にわかっていたつもりです。しかし、桐唐草入珊瑚玉模様は、そのつもりを微塵《みじん》に砕いてしまいました。親方は、わたしがわかると賢しらに言える程度の縫箔師ではなかった。衣桁《いこう》に掛けられた小袖を見ていると、魂が吸い取られそうな気がしました。あれは……すごい。あまりにすごくて、何と言えばいいのか……突如、目の前に山が現れた。そんな気がしたのです」

「山？　あの木や草の生えている？」

口にしてから、自分の稚拙な物言いに頬が火照った。

おちえ、あんた馬鹿なの。山に草木が生えてるのは当たり前でしょ。魚や大根が生えている山があるなら、お目にかかりたいわよ。

心内で自分を罵倒する。しかし、一居は真顔のまま答えた。

「ええ、目の前に聳《そび》え立つ山です。仰いでも仰いでも、頂を見定められないほど高く、登り道も見当たらない。そんな心持ちになってしまいました。親方の仕事に打ちのめされるなんて百年早いと自分に言い聞かせるものの、一生かかっても、百年経《た》っても頂まで登り切れない恐ろしさがじわりと湧いてきて、ええ、正直、怖気《おじけ》づいてしまいました」

「ほんとに正直だね、一さん」

「おちえさんに見栄《みえ》を張ってもしかたないので」

「けどさ、知ってる？　おとっつぁん、もう四十をとっくに過ぎてるの」

「は？　そうですね。それくらいのお年でしょうか」

「このごろ、やたら白髪が増えたとか、腰が痛いとか、首が凝って回らなくなったとか、尾籠《びろう》な話だけど小水の出が悪くなったとか、口を開けばそんなことばっかりぐちぐち言ってるの。『おれも、もう年だ。直に目が薄くなって針が刺せなくなる』なんてぐちぐち。聞いてて鬱陶しくてねえ。おっかさんとあたしで『あのぐちぐち言うところが、一番年寄り臭いよねえ』なんて陰口をたたいてるの」

「おちえさん、何を？」

「一さん、自分がぐちぐち言うようになるまで、後どれくらいだと思ってる」

「え？」

「白髪が増えたり、急に腰が痛くなったり、首がかちかちに凝ったり、お小水の出がめっきり悪くなったり、そんな風になるまでにあと何年ぐらいだと思う？」

「それは……たぶん、かなり先のことでしょうね。二十年とか三十年とか」

「だよね。三十年ってどれくらいかわかる？　わかるわけないよね。あたしたち、まだ、三十年の半分ちょっとしか生きてないんだもの。だったら、三十年の間に何が起こるかわからないっでしょ。どんな山だって三十年も登り続けていたら、頂に立てるよ。百年なんてかからないって。三十年後に一さんが、おとっつぁんと並ぶような、ううん、もっとすごい縫箔師になっている見込みはあるでしょ。ないわけないよね。あたしね、一さんにそうなって欲しい。おとっつぁんを上回る縫箔師でありながら、ぐちぐち言わない人になって貰《もら》いたい」

「それは、なかなかの難題ですね」

　一居が苦笑する。

「でも、おちえさんの言う通りです。何があってもやめられるわけがない。わたしが生まれて初めて自分で摑んだ道なのに、捨てられるはずがなかったのです。山の高さにおののいて、最も肝心なところを忘れておりました。やはり、おちえさんに背中を叩いてもらってよかった。目が覚めた気がします」

「そうだよ。一さんには、たっぷり三十年あるんだから。でも、あたしと伊上さまは十も違わないんだよね」

「伊上さまは、そんなお年じゃないでしょう。わたしとそう変わらないと思いますが」

一居が口をつぐむ。瞬時に表情が引き締まった。おちえにも、その理由がわかった。首筋にちりっと痛みに似た応えがあったのだ。

誰かが見ている？

「そこにいるのは、誰だ」

一居の誰何《すいか》が響いた。山茶花《さざんか》の生垣の向こうで影が動いた気がした。生垣のさらに向こうは隣の商家の板壁に挟まれた路地だ。一居が素早く、生垣に駆け寄る。

おちえはそっと首を撫《な》でた。ほんの束の間、ここに感じた痛み。痛みと感じるほどの気配。

あれは、何？

一居が戻ってくる。おちえと目が合うと、黙って首を横に振った。

「誰もいなかった？」

「ええ、ただ、路地に足跡は幾つか残っていましたが」

「この路地、うちもお隣さんもわりによく使う路《みち》だから、足跡があってもおかしくはないわ。

誰かが、たまたま通りかかっただけなのかな」

たまたま通りかかり、おちえと一居の話をつい盗み聞きしてしまった。

それだけのことなのか。

もう一度、首筋に手をやる。

それだけにしては、強かった。殺気まではいかないが、人の強い眼差しを感じた。

誰かが本気でこちらを窺い、耳をそばだてていたのだ。

「親方に報せておきましょう。用心に越したことはない。あ、それよりも客人に相談してみましょうか。餅は餅屋だ」

「は？　餅は餅屋って？　まっ、もしかしたら、お客って？」

「はい。仙五朗《せんごろう》親分です」

仙五朗は相生町《あいおいちょう》の髪結い床『ゆな床』の主だ。もっとも、仙五朗が他人の髷を結ったり、月代《さかやき》を剃《そ》ったりしている姿を見た者はそうそういない。通り名の方には〝剃刀《かみそり》の仙〟と、剃刀が入っているが、それは仙五朗が切れ者であり、本所深川を縄張りとする名うての岡っ引だからだ。髪結い床とは何ら関わりない。そちらの方は、お内儀さん一人で切り盛りしているらしい。このお内儀さんだけが、〝剃刀の仙〟に睨みを利かせられる唯一の人物だと、おちえは耳に挟んでいる。

犯科人を追いかけ、江戸の巷《ちまた》を駆け回る仙五朗と巷の片隅で黙々と生きるおちえたちが接する機会はめったにない。この前、逢ったのはもう何か月も前になる。

「あっしみてえな男と、しょっちゅう顔を合わせてるようじゃ堅気《かたぎ》とは言えやせんよ。ええ、できれば見知らぬままって方が、まともじゃあるんですがね。おちえさんたちとは、ひょんな縁があるようで、何とも申し訳ねえ」

そんな風に詫《わ》びられたことがあった。けれど、詫びられる謂《いわ》れなど一つもない。仙五朗と〝ひょんな縁〟で結びつき、恐ろしい目にも、陰惨な場にも、やりきれない現にもぶつかった。そのたびに狼狽《うろた》え、戸惑い、嘆き、驚いた。むろんそれは、仙五朗が引き起こしたものではない。むしろ、仙五朗はおちえたちを狼狽えや戸惑い、嘆きから引き上げてくれたのだ。

おちえは、この老獪《ろうかい》で、江戸の犯科人から恐れられも煙たがられもしている岡っ引が好きだった。人としての性根を信じられるからだ。それに、楽しい。仙五朗はおちえの知らない世の中を知っている。人が生きる世の怖さも奇妙さもおもしろさも心得ていて、時折、それらをさりげなく、おちえの前に広げてくれるのだ。

だから、楽しい。この世には幾つもの幾つもの貌《かお》があると知ることが楽しくてたまらない。

親分さんの手下《てか》になって、お江戸の探索について回りたいな。

なんて、ちらりと思ったことがある。思っただけで、口にするほど粗忽《そこつ》ではない。おちえに凄腕の岡っ引の手下が務まるわけはないし、遊び半分でこなせる仕事でもないと重々、承知していた。何より、おちえが本当にやりたいことは他にあるのだ。

「仙五朗親分が顔を見せるの、久しぶりだと思うけど何用かしらね」

「わかりません。そんなに、深刻な様子ではありませんでしたが、おちえさん、気になるのでしょう」

「なる、なる。うわぁ、何事かしら。あたし、ちょっと覗いてみるね。さっきの気配の話、ちゃんと伝えとく」

稽古袴《けいこばかま》の裾を持ち上げ、おちえは母屋に走った。勝手口の取っ手に手を掛ける前に、ふと振り返ってみた。

一居はまだ、井戸端に佇み、生垣の辺りを見詰めていた。

二　檜《ひ》扇《おうぎ》舞《まい》風《かぜ》模《も》様《よう》

「まあ、おちえ、そんな恰好《かっこう》で。着替えぐらいしておいで」

おちえの姿を一瞥《いちべつ》するなり、お滝は眉を吊《つ》り上げた。

「親分さん、お久しぶりです」と、おちえが挨拶した直後、仙五朗の答えを遮るように、声の調子を強くしたのだ。

一つ括《くく》りにして背に垂らした髪は稽古の名残《なごり》を留《とど》めて乱れているし、身に着けているのは何度も水を潜《くぐ》った稽古着だ。化粧などむろんしていない。

お滝の眉が吊り上がるのも宜《むべ》なるかな、だ。おちえだって他の客なら、髷《まげ》を結い直し、身づくろいをしてでないと、のこのこ出てきたりはしない。そもそも、たいていの客は客間に通されるので、呼ばれでもしない限り顔を合わせることもないのだ。

しかし、仙五朗は別だ。いつも、勝手口から訪れて、客間どころか台所の板間にさえめったに上がらない。せいぜい上がり框《がまち》に腰かけるぐらいで、土間に立ったままのときさえある。

「あっしは、御用の筋で回ってるんでやすから、客扱いなんぞされたらかえって困りやさぁ」

それが仙五朗の言い分だった。確かに、仙五朗が『丸仙』をおとなうのは岡っ引の仕事絡みのときしかない。つまり、他の岡っ引のように見廻り料《みまわ》とか仲裁料などと称して店々から金子《きんす》を巻き上げたり、袖の下をさりげなく、あるいは露骨に求めたりと、そんな阿漕《あこぎ》な真似《まね》はいっさいしないのだ。それは『丸仙』に限らず、どの店でも家でも同じで、仙五朗から金を無心されたなんて噂《うわさ》は一度も聞かない。だからといって、〝剃刀《かみそり》の仙〟が善人だと言い切れない思いもする。江戸に巣くう闇の深さも怖《おそ》ろしさも知り抜いて、自らも闇に染まりながら生きている。そんな凄味《すごみ》を感じるのだ。いつもではない。たまに、ふっと。

「ほんとに年頃の娘が何て恰好だい。とっとと着替えておいで」

「いいじゃねえですか、お内儀《かみ》さん。おちえさんには、よく似合ってやすよ」

仙五朗がお滝を抑えるように手を上下に振った。今日も、やはり上がり框に座っている。

「きりっとして清々《すがすが》しくて、そんじゃそこらの器量自慢の娘なぞ足元にも寄れねえ別嬪《べっぴん》だ」

「親分さん、そんないい加減なこと言わないでくださいさい。この娘《こ》はすぐ調子に乗るんですから。親分さんにお墨付きをもらったって、一日中この恰好でうろつき回りかねないんですよ」

お滝は強い。〝剃刀の仙〟を堂々と睨《にら》みつける。

「いや、いい加減なつもりなんざありやせんよ。おちえさんは別嬪じゃねえですか。しかも、目鼻立ちがよくて、行儀がいいだけのお人形さんじゃねえ。見ていると、生きているって感じがしやすからね。こっちまで生き生きしてきやすよ。おちえさんを嫁にしたいって男がわんさか押しかけて、親方はやきもきしてるんじゃねえですかい」

「竹刀片手に走り回っているようなじゃじゃ馬、嫁にしてくれるような酔狂な男、一人もいませんよ。いるなら、三顧の礼でお迎えするんですけどねえ」

お滝がため息を漏らす。半分は本気のため息だ。

「おっかさん、親分さんに愚痴を聞かせてどうすんの。ご迷惑でしょ」

「誰が愚痴を言わせてんだよ。あら、でも、そうですね。すみません、ついつい」

さっき睨みつけた相手に愛想笑いを向けて、お滝は口元を押さえた。

「それで、お話の続きですけど、そのこそ泥、捕まりそうにないんですか」

「こそ泥？」

おちえも上がり框の端に腰を下ろし、僅かに前屈《まえかが》みになった。

「この辺りにこそ泥が出るの」

「そうなんだよ。八名川町でも二軒、立て続けに起こってるんだって。知らなかったねえ。町内の出来事なら、たいていは耳に入ってくるんだけど」

お滝が鬢《びん》の毛を撫《な》でつける。

一日の大半を仕事場に籠っている仙助に代わり、お滝はよく外に出て行く。日々の買い物はむろん、糸屋、針屋といった取引先、そして注文主への挨拶に、ちょっとした祝い事や不祝儀への顔出しに、近所との付き合いにと忙しい。その都度、あれやこれやと巷《ちまた》の噂話や出来事を耳に挟んで帰ってくる。どこそこの店の主《あるじ》が娘ほどの歳《とし》の違う後妻を娶《めと》ったとか、どこそこの職人の寝たきりだった母親が突然起き上がって歩き出しただのという巷説《こうせつ》のうちはいいのだが、おちえと同い年か年下のどこそこの娘が嫁に行っただの、婿を迎えただのという話になると、たいそう機嫌が悪くなるので厄介この上ない。

ともかく地獄耳とは言えないまでも、母がかなりの早耳であるのは間違いない。そのお滝が何も知らないというのなら、町内に波風はほとんど立っていないはずだ。

「へえ、二軒とも、てえした害は被ってねえんで。どちらも中堅どころのお店《たな》でやすが、一つは抽斗《ひきだし》に入れておいた小銭と簪《かんざし》一本。簪たって、珊瑚《さんご》だの金銀飾りだのって上等な代物じゃねえ、朱漆のちょっとした代物って程度でやす。もう一軒の方はお内儀の小袖が一枚……これは晴れ着じゃなくて木綿の普段着でやす。それと主人の煙管《キセル》が一本、小皿が二枚。煙管は相当の年代物で羅宇のすげ替えをしたばかりだったそうでやす。小皿は一年ほど前に古器売りから五枚一組で買い求めたのだとか。盗まれた物は、それだけでやすからね」

おちえとお滝は顔を見合わせていた。

小銭、簪、木綿の小袖、煙管、小皿。それが二軒分の盗みか。

「こそ泥と言っちまえばそれまでだけど、やけにみみっちい仕事ですねえ」

お滝が小さく笑う。

「でやすね。二店《ふたたな》とも、この程度の害で済んだのなら騒ぎにしたくないってんで、そのまま収めやしたよ。まあ、一旦、表沙汰にしちまうと届はいるし、あれこれ調べられるしで、丸一日商売になりやせんからねえ」

「あら、じゃあ、そこまで思案に入れた上でのこそ泥かしら。それなら、なかなかの知恵者じゃありませんか」

「あっしも、そこは考えやしたが金子は別として、他の物があまりにお粗末なんで、どうにも引っ掛かってんですよ。なんで、こんな物しか盗《と》らなかったんだってね」

「その古器売りから買ったというお皿、実は意外に値打ちもので、家の者は気付かなかったけれど、こそ泥はかなりの目利きだったって、そういうことはありませんかね」

お滝の頬が少しばかり赤らんでいる。仙五朗とのやりとりを楽しんでいるのだ。

「値打ち物なら五枚全部、持っていくでしょ」

おちえは口を挟んだ。

「二枚だけ盗んで、残りを置いていくなんておかしくない」

「あぁ、そりゃまあそうだね。何なんだろうね、そのけち臭い盗みはねえ」

おちえは母親から老岡っ引に目を移した。

「親分さんが引っ掛かっているのは、そこだけなんですか。他に何かあるんですか」

「あるように見えやすかい」

問い返されて、おちえは心持ち顎を引いた。それから「はい」と答えた。

「親分さんがわざわざ、うちに来られたのは用心を促すためですよね」

「『丸仙』だけじゃありやせんがね。こそ泥とはいえ、盗人は盗人でやす。表店には気を付けてもらうに越したこたぁありやせん。で、主だったところを回ってんでさ」

「それだけには見えないんですけど」

今度は仙五朗が顎を引いた。口元に浮かんでいた笑みが消える。

「勝手な思い込みかもしれませんが、親分さん、少しばかり気が塞いでいるように見えます。こそ泥のこと気になっているんでしょ？　でも、親分さんがただの泥棒をそんなに気に掛けるとは思えないんです。だから、ただの泥棒じゃない何かがあったのかなって」

「まあ、おちえ。親分さんに向かって、何て失礼なことをお言いだい。親分さん、すみませんねえ、この娘《こ》ったら何でも思ったことを口にしちゃうんです。躾《しつけ》ができてなくてお恥ずかしいですよ。ご勘弁くださいね。でも、おちえの言ったことどうなんです？　当たってますかね」

仙五朗ににじりより、お滝はにっと笑った。

「いや、まったく『丸仙』の女人二人には敵《かな》いませんや。お手上げでやす」

仙五朗の方は苦笑いを浮かべる。しかし、すぐに表情を引き締めた。

「どうもね、上手過ぎるんで」

「上手過ぎる？　何がです」

母と娘の声が重なった。仙五朗は二人の顔を交互に見やり、ぼそりと答えた。

「忍び込み方でやす」

　短く息を吐き出し、続ける。

「初めの店は夫婦の寝所に忍び込んで、座敷の隅にある簞笥《たんす》の抽斗から銭と簪を盗み出してるんで。なのに、夫婦共に全く気付かず、朝まで寝てたって有り様でさあ」

「でも、そういうことあるんじゃないですか。うちのおとっつぁんもおっかさんも、寝が深くて耳元で半鐘が鳴っても起きないんじゃないかって、言われてるんですよ。泥棒なら足音も忍ばせてるでしょうし、よく寝てたら気が付かないんじゃないですか」

「おちえ、お黙り。おまえ、誰の話をしてるんだい。おとっつぁんはともかく、あたしはそんなに寝てませんよ。半鐘どころか猫が歩いても目が覚めるんだからね」

　お滝が睨みつけてくる。

「えー、でも、おとっつぁんのすごい鼾《いびき》をものともせず、旨寝《うまい》できるのおっかさんぐらいだって、いつも自慢してるじゃない」

「まあ、ほんとにおまえって娘は、言うに事欠いて」

「あ、お内儀さん、おちえさん。そこまでにして、まずは、あっしの話を聞いてくだせえ」

　仙五朗が割って入る。やれやれとでもいう風にもう一度、息を吐き出した。

「あら、いけない。すみませんねえ。おちえが余計な口を利くものだから。でも、おちえの言ってることもあながち的外れじゃない気もしますねえ。ぐっすり寝入ってたら、泥棒の気配に気が付かないことって案外、あるんじゃありませんかね」

「へえ、その通りで。けど、ここの女房ってのがひどく目敏《めざと》くて、お内儀さんじゃありませんが、それこそ猫が歩いても目が覚めるような性質《たち》だったんで。真夜中に鼠《ねずみ》が廊下を走ったり、羽虫が障子にぶつかったり、それぐれえの音で目を覚ましたことが何度もあると、本人が言ってやした。亭主や奉公人にも確かめてみやしたが、まんざら嘘《うそ》でも出まかせでもねえようでしたね。こそ泥は、そういう女に何も気付かせず、抽斗から銭と簪を抜き取ってやす。しかも他の抽斗には、もうちっと金目の物がありやした。亭主の財布とかね。財布には二分二朱入っていたそうでやすが、それは手付かずのままでやしたよ」

なるほど、仙五朗がただのこそ泥と一蹴しない、できない理由がわかった。

確かに妙だ。

「二つ目の店も夜中に忍び込まれたんでやすが、こちらはかなり高い土塀に囲まれておりやしてね。女房が癇性《かんしょう》なほど戸締りにはうるさくて、日頃からきっちりやっていたそうでやす。裏木戸も表も閂《かんぬき》やらつっかえ棒やらで、しっかりと閉められていやした。そこに、すんなり入って、やはり家人の誰にも気付かれることなく、小袖や煙管を盗んだんでやすよ。外から入ってきた跡なんて、どこにも見当たらなかった。暫《しば》くはだれも盗人が入ったなんて気が付かなかったほどなんで。女房が小袖がないのに気が付いて、続いて亭主が煙管がないと騒ぎだした。そこでやっと、これはおかしいって話になったんでやすからね」

「それで、親分さんに報《しら》せが行ったんですか」

「いや、そこまでなら、岡っ引なんか呼ばねえですよ。盗みに入られた商家なんて噂が立てば損にはなっても益にはなりやせんからね。実は、掃除をしていた女中が雨戸の溝に油らしきものが残っていると言い出したんでやすよ。滑りを良くして音を立てねえために油を塗ったんでしょうね。そうなるとさすがに気味悪くなる。が、訴え出るほどの大事でもねえってんで、あっしの所にお鉢が回って来やした。回って来たなら知らぬ振りもできねえてんで、あっしなりに調べてみたんでやす。そしたら、もう一軒、五日ばかり前にこそ泥に入られた店がわかった。そういう顚末《てんまつ》なんでやす」

「そこが初めに狙われて、銭と簪を盗まれた店なんですね」

「さいです。よくよく話を聞くと、やはり雨戸に油が塗られてたって言うじゃありませんか。なぜ報せなかったたって、そのときに調べれば明らかになることもあったかもしれねえと説教はしておきやしたが、まあ、表沙汰にしたくないって主人の気持ちもわかりやすからね。きつく咎《とが》めるわけにもいきやせん」

「では、他にも泥棒に入られたお店があるかもしれませんね」

　おちえの一言に、仙五朗が深く首肯した。それから、すっと腰を上げる。

「その見込みはかなりありやすね。あるなら調べ上げなきゃなりませんや。それも含めて、町内の主だった店を回ってるとこでやす。何か気になることがありやしたら、どんな些細《ささい》なことでもお報せくだせえ。それと、いつにも増して戸締りは厳重にお願《ねげ》えしやす」

仙五朗の動きは滑らかで、隙がない。身を起こす。屈める。歩き出す。足を止める。どんな挙動であっても一分の隙さえ作らない。一挙手一投足に全く無駄がないのだ。

今、打ち込んでも避けられるだろうな。

打ち込んだ一撃を止められ、素早く反撃される。それを凌《しの》げるかどうか。

立ち上がった仙五朗と目が合い、おちえは頬が熱くなるのを覚えた。

馬鹿ね、おちえ。何を考えてんの。

胸内で自分を叱る。とたん、思い出した。肝心なことをまだ伝えていない。

「じゃあ、あっしはこれで。お邪魔しやした」

「お役目、ご苦労さまです」

他の岡っ引なら、ここで袖の中に幾ばくかの金子を滑り落とすところだが、仙五朗には、そんな真似は通用しないし、入り用でもない。お滝は手をついて、低頭した。

「親分さん、待ってください」

勝手口の前で振り返り、仙五朗は僅かに眉を寄せる。

「どうかしやしたか、おちえさん」

「あ、はい。あの、たいしたことじゃないんですが……お伝えしといたほうがいいかなと思って。実はさっき、井戸端で一さんと話をしていたら、ふっとこの辺りに」

首筋に手をやる。

「気配を感じたんです。誰かがじっと見ているみたいな……」

仙五朗の眉間の皺《しわ》が深くなる。お滝が「まっ」と声を上げた。

「おちえ、そんな大事なことを何で黙ってんだい」

「黙ってなんかないでしょ。今、言ったじゃない」

「だから、何で今まで言わなかったんだよ。たいしたことじゃないなんて、そんなことあるわけないだろ。親分さんの話だと……。え？　え？　親分さん、まさか、うちが狙われてるなんてことありませんよね。盗みに入る下見をしていたとか」

お滝には答えず、仙五朗はおちえをまともに見詰めた。

「一さんも一緒だったんでやすね」

「はい」

「同じように気配を感じたと？」

「はい。あたしより先に気が付いたと思います。すぐに生垣の処《ところ》に駆け寄りましたから」

「なるほど。まあ、あの若い衆なら抜けはねえでしょう」

「一さんを呼んできましょうか。詳しく、話を聞いてみます？」

お滝が身を乗り出す。こちらも眉を曇らせている。暫く黙し、仙五朗は首を左右に振った。

「いや、これ以上、仕事の邪魔はできやせん。また、出直してきやす」

下っ端の奉公人がどれほど忙しいか、この岡っ引はよくよく承知しているし、そこに心を配る能も持ち合わせていた。

勝手口から仙五朗が出て行くと、お滝は姿勢を崩し長い吐息を漏らした。

「何だか気持ちが落ち着かないねえ。用心しなきゃ」

「そうだねえ。お金やお宝目当ての盗みなら、うちなんかに目もくれないだろうけど、何だか一風変わった、わけありの泥棒みたいだから、うちは大丈夫って言い切れないよね」

「おちえ」

お滝が思いっきり睨みつけてくる。

「おまえ、よもや、事の成り行きを面白がっちゃあいないだろうね」

「面白がる？　あたしが？　このこそ泥騒ぎを？　やだ、おっかさん。あたし、そんな野次馬根性なんか……」

「余るほど持ってるだろうさ。おまえ、お気づきじゃないだろうけど、親分さんの話を聞きながら目を爛々《らんらん》と光らせてたよ。こんなにでっかい目をしてさ」

お滝が指で瞼《まぶた》を持ち上げる。

「爛々だなんて、娘を妖怪みたいに言わないでよ。おっかさんこそ、興味津々だったくせに」

「あたしはおまえほど物見高い性質じゃないよ。慎みってものを知ってるからね。ただ……まあ、そりゃあちょっとは気持ちも動いたさ。だって珍妙じゃないか」

「うん、ほんと、ほんと。忍び込みの技は相当なものなのに、盗んだ品物はお世辞にも金目の物とは言えないってわけでしょ。古い煙管とか小皿だけなんて、変の上にも変だよね」

何度も頷《うなず》く。お滝も調子を合わせるように、頭を上下に振った。

「しかも、金の入った財布が近くにあったにもかかわらずだよ。どういうことだろうね」

「うーん、あたしに考えられるのは一つだけ」

指を一本、立てる。お滝がその先を見詰めてきた。真顔だ。

「その泥棒は、物を盗むために忍び込んだわけじゃない」

「はあ？」

お滝の口が丸く開いた。しゃべらず口元を引き締めていると、きりりと凜々《りり》しい佳人なのだが、そういうことはあまりない。お滝は実に表情豊かで、口元も眉も目元も眸《ひとみ》の具合も、くるくるとよく動き千変万化する。

「黙って座ってりゃあ、ほれぼれするような別嬪なんだがなあ」

と、仙助がたまにだが嘆きとも愚痴ともとれる呟《つぶや》きを漏らす。ただ、「あら、おとっつぁんはおっかさんに、黙って座ってる別嬪さんになって欲しいの」と、おちえが尋ねると、束の間、首を傾《かし》げて、「いや、まあ、お滝がそんな人形みてえな女になったら、困っちまうかな」などと苦笑いしていた。

心の内を映し出して晴れも曇りもするからこその美しさを、父は解しているのだ。そして、おちえは母からその美しさを受け継いだ。人形ではない生身の佳容だ。

もっとも、お滝の場合、晴れたり曇ったりはいいのだが、雷雲が立ち込めたと思うや雷《いかずち》が落ちてくるときがままある。逃げる暇もなく、もろに襲い掛かってくるのだ。そこらあたりは、もう少し穏やかに収まって貰《もら》いたい。

「ちょいとお待ちよ。泥棒が物を盗むより他のどんな理由があって、入り込むのさ」

「それは、まるでわかんない。親分さんの仕事の域になっちゃうから、あたしとしては、お手上げだな。でも、何かあるのよ。あたしたちには考えられないような理由が」

ひらひらと手を振ってみる。お滝が低く唸《うな》った。

「そうだねえ、そうとしか思えないよねえ。けど、そうなるとどうにも気になるじゃないか。いったい、どんな理由があるのかって。おまえたちが感じた気配ってのも、気味悪いし。何だか、頭の中がぐるぐるしちまうよ。ともかく戸締りだけは厳重の上にも厳重にしとかないとね。一さんに、寝る前に一度、見回りしてもらおうかしらね。あらま、おちえ！」

「えっ？　えっ、どうしたのよ、急に」

「どうしたもこうしたも、ないよ。おまえ、いつまで、そんな恰好してるんだよ。とっとと着替えて髷を結い直して、台所仕事を片付けな」

雲行きが怪しくなった。雷鳴がとどろく寸前だ。

おちえは、身軽に立ち上がった。

「はい、わかりました。すぐに支度します」

「夜は針の稽古だからね。みっちりやるよ」

最後の一言は聞こえない振りをして、台所を飛び出す。

このところ、日の暮れがめっきり早くなった。さっきまで、鮮やかな青を残していた空は既に薄紫に色を変え、その色は寸刻の間に濃くなり黒に近づいていく。

冷気を纏《まと》った夜が始まる。

手早く髷を整え、稽古着を小袖に着替える。そうすると、竹刀とは縁のない町娘の姿が現れる。しかし、座敷の隅には袋に入った竹刀が立てかけてあった。

明日も、がんばろうね。

物言わぬ竹刀に、胸内で声を掛ける。

そう、明日も道場で稽古がある。お若たちが待っている。待っていてくれる。

源之亟に敗れたことは悔しくも辛《つら》くもあるけれど、それとは別の心弾む刻が榊道場にはあるのだ。来年はわからない。いや、一月後でさえ、どうなっているかわからない。おちえの娘の日々は間もなく終わろうとしている。終わったとき、自分がどうなっているのか思い及ばない。竹刀と縁を切って過ぎる日々を描けないのだ。でも、とりあえず、明日はある。明日は竹刀を握ることができる。

「おい、一、針箱を持ってこい」

「一、こっちにもだ」

「おい、模様見本はどうした」

兄弟子が一居を呼びつける声が聞こえてくる。初めのうちこそ、一居の佇《たたず》まいに気後れを感じていた職人たちも、今では微塵《みじん》の遠慮もない。雑用を押し付け、言い付け、ときに怒鳴り、口汚く罵り、ときにいない者のように扱う。

「幾らなんでも二千石の若さまだよ。いいのかねえ」

お滝は気を揉《も》んでいたが、これも初めの一月ばかりに過ぎなかった。当の一居が文字通り必死の覚悟で、縫箔《ぬいはく》に向き合っている。その気迫が伝わってくれれば、『丸仙』のお内儀として、余計な気遣いはいっさい無用と捨て去るしかない。そう割り切ったのだ。

いまだに一居の来し方に多少なりとも拘《こだわ》っているのは、『丸仙』の中ではおちえ一人なのかもしれない。

そう、あたしも一さんを見習わなくちゃ。

あれこれ考えて心身を竦《すく》ませるよりも、明日へ一歩を踏み出す。まずは、そこからだ。

「よし、おちえ、やるよ」

自分を鼓舞し、台所に向かう。

台所仕事は嫌いではない。とりわけ、料理の味付けや包丁遣いには自信がある。味噌汁《みそしる》も漬物も煮物もお滝曰《いわ》く「まあまあ何とか他人《ひと》さまに出せる味だね」だし、仙助に言わせれば「涙が出る程、美味《うま》い」のだそうだ。職人たちの賄いを拵《こしら》えるのも苦にならないし、髷も一人で結える。ただ、お針だけがいけない。

針と自分との相性は最悪なのだと、感じ入る。まっすぐ縫っているつもりが、知らぬ間にくねくね曲がっているし、ちゃんとかがったはずなのに、布がぺろりと垂れ下がったりするのだ。おまけに、指先をやたら刺してくる。針が意地悪をしているとしか思えない。

「馬鹿馬鹿しい。針に優しいも意地悪もあるもんか。おまえの指が動くか動かないかだけのことさ。ほら、布をぴんと張って、縫い目を確かめてみな。何で斜めになってるんだよ」

と、お滝に鼻で笑われ、叱られ、呆《あき》れられながら、夕餉《ゆうげ》の後、一刻ばかりも針の稽古をさせられた。道場での一刻はあっという間だし、正座のまま何刻でも門弟たちを見ていられる。それが、針となると一刻が長い。このままだと夜が明けてしまうのではないかと心配になるほどだ。足も痺《しび》れ、暫く立ち上がれなかったりする。

今夜も痺れの残る足を引きずりながら、台所に戻る。明日の味噌汁の下拵えをしておかねばならない。

あれ？

板間に仙助が座っている。行灯《あんどん》に身を寄せるようにして俯《うつむ》いていた。

「おとっつぁん？」

そんな大声を出したつもりはないのに、仙助の身体《からだ》が揺れた。勢いよく振り返り、目を見開く。それから、ふっと肩の力を抜いた。

「何だ、おちえか。脅かすんじゃねえよ」

「後ろから呼んだだけじゃないの。驚くようなことじゃないでしょ。ふーん」

「何だよ」

「どうも怪しいな。何を、こそこそ見てたの。もしかして、おっかさんに見つかっちゃ都合の悪いもの？」

「は？　馬鹿なこと言うんじゃねえよ。だいたい、お滝に見られて都合が悪いものなんて、あるわけねえだろうが」

「ふーん、そうかなあ。じゃあ、付け文とかじゃないんだね」

「付け文？　自慢じゃねえが、そんなものただの一度も貰ったこたぁねえな」

「だよね。おとっつぁんと付け文なんて、まったく似合わないものね」

「親に向かって、何だ、その言い草は」

仙助が顔を顰《しか》める。その手許《てもと》をおちえは覗《のぞ》き込んだ。白い布が握られていた。

「おとっつぁん、それは？」

ふっと仙助が笑った。

「目敏いな。そういうとこは、おっかさんそっくりじゃねえか」

笑みを浮かべたまま、布を差し出す。手拭いの半分ほどの大きさだった。

「これは……檜扇」

布の端に檜扇が刺繍《ししゅう》されていた。華やかな吉祥《きっしょう》模様が施されているから宮廷の女房たちが使う衵扇《あこめ》だろうか。

「扇が風に舞ってる」

おちえの呟きに、仙助が眉を上げた。

「わかるか」

「うん、わかる。これ、扇と風を刺したものでしょ」

目に見える扇と見えぬ風。しかし、親骨に取り付けられた二本の飾り紐《ひも》は横になびき、見えぬ風を確かに捉えていた。

風にさらわれたのか、誰かが風の中に投げ入れたのか、扇は布の上で空に舞っている。

檜扇舞風模様。

「でも、これ、おとっつぁんの手じゃないよね」

「それも、わかるか」

「それくらいは、わかるよ。まだ粗いもの。扇の吉祥模様が歪《いびつ》だし」

仙助ではない。これは『丸仙』の親方には遠く及ばない刺し技だ。でも……。

「何か、いいね」

目の前で布を振ってみる。

人ならぬものの手に握られて、扇は舞い上がり、舞い落ちる。そこまで感じさせてくれる動きが、あった。見事とは言えないが、ただの模様ではない深みが伝わってくるのだ。

「これ、弥吉さん……じゃないか」

弥吉は、古参の縫箔師だった熊治《くまじ》と平助《へいすけ》がそれぞれに独り立ちした後、職人頭となった。その技は巧みで、確かだ。物の形を狂いなく捉え、布に映し出す。だからなのか、それなのになのか、ここまで多くを語らない。花は花、雲は雲、檜扇は檜扇のままだ。その裏に何かを隠し持ち、見る者の心を騒がせたりはしないのだ。

おちえがそう言うと、仙助はふんと鼻を鳴らした。

「湯帷子《ゆかたびら》一枚、満足に縫えねえくせに、よくわかってるじゃねえか。感心すらぁ」

「お針の腕と縫箔を見定める目は、別でしょ。もう、おとっつぁんまで縫えないの、針が使えないのって騒がないでもらいたいわ。嫌になっちゃう」

頬を膨らませ、すねた顔つきを作る。本音だ。事あるごとに、針仕事の不得手を言い立てて欲しくない。仙助が娘のすね顔にちらりと目を走らせる。

「一だよ」

「え？」

口から息が抜けた。

「おとっつぁん、今、何て？」

「だから、これを刺したのは一だって、言ったんだ」

「一さんが……」

唾《の》を呑み込み、檜扇に目を落とす。

「信じられねえだろう」

おちえの心内を仙助が言葉にする。黙って頷くしかなかった。

信じられない。

縫箔職人は十年修業して半人前と言われる。一人前ではない、半人前だ。やっと半分。

「じゃあ、これは一さんが一人稽古に刺したものなの」

仙助の答えは短かった。

「そうだ」

短く答え、寸の間黙り、仙助は続けた。

「夜中に一人で稽古していた物だ。どうしてだか、ちょいと気になって、持ってきた」

普段なら、「あら、おとっつぁん、いくら弟子のものとはいっても黙って拝借なんてのはよくないわよ。それこそ、こそ泥紛《まが》いじゃない」と、冗談の一つも返すところだが、今はそんな気にはとんとなれない。

檜扇を見詰める。

どの職人でもそうだろうが、新参者に日々の稽古は欠かせない。二六時中雑事に追い回される中で、僅かの暇を絞り出して励む。たいていは、周りが眠りについた夜半ばの刻になる。そこしか、ないのだ。

眠りを削ってでも針を持つ。それができない者に縫箔職人としての未来《さき》はない。

「針を持ちながら、いつの間にかこくりこくりやっちまってね、針先で指をついて目を覚ます。痛くて、辛くて、それでも針を刺そうとするんだが、また眠気に負けてこくりこくり、で、指先にちくりと。その繰り返しだったな」

「そうそう。あのころは針はおっかねえって、本気で怖《おじ》けてたもんだ」

「今でも、おっかねえさ。油断できねえからな」

「おめえとこの嬶《かかあ》と同じぐれえに油断禁物ってやつだな」

昔、職人同士のやりとりを耳にした覚えがある。みんな、熟練の縫箔師だったから過ぎた年月を笑う余裕があった。しかし、その余裕を手に入れられるのは、ほんの一握りだ。針の痛みに負け、辛さに挫《くじ》け、何より、己の才に見切りをつけて去っていった職人たちは大勢いる。おちえの知っているだけで、両の指の数では足らないかもしれない。

糸巻三年、台張り五年、そして十年で半人前。なのに……。

瞬《まばた》きし、改めて、風に舞う扇を凝視する。

「技はまだまだよね」

どうしてだか、そんなひねくれた言葉が零《こぼ》れた。

おとっつぁんに比べればね。

さすがに、その一言は呑み下す。仙助は縫箔師として円熟の域に達し、江戸でも五指に入る職人だ。そういう相手と一居を比べること自体、間違っている。よく、わかっていた。

「ああ、まだまだだ。けど」

不意に仙助は煙草《たばこ》盆を引き寄せ、煙管を口にくわえた。火は付いていない。煙草そのものが詰められていなかった。ふうっと幻の煙を吐いて、仙助は続けた。

「あいつの場合、その〝まだ〟が伸びしろさ。これから、どれくれえ伸びていくのか」

「どれくらい伸びるの」

「見通せねえな」

高く伸びていく竹を見るように、あるいは天へ飛び立つ鳥を眺めるように、仙助は目を細め、顔を上に上げた。そこには闇に閉ざされた天井があるきりだったが、仙助の眼には違う光景が見えているのだろう。

それがどんなものか尋ねたくはあったが、尋ねて答えが返ってくるものではないと承知もしていた。

「あたしはそんな先のことより、明日の味噌汁の下拵えしなくちゃね」

わざと朗らかに告げて、立ち上がる。

仙助は何も言わず、まだ天井を見詰めていた。

その夜、夜具に横たわってもなかなか寝付けなかった。いつもなら、瞼を閉じて三十も数えない間に眠りに落ちる。なのに、今夜は妙に目が冴《さ》えてしまう。

あいつは、おれを超える縫箔師になるかもしれねえな。

現には耳にしなかった仙助の呟きが聞こえる。

仙助を超える。それは、一居が願って止《や》まない未来だろう。

一さん、ほんとに縫箔師になるんだ。

寝返りを打ち、唇を嚙《か》む。

今さら、何を言ってるの。一さんの決意はとっくに知ってたじゃない。

自分に言い聞かす。一居は自らの意で剣を捨てた。針を選んだ。その事実をおちえを含めて周りの誰もが受け入れたのだ。

でも、どうなんだろう。

もう一度、寝返りを打つ。蚊に悩まされる季節は過ぎたから、もう蚊帳《かや》は吊っていない。仰《あお》向《む》けになると天井に溜《た》まった闇があった。さっき、仙助が見ていたものより、さらに黒く濃い。

剣士としての吉澤さまより、縫箔師としての一さんの方がすごいんだろうか。

吉澤一居の剣の速さも、強さも、しなやかさも眼裏に焼き付いている。消そうとしても消えない。天賦の剣士の動きだった。

あれを上回る縫箔の才を一居は有しているのだろうか。

そんなこと、ある？　あり得ないよ。あり得るわけがない。

無理やり目を閉じると、一居の太刀筋ではなく刺繡された檜扇が浮かんできた。

風に舞う一本の扇は、高く吹き上げられ、やがて水面に落ちる。季節に合わせて桜の花弁、青い若葉、色づいた紅葉などとともにゆっくりと流れていく。

そこまでの風景が頭の中に広がる。

あり得るかもしれない。

おちえは夜具の端を握り締めた。

『丸仙』の仙助でさえ生み出せえなかった縫箔を、一居は表すかもしれない。何年後か何十年後かはわからない。ただ、そのとき、一居には剣士の片鱗《へんりん》すら残っていないだろう。

眼の奥が熱くなる。

やだ、どうしてここで涙なんか出るのよ。

わけがわからない。一居の生き方は一居のものだ。自分で選んだ生き方を貫き通そうとする姿に、おちえは感嘆も感服もした。精一杯、励ましも支えもすると決めていた。なのに、どうしてだか淋《さび》しい。一居が剣を捨て去ってしまうことが、捨てて振り返りもしないことが、父を唸らせるだけの縫箔の才に恵まれていることが、縫箔だけに心を傾けていることが淋しくてたまらない。

吉澤さまほどの剣士が、縫箔の道を進むなんて……。

涙が次から次へと頬を伝う。自分が泣いている理由も、胸を締め付ける淋しさの正体も、おちえにはよく摑《つか》めない。もしかしたら、淋しいのではなく悔しいのだろうかと考える。

剣と共に生きる日々は、おちえが欲しくてたまらないものだ。一居は、それをあっさり手放し、新たな才覚を芽生えさせている。

「一さんて、ずるい」

声に出してみる。ため息も出た。

一居はずるくも、卑怯《ひきょう》でもない。おちえのように迷っていないだけだ。

「あぁっ、ほんと馬鹿みたい」

今度はやや大きな声で自分を叱ってみた。

うん？　何か聞こえた？

おちえは起き上がり、耳を澄ましてみた。今夜は、いつもより念入りに戸締りをしている。寝る前にはお滝が、半刻ほど前には一居が見回りをしていたはずだ。他の職人にもこそ泥の件は一応、伝えはしたが、気にする者はほとんどいなかった。『丸仙』は繁盛している店ではあるが，小体の縫箔屋に過ぎない。こそ泥だろうが押し込みだろうが、盗みの的になるとは考え難いのだ。ただ、今回の一風変わった盗人なら、金目の物とは縁のない家でも狙うかもしれない。おちえは胸を手で押さえ、さらに耳をそばだてた。

襖《ふすま》一枚隔てた隣の部屋から、仙助の鼾が響いてくる。もう耳慣れて、うるさいとも感じない。お滝は亭主の傍らで寝息をたてているだろう。雨戸の向こうでは虫の音が賑《にぎ》やかで、そこに犬の遠吠《とおぼ》えが時折交ざる。何となく湿って重いと感じるのは、雨が降る前触れだろうか。いや、もう降っている。軒を打つ雨音が確かに聞こえてきた。虫たちはそれでも負けじと、さかんに鳴き続けている。それと……それだけだ。

他の音も声も気配もしない。

気のせいか。

おちえは、腹の辺りから長い息を吐き出す。

あれこれ、詮無いことを考えるから空耳なんて聞くんだわ。よし、もう、寝よう。

再び、夜具に横たわる。硬く目を閉じる。

父の鼾も虫の音もしだいに遠ざかり、おちえはやっと眠りに落ちた。

雨戸の開く音で目が覚めた。

一居が廊下の雨戸を開け放しているのだ。

職人の家の朝は早い。まだ、しっかり夜が明けきらないうちに、新参の弟子から起き出して下働きの仕事を始める。おちえたちも、その刻に合わせて床を離れる。

手早く身支度を整え、髷を直し、廊下に出る。

淡く美しい光がおちえを包み込んだ。

西の一隅にはまだ星の光が残っていたけれど、東の空は既に青く輝き始めている。思いの外、いい天気になりそうだ。ただ、夜中に雨が降ったらしく、名残の雲が流れていた。庭もしっとりと濡《ぬ》れている。

朝餉の下拵えは済ませてある。後はお富とおまさに任せて差《さ》し支《つか》えない。できればここで、竹刀の素振りを始めたいところだが、お滝からしっかり釘《くぎ》を刺されていた。

「冗談じゃないよ。『丸仙』の娘は朝っぱらから、やっとうの稽古に余念がないなんて、噂になったらどうすんだよ。いやもう、なってるんだからね。これ以上、火に油は注がないでおくれ。道場が再開したのなら、そっちで好きなだけ振り回しゃいいだろう。いいね、おちえ。この先、木刀だろうが竹刀だろうが真剣だろうが、うちの敷地内で素振りなんて金輪際、許しません。よぉく覚えておきな」

という具合だ。木刀と竹刀はまだしも、真剣などどこの敷地内でも振り回したりしない。そう言い返したかったが、止めた。「親の言うことに一々、揚げ足を取るんじゃないよ」。そう叱り飛ばされるに決まっているからだ。

それにしても、雨上がりの朝の空気は心地《ここち》よい。ひんやりと肌寒く、深く息を吸い込むと冷たさが肺の腑《ふ》まで染みてくる。蒸し暑さとも指が痺れるような凍えとも無縁の、すっきりとした冷たさだ。

うん、気持ちいい。

素振りは無理でも、庭に出て胸いっぱいに息を吸いこむぐらいは許されるだろう。

おちえは沓脱石《くつぬぎいし》の上の下駄《げた》を突っ掛け、庭に降りようとした。

「おちえさん、駄目です」

横合いから、声がぶつかってきた。大きくはないけれど、鋭い。

右足だけ鼻緒に突っ込んだ姿勢で、おちえは動きを止める。

「一さん……」

二間ほど離れた地面に、一居が片膝をついていた。目が合う。

一居は二度、三度かぶりを振った。

「庭に降りないでください。このままにしておいた方がいい」

「このままって、どういうこと？」

「昨夜の雨で庭はぬかるんでいます。もしかして、足跡が残っているかもしれません。それを踏み荒らさないようにしなければ」

「は？　足跡？　踏み荒らすって、どういう」

口をつぐむ。血の気が引く音が耳底に響いた。ざざっと耳障りな音だ。

「一さん、まさか、まさかでしょ」

答える代わりに、一居は食指を立てて見せた。朝の日差しが、その指先を照らす。おちえは目を凝らした。僅かだが色合いが違う。ぬめぬめと光っていた。

「薄《う》っすらとですが、雨戸の敷居に油がついています」

油。おちえは口元を押さえた。そうしないと、叫びそうになったからだ。

「あたし、おとっつぁんとおっかさんを起こしてくる」

叫びを呑み込み、告げる。

「お願いします。わたしは、これから仙五朗親分を呼びに相生町に行ってきます」

「いいえ、それは他の者をやらせるわ。一さんは、そこで庭の様子を探ってみて。みんなには庭に降りないように伝えるから」

一瞬、騒いだ胸裏はすぐに平静に戻り、思案が回り始めた。一居といると慌てふためかなくて済む。声の調子なのか、眼差《まなざ》しなのか、仕草なのか、おそらくどれもが合わさってだろうが、気持ちを落ち着かせてくれるだけの重みと穏やかさを感じ取れるのだ。

一居が頷いた。

「わかりました。おちえさん、手配をお願いします」

「任せて」

右足から下駄が外れて、ころりと横に転がった。

仙助もお滝も驚きはしたが、取り乱すことはなかった。

幸いなことに早出の職人が末蔵《すえぞう》という脚自慢の男だったので、すぐに相生町にやり、仙助は仕事場を、お滝とおちえは他の場所を調べて回ることにした。何を盗られたか、盗られていないのか仙五朗がやってくるまでにできる限り明らかにした方がいいと、一居が言ったからだ。ただし、あちこちに手を触れないよう留意しながらとも、言われた。

「言われてみりゃあその通りだね。なるほどと納得しちまうよ。頭の良い人ってのは、とっさのときに何をどうしたらいいかって、ぱぱっとわかるもんなんだねえ」

お滝はしきりに感心していた。感心する余裕があるのは、金箱の中身が無事だったからだ。買い入れたばかりの糸束も、注文を受けた絹の反物も、お滝とおちえの晴れ着も簪も櫛《くし》も、仙助の煙管も、茶簞笥の中の皿も、納まるべきところに納まっていた。

「何にも盗られていないみたいだねえ。拍子抜けするぐらいだよ。ねえ、一さん、ほんとにこそ泥が忍び込んだのかねえ」

「間違いあるめえ」

一居の代わりに仙助が答えた。

「雨戸には確かに油がついていた。それに、裏木戸の近くの泥濘《ぬかるみ》に草鞋《わらじ》の跡があった。ありゃあ、うちの者の足跡じゃねえ。そうだな、一」

「はい。『丸仙』にある草鞋を全て確かめてみましたが、泥が着いた物はありませんでした。おそらく賊は裏木戸辺りから忍び込み、出て行ったのでしょう」

お滝が思いっきり眉を顰《ひそ》める。

「そんな馬鹿な。裏木戸はあたしが戸締りしたんだよ。門をしっかり掛けておいたんだ。間違いないさ。外から木戸ごと壊しでもしない限り、入れっこないよ」

おちえ、一居、お滝、仙助。四人は台所の板間に座り、顔を突き合わせていた。間もなく、通いの職人たちがやって来る刻だ。住み込みは一居と熊吉の二人だけなのだが、熊吉は事情が呑み込めないまま、店前を掃除している。脚自慢の末蔵は開いたばかりの町木戸を潜り、仙五朗の許に辿《たど》り着いたころだろう。一居は兄弟子たちが仕事を始める前に台張りを終わらせておかねばならない。仙助だって職人が来れば仕事に取り掛かる。お滝もおちえも、それぞれ為《な》すべき事が山ほどあった。なのに、誰も朝餉すら口にしていない。

何も変わっていないようなのに、いつもの朝とは違っている。

「木戸は壊れたりしてねえ。閂もそのままだ」

「だったら、どうやって庭に入り込めたんだよ」

仙助がちらりと一居を見やった。後は頼むという眼つきだ。仙助は縫箔に関わることなら雄弁に語れもするのだが、そこから離れてしまうと、とたん口不調法になってしまう。まして、口の立つお滝相手に、筋を通して細々と説くなどという芸当はとうてい無理だった。

「確かなことは言えませんが、垣根を飛び越えたのではないかと思うのです」

「飛び越えた？　乗り越えたんじゃなく、飛んだのかい」

「はい。この時期、生垣を無理に越えていけば葉が散るでしょう」

「あぁ、まあね。山茶花とはいえ葉っぱは落ち易《やす》くなってるね。きちんと掃除しないとすぐに庭が汚れるってのに……まあ、そんなことはいいとして、じゃ何かい。その足跡の辺りには葉っぱは散ってなかったんだね」

「ほとんど散っていませんでした。昨日、庭掃除をしたのはわたしですので、様子はよくわかっています。雨でぬかるんでいる他は変わりはなかったのです。それに足跡がそこだけくっきりついているのは、地面に降り立ったとき、身体の重さが強くかかったからでしょう。実際、他の足跡はほとんど見受けられませんでした」

「木戸近くの跡だけが残ってるわけかい」

「はい、足跡の前に小さな窪《くぼ》みもできていました」

お滝が口を窄《すぼ》め、身を乗り出す。明らかに、興をそそられていた。盗人に怯《おび》えるのではなく、その正体が見えてこないかと、心を弾ませている。そんな風だった。おちえも同じだ。誰かの血が流れたわけではなし、何を盗まれたわけでもなし、今のところ害は一つも被っていないのだ。風変わりなこそ泥の動きが垣間《かいま》見えるなら面白い。ちょっと、気分が高揚する。

「窪みって、何さ」

「多分、そこに膝をついたのではないでしょうか。こういう風に」

一居が片膝を立て、やや前屈みになる。

「ああ、なるほどね。飛び越えて、地に降り立ったとき膝をついたってことだね」

「はい。雨が降り始めたのは町木戸が閉じる少し前、激しくなったのは夜半過ぎでした。その間に忍び入ったものと思われます」

そこで、一居は膝に手を載せ、頭を下げた。

「親方、お内儀さん、申し訳ありません」

仙助とお滝が、顎を引く。おかしいほどぴったりと合わさった仕草だった。

「なんで、おめえが謝るんだ」

「そうだよ。一さんが忍び込んだわけじゃあるまいし、どこが申し訳ないんだよ」

「賊のことで用心を言い付かっていたのに、むざむざ忍び込まれてしまいました。気配に気付かなかったのは、わたしの不覚です」

「しょうがないだろ。一さんは二階の端部屋に寝ているんだからさ。下のことまで気付く道理がないよ。ねえ、あんた」

お滝が亭主の膝を軽く叩いた。叩かれた仙助は、首を幾度も前に倒す。

「そりゃそうだな。お滝の言う通りだ。そんなこたぁ気にしなくていい。幾ら、おめえの勘が鋭くても上と下じゃあ離れ過ぎてらぁ。面目ねえのはこっちのほうさ。庭から入り込んだってのに、おちえに起こされるまで白川夜船を決め込んでたわけだからよ。普段ならもう少し目敏いはずなんだが、昨夜は疲れてたのかぐっすり寝込んじまった」

「よく言うよ。毎晩、高鼾のくせに。けど、まあ、盗られた物はなさそうだし、一先《ひとま》ず安心ってとこかねえ。けど、親分さんには、やはり一度は調べてもらわなくちゃ……おちえ？　おちえ、どうしたのさ。ぼうっとして」

お滝に肩を揺すられる。それで、自分があらぬ方を見詰めていたとわかった。見ているものと思案が大きくずれている。おちえの思案は、昨夜、眠りに落ちる前あたりに戻っていた。

昨夜、眠りに落ちる前、虫の声、仙助の鼾、犬の遠吠え、雨の音。

「あたし、感じたかも」

「え、何を感じたって？」

「誰かの気配。ほんの微かにだったけど、感じた……気がした。夕方、井戸端で感じたものよりずっと弱くて、あるかなしかって風だったから、気のせいかもしれないんだけど……」

口にすると、余計にあやふやになっていく。あの一瞬の気配は眠りに落ちる寸前の、幻に過ぎなかったのではないのか。

一居がかぶりを振った。

「おちえさんが感じたなら、本物です。幻や気の迷いではありません」

「一さん、だとしたら……」

だとしたら、あのとき雨戸の外には、こそ泥がいたことになる。いや、あの気配の消し方は〝こそ泥〟なんて生易しいものじゃない。気配を自在に操り、ほとんど跡を残さず家人の眠る屋内に出入りできる。そういう相手が潜んでいたのだ。

背筋に汗が流れた。

「おちえさん、部屋は調べましたか」

「へ？　調べるって、あの、何か盗まれた物がないかってこと？」

「そうです。ありませんでしたか」

「あ、まだ、ちゃんと見てないの」

お滝が腰を上げる。

「おちえ、家の隅から隅まで確かめろって、言っただろう」

「だって、おっかさんが金箱を確かめろだの、箪笥の着物を数えろだの、次から次に用を言い付けるから、あたしの部屋どころじゃなかったの。それに、あそこ、鏡台より他にほとんど何も置いてないし」

「その鏡台、盗まれちゃいないね」

「大丈夫よ。朝にはちゃんとありました」

おちえが生まれたとき、まだ存命だった祖母から贈られたという小さな鏡台だ。鏡は丹念に磨ぎに出すから映りはいい。今朝も仄《ほの》かな朝の光の中で、鏡を覗き込んで髷を整えた。裁縫箱も鏡台の横に前夜のまま納まっていたはずだ。三畳ほどの狭い部屋だ。他には夜具ぐらいしかない。それは畳んで部屋の隅に片付けた。後は……。

「ああっ」

叫んでいた。叫びながら立ち上がる。そして、台所を飛び出した。

「おちえ、お待ち。おちえったら」

お滝の声が追いかけてきたけれど、足は止まらない。

寝所に駆け込み、部屋の隅に目を凝らす。

ない。

おちえは、その場に棒立ちになった。頭の中身がぐるぐる回っているようだ。まともに、目を開けていられない。吐き気までする。脚から力が抜けて、へたり込みそうになる。

「おちえさん」

名を呼ばれた。薄目を開ける。息は詰めたままだ。

一さん……。

「どうしました。いったい何が」

一居が口をつぐむ。眼差しは、まだ薄闇に包まれた部屋の隅に向けられている。そこには、小花模様の道着袋がおとなしい犬のように、ちょこんと座っていた。袋はお滝が拵えたものだ。せめて娘らしい物を、無骨ではなく可憐《かれん》な道具を持たせると言い張って縫い上げた。

可憐な道着袋はある。ないのは……。

「竹刀が盗まれた」

一居が呟いた。その呟きを耳にしたとたん、我慢が尽きた。おちえは両手で顔を覆い、膝から頽《くずお》れていった。

「もう、いいかげん泣くのはお止め」

お滝が背中をぼんと叩《たた》いてきた。かなりの強さだ。気が滅入《めい》ったり、挫けそうになったとき、母の一喝も一打もかなり効く。背筋が伸びて、気持ちも伸びるのだ。しゃんとする。でも今は、とても駄目だ。効き目などなく、おちえは俯いたままの顔を上げられなかった。膝の上にそろえた手の甲を涙が濡らす。

「泣いたって盗られた物は、返ってきやしないんだよ」

そんなこと、言われるまでもない。泣いて竹刀が戻ってくるのなら、三日三晩泣き明かしてもいい。しかし、今のところ、戻ってこないとわかっていても、三日三晩涙が止まりそうにないのだが。

あたしの、あたしの竹刀が盗まれるなんて。盗まれても気が付かなかったなんて、情けない。いいえ、情けなくてもみっともなくてもいいから、返ってきて。あたしの竹刀が……。

ぽたり、ぽたり、ぽたり。

手の甲に滴る涙は驚くほど熱く、頬を伝って口に入れば驚くほどしょっぱい。

「ほら、涙をお拭きったら。子どもじゃあるまいし、親分さんの前でいつまでもベソかいてんじゃないよ」

お滝が手拭いを差し出す。受け取り、それを目の上に強く押し当てた。

そうだ、子どもじゃない。涙の止め方ぐらい、十分に知っていなければならない年だ。目の周りを擦《こす》り、おちえは何とか顔を上げた。手拭いを両手で強く、摑む。そんなことあるはずもないのに、涙でしっとり濡れている気がした。

いつも通り、台所の上がり框に仙五朗は腰かけている。

「親分さん、取り乱してしまいました。せっかく来ていただいたのに、申し訳ありません」

まだ震える声を何とか抑えて、頭を下げる。仙五朗は片手を左右に振った。

「詫《わ》びなきゃならねえのは、むしろこっちでやすよ。井戸端でおちえさんたちが気配を感じたと聞いたときに、すぐに手を打たなきゃならなかったんでやすからね。ええ、手下《てか》の一人でも、こちらに張り付けておくべきでやした。それをしなかったのは、あっしの手落ちでやす。面目ねえ話でさ」

一居が僅かに膝を進めた。台張りを終え、さっき、台所の隅に畏《かしこ》まったところだ。

「ご無礼ながら、親分さんにお尋ねしたい儀がございます」

仙五朗が「へえ」と応じる前に、仙助が空咳《からぜき》の音を響かせた。

「一、　違う、違う」

「え、違う？」

「物言いだよ。それじゃ、まるっきりお武家の言い方じゃねえか。『親分さん、ちょいとお尋ねしやす』でいいんだよ。おまえ、まだ抜け切れてねえんだな。いいか、ご無礼ながらだの、お尋ねしたい儀だのなんて今後一切、口にするんじゃねえぞ」

「あ、はい。す、すみません」

一居の面に朱が散った。唇を噛み締める。肩を窄め、俯いた恰好は、いつもより一回り縮んだ風に見えてしまう。

未練があるわけではない。悔いなど一片もない。なのに、捨てようとして捨てきれず、抜けようとして抜けきれず、武家の残滓《ざんし》を引きずっている。

そんな己を恥じる。そういう赤面であり身体つきだ。

一さんも必死なんだな。

寸の間だが、心が竹刀から離れる。

お滝が笑い声をたてた。いつもより、やや硬い。

「ほら、そんな生真面目《きまじめ》な面もご法度だよ。いいんだよ、物言いなんて。そのうち慣れてくるさ。そうしたら、候、ござるも卒爾《そつじ》ながらもごめんなさいも言わなくなるよ。言いたくても舌が縺《もつ》れて言えなくなっちまうからさ。大丈夫、大丈夫」

そこで、お滝はおちえを軽く睨んだ。

「ちょいと、おちえ。何でここで『ごめんなさいは、関わりないでしょ』と突っ込んでこないんだよ。妙に場がしらけちまったじゃないか」

「知らないよ、そんなの。今は……」

泣かないでいるのが精一杯なんだから。

「あぁあ、おまえ、ひどいご面相だよ。両目とも腫れちまって、鼻の先が真っ赤でさ。そんなんじゃ、とても人前には出られないね」

「いいよ、出なくたって。今は一生、穴に潜っていたい心持ちなんだから」

「土竜《もぐら》みたいなことをお言いでないよ。たかだか竹刀じゃないか。新しく買えば済む話だろ」

「あれは、ただの竹刀じゃないの。師範から直々にいただいた物なの！」

思わず叫んでいた。声が上ずり、尖《とが》る。

そうなのだ。新しく購《あがな》って済む話ではないのだ。代替が利かない。

道場に通い始め三年も経ったころ、師の榊一右衛門から呼ばれ、一振りの竹刀を渡された。

「おちえ、そなたには並々ならぬ剣才がある。男子なら目録も授けられるのだが、町方の女子となると、それもままなるまい。その代わりに、この竹刀を与えよう。受け取れ」

榊道場は『丸仙』を除けば、江戸のどこより自由で居心地のいい場所だ。身分にも家柄にも家格にも忖度《そんたく》せず、一心に剣を学べる。そういう処でさえ、町方の女という枠を嵌《は》められてしまう。目録が欲しいわけではない。枠を越える生き方をしてみたいのだ。榊道場であってもそれが叶《かな》わないのかと、少し落胆していた。おちえが己の行く末に、初めて翳《かげ》りを見た一瞬かもしれない。それでも、一右衛門が認めてくれたことは、その証《あかし》として竹刀を授けてくれたことは嬉《うれ》しい。望外の喜びだった。

あれからもう、二年以上が過ぎたけれど、竹刀は宝のままだ。荒稽古には使わない。手入れも怠らない。おちえなりに大切にしてきた。

「目録代わりの竹刀とは粋じゃねえか。これは、おれからのご祝儀だ」

と、仙助が渡してくれたのは、桔梗《ききょう》を縫い取った小幅な布だった。すぐに鍔《つば》の前に巻いてみた。桔梗は好きだ。娘の好む花を仙助はちゃんと知っていた。そして、朝露に濡れ、花弁を開く一輪は鮮やかに美しかった。

鍔の傍《そば》で枯れることのない桔梗が咲いている。それが、おちえの竹刀なのだ。この世でたった一つの物だ。かけがえのない大切な宝で、守り神で、支えで、死んだらお棺に入れてくれと遺言するつもりで、だから一生、傍らにいてくれるはずで……。

また、涙が溢《あふ》れそうになる。奥歯を嚙み締め、何とか堪《こら》える。

「で、一さん。あっしに何をお尋ねですかい」

仙五朗が軽やかな調子で問うた。口調は軽やかだが、眼つきには緩みがない。

「はい。親分さんはこの一件、あちこちで起きているこそ泥騒動と繋《つな》がっている。そうお考えですか」

「考えてやす。忍び込みの手口も金目の物を狙わねえってやり方も、そっくりでやすからね。

あ、別に、おちえさんの竹刀が値打ちのねえ代物だなんて言ってやしやせんぜ」

「……わかってます。使い込んだ竹刀なんて二束三文ですよね。でも、あたしにとっては、百両積まれても譲れないものなんです」

鼻の奥が痛い。堪えている涙が針になって、容赦なく突いてくるようだ。

「へえ、小袖を盗まれたお内儀も同じようなことを言ってやした。何でも、母親の形見だったそうで。古着屋に売っても、ほとんど捨て売りの値しかつかないだろうが、自分にとっては掛け替えのない一枚だったのだと、ね」

できることなら、そのお内儀と手を取り合って泣きたい。いや、二人して、こそ泥を蹴り上げてやりたい。

「だからといって、こそ泥野郎が家人の情のこもった品物ばかりを盗んだわけでもねえんで。皿にしろ、煙管にしろ、惜しむほどのものじゃねえってことでやしたからね」

「つまり、賊は忍び込んで目についた物をいい加減に選んで持ち去った、というわけですか」

「そうだと思いやす。妙ではありやすが、ほとんど害がねえもんで、あっしの気が緩んでやした。探索に身が入らなかったんでやすよ。言い訳になりやすが、他にも関わらなきゃならねえ事件が山積みなもんで、この程度なら放っておいても大したことにはならねえと後回しにしておりやした。あっしの油断でやしたよ。その挙句がこのざまでやす。おちえさんには申し訳ねえ顛末になってしまいやした」

江戸は広い。様々な人がいて、様々な事件が起きる。事件を起こす。岡っ引として江戸の巷を駆け回っている仙五朗がどれくらい忙しいか、十分、解せた。でも、解せたからと言って、あの竹刀を失った衝撃や落胆が減じるものでもない。

「親分さんのせいじゃありません」

そう返すのがやっとだ。

「今は、どう思われますか」

一居が問いを重ねる。

「今も、こそ泥の仕業と考えておられますか」

「いや、考えちゃおりやせん」

仙五朗は答え、正面から一居を見据えた。

「これは、ただのこそ泥の仕事じゃねえ。そうでしょう、一さん」

一居が仙五朗の眼差しを受け止め、頷いた。

「賊はおちえさんの寝所に忍び込み、竹刀を盗み出しました。その気配におちえさんは気が付かなかった。気付かぬまま、眠っていた」

身を縮める。竹刀は隅の壁に立て掛けてあった。狭い部屋だ。竹刀に手を伸ばすためには、おちえの枕もとを通らなければならない。

こそ泥は枕もとを通った。なのに、気が付かなかった。

一居に改めて示されると、身を縮めるより他は何もできない。仙五朗ではないが面目ない。面目なさ過ぎる。俯いたおちえの代わりのように、お滝が声を上げた。

「そ、そうだよ。おまえ、寝ている部屋に男が忍び込んだってことじゃないか。まあ、何てことだろう。おちえ、な、何にもされなかったんだよね」

「何にもって、襲われなかったかってこと？」

お滝がこれ以上は無理だろうと思えるほど、顔を顰める。

「そんな露骨に言うもんじゃないよ。慎みって言葉を知らないのかい」

「おっかさん相手に慎み深く振舞ってもしょうがないでしょ。何にもされてないよ。あたしは朝までぐっすり眠っちゃってて……」

その間に、竹刀を盗まれた。悔しい。恥ずかしい。情けない。そして、憤る。腹の底から燃えるような怒りが立ち上がってくる。

お滝が長息した。

「よかった、無事でよかったよ。心の臓が縮み上がったじゃないか。けど、このことは内緒にしとかないとね、寝所に男が入ってきたって噂だけが独り歩きしたら」

「男とは言い切れやせんよ」

お滝を遮るように仙五朗が言う。お滝の唇が結ばれ動かなくなった。

「こそ泥をとっ捕まえてみねえと、男とも女ともわかりやせん。男だと思い込んじまうと見落とすものも、ままありやすからね。けど、男にしても女にしても、おちえさんの寝所から竹刀を盗み出したのは確かなこと。一さんは、そこに引っ掛かるってわけでやすね」

「ええ、おちえさんほどの方が眠っていたとはいえ、賊に気付かなかったとは、どうしても信じ難いのです」

「でも、実際に気付かなかったの……。何も感じないまま寝てて……」

小声で口を挟む。言葉にすれば悔しさも、恥ずかしさも、情けなさも、憤りも弥増《いやま》してくるようだ。

「それがあり得ないのです。剣呑《けんのん》というほど尖っていなくても普段と違う気配であれば、おちえさんなら目が覚めるはずです」

「そして、一さんもでやすね」

仙五朗が僅かに口元を緩めた。しかし、眼付きは引き締まったままだ。

「一さんだって、昨夜はいつも以上に気を張っていたでしょうよ。二階に寝ていたとはいえ、下で人の動く気配がすれば気が付いたはずでやす」

「親分、一、そりゃあどういう意味になるんで？　正直、おれには二人の言ってることが、いまいちよくわからねえんだが」

仙助が首を捻《ひね》る。お滝も唇を結んだまま頷いた。

「つまりね、このこそ泥は、おちえさんにも一さんにも気配を感じ取らせなかった。そういうことでやすよ、親方」

　仙助とお滝が顔を見合わせる。どちらも、眉間に皺を刻んでいた。

「ようするに相当の手練《てだ》れ、盗人に手練れと言うのもおかしいかもしれやせんが、なかなかの腕を持つ野郎のようで。少なくとも食い詰めて盗みに手を染めたの、誰かにそそのかされてつい悪心を起こしたのって手合いじゃありやせん。玄人《くろうと》の技と来し方を持つ相手。そう心した方がいいと、やっと思い至りやしたよ」

　確かにと、おちえは相槌《あいづち》を打ちそうになる。

　確かに一居なら階下の気配を逃すはずがない。おちえだって、部屋に入ってきた者の動きを感じ取れなかったなんて、まず、あり得ない。しかし、実際は二人とも眠りを妨げられることはなく、異変を察せられなかった。

「でも、そこまでの腕を持つ盗人が、どうしてこそ泥なんかやるんです。もっと、大きな派手な盗みもできるわけでしょ。ね、一さん」

「ええ、おちえさんの言う通りだと思います。それに、それほどの盗人がいたなら、親分さんには少なからず心当たりがあるのではありませんか。身が軽く、雨が足跡を消す具合まで計算でき、巧みに気配を操ることができる。並ではありません。親分さんに心当たりがないとは思えないのですが」

　仙五朗が低く唸った。腕を組み、竈《かまど》の上の煤《すす》けた天井を見上げる。

「実は、さっきからずっとそのことを考えてたんでやすよ。ただのこそ泥じゃねえ、凄腕の盗賊。そっちに頭を切り替えてあれこれとね」

「あら、それで思い当たる節がありました？」

お滝が前に出てくる。

「おい、いいかげんにしろ。親分さんの話は面白半分に聞くもんじゃねえんだぞ」

窘《たしな》めながら、仙助も前のめりになっていた。

「で、親分の思案にぴたりと嵌る者がいましたかね」

仙五朗は眼差しを『丸仙』の夫婦に戻し、僅かに苦笑した。

「いねえこともありやせん。あっしも、かれこれ二十年の上、御用聞きをしてやす。その間には、とんでもねえやつらに何人も出遭いやしたよ」

「と言いますと。どういう類の輩《やから》です」

お滝がさらに身を乗り出す。

「いろいろとでやす。毒を使って奉公していた店の主人一家を殺した女も、江戸の名だたる大店から金子をごっそり盗み出していた男もいやした。徒党を組んで目星をつけた家に押し入る夜盗も、江戸中を荒らし回った巾着切りも、口先三寸で何百両も騙《だま》し取っていたやつもいやしたよ。むろん、並じゃねえ盗人にもたんと出くわしやしたね」

「まあ、でしたら、この件に繋がるやつが浮かんだりします？」

「いや、それがどうにもねえ……」

仙五朗の物言いが、不意に歯切れが悪くなる。

「これほど見事な手口の盗人なら心当たりがあって然《しか》るべしのはずでやすが、どうにもピンとくるやつがいねえんで。当てはまる者もいるっちゃあいやすが……ほぼ、お縄になって後に死罪になってやす。獄門首になったやつもいやすがね」

お滝と仙助は顔を見合わせ、黙り込む。代わりのように、一居が言葉を継いだ。

「では、今、親分さんに心当たりはないのですね」

暫くの間の後、仙五朗は「ありやせん」と答えた。

「少なくともここ数年、こうまで腕の立つ盗人は江戸には現れてやせん。その前に町中を荒らしていた者は、もう生き残ってはいねえはずでやす。あっしの覚えの内だけでやすが、間違っちゃあいねえと思いやすよ」

間違ってはいないだろう。こと江戸市中の犯科について、仙五朗の記憶は驚くほど確かで、鮮やかだ。

「じゃあ、親分さんも知らない新米なのかしら」

ふと頭に浮かんだ思案が口をついて零れた。

「盗人の新米ってことかい？」

お滝からまともに問われると、急に恥ずかしくなった。そんなこと、あるわけがない。

「いえ、あの、今のは取り消します。新米がこんなに上手なわけないものね。針を持ったこともない者が見事な縫取りをしちゃうみたいなものでしょ。そんなこと、ないよねえ」

仙助が渋面になる。

「おちえ、もう少しまともな譬《たと》えができねえのか」

「そうだよ。親の家業を盗人と比べたりするんじゃないよ」

お滝からも叱声が飛んできて、おちえは首を竦めた。

仙五朗がくすりと笑う。笑えば、一息に五つも十も若返って見えた。

「ともかく、あっしは周りの聞き込みをしてみやす。お二人が井戸端で感じたという気配の主も含めやして、洗い出してみまさあ」

笑みを消し、真顔で続ける。

「今まで見通しが甘くて、ゆるりとし過ぎやした。ここからは急ぎやすよ。このこそ泥がこそ泥騒ぎのままでお仕舞になるたぁ思えねえ。大事が持ち上がる前に芽を摘み取らなくちゃなりやせんからね。また、何かわかりやしたら報せに来やす」

身軽に立ち上がり、やはり隙のない身ごなしで仙五朗は去って行った。

「この先、どうなるんだろうねえ」

岡っ引が消えた勝手口を見詰め、お滝が呟いた。

「どうもこうもねえよ。一度、忍び込んだんだ。もう来るこたぁねえさ。あ、けど、用心のためだ。一、おめえ、悪いが今夜から台所の小間で休んでくれねえか」

「承知しました」

台所の小間は、下働きのお富が三月ほど前まで住んでいた部屋だ。実家の都合で通いに変わったので、今は空き部屋になっている。そこで当分、寝起きしろと仙助は言い、一居はあっさりと受け入れた。おちえだって、ここで元旗本の子息だの、二千石だのと騒ぎ立てるほど野暮ではない。一居が捨てた来し方を拾い上げてあれこれ言い募るのは、野暮を通り越して愚かというものだ。生きていく才覚に欠ける。

心に引っ掛かったのは、父より母の呟きだった。

「おっかさん、心配？」

お滝の眸がちらりと動き、口元に優しい笑みが浮かんだ。

「まあね。でも、取り越し苦労ってやつだろうよ」

「それ、盗人がまた来るとか来ないとか、そんなことじゃないよね」

「まっ、この娘ったら」

お滝の笑いは消えたけれど、目遣いは優しいままだった。

「変なところばかりカンがよくなるんだからね。困ったもんだ」

「そこは、おっかさん譲りじゃない。で、何を心配してるの」

もう一度、お滝の眸が動いた。今度は少し、不安げだ。

「別に何もないんだよ。ただね、ちょっと嫌な気がしただけさ」

「嫌な気って？」

「だから、何となくだよ。何となく、嫌な気分になったのさ。この先、もっと大事が起こるんじゃないかって。あ、いや、違うんだよ」

お滝は手を横に振り、おちえから仙助、そして一居へと目を移した。

「別に心当たりがあるとかじゃないんだ。ほんとに気分だけなんだよ」

「つまり、おっかさんは、この先に本番があるって思ったわけね」

今までのこそ泥騒ぎは前触れに過ぎないのではと、お滝は感じたのだ。それは、おちえも同じだ。そして、一居も。

ここまでは前触れ。これから、始まる。

始まる？　何が？　わからない。おそらく、あたしの思案では追い付かない何かだ。

お滝が勢いよく、腰を上げた。

「だから取り越し苦労だって、取り越し苦労。はは、嫌だね。年を取ると余計な心配ばかりしちゃって。さっ、みんな持ち場に戻ろうよ。仕事、仕事。あたしたちは堅気《かたぎ》だからね。お天道さまが照らしてくれてる間に、しっかり働こうじゃないか。おちえ、おまえ、今日も道場に行くつもりなんだろう」

「あ、うん。家の仕事を済ませたら。ちょっと出掛けてくるね」

「へん。何がちょっとだよ。ちょっとで済むなら御の字さ。道場に足を向けたら最後、日暮れじゃないと帰ってこないくせにねえ。まあ、いいさ。榊先生には何かとお世話になってるんだ。恩返しできるなら、しとかなきゃあね。それはそうと、今気が付いたけど、みんな朝餉をろくに食べてないんじゃないかい」

「おれは食ったぞ。親分が来る前にかきこんだ。おちえ、おまえは？」

「とても、食気なんか起きないもの。いらないわ。あ、一さんも食べてないのと違う？」

「まあ、大変だ。『丸仙』は奉公人に飯も食わさないなんて言われちゃうよ。握り飯でも、ぱっと拵えるかね。おちえ、おまえは洗い物を片付けな。それと、おまさにはさっさと洗濯を済ますように、お富には廊下と厠《かわや》を掃除するようにって言い付けておくれな」

早口で命じるとお滝は前掛けを締め直し、土間に降り立った。一居も仕事場に戻るべく、台所を出て行く。おちえと父だけが残った。

「お滝のやつ、相当、気分が揺れてるな」

仙助がぼそりと独り言《ご》つ。

「おっかさんの心の内が、わかるの」

「まあな。長《なげ》えこと夫婦《めおと》をしてりゃあ大概なことはわかるもんさ。それに、おまえのおっかさんはわかりやすい性質でもあるからな。へへ、あんな風にやたらめったら、しゃべりまくるのは気持ちが落ち着かねえ証なんだよ」

「さすがに、わかってんだ。でも、おっかさんのカンって悪いことにはよく当たるんだよねえ。ほんとに、ただの取り越し苦労ならいいんだけど」

そんな気はなかったのに、ため息が零れた。

「おいおい、おまえまで心配の病に罹《かか》るなよ。こういうこたぁ悪い方に考えたってしょうがねえんだよ。気が塞ぐだけ損てもんさ。さっ、おれも仕事をしねえとな。おまんまの食い上げになっちまわぁ」

自分の膝を音高く叩き、仙助は軽やかに笑った。

竈の前にしゃがんでいたお滝が振り向き、さっさと動けと言う風に顎をしゃくる。亭主ではなく娘を促したのだ。

そうだ。泣いていても仕方ない。まずはしゃきしゃき動こう。動いていれば、少しは気が紛れる。それに、それに……返ってくるかもしれない。親分さんが乗り出してくれるんだもの。竹刀があたしの許に返ってくるかもしれない。

おちえは涙が乾いてがさつく頬を手拭いで拭いた。それから、胸いっぱいに息を吸いこんでみる。雨上がりの朝の香り、土や木々や水や花や、あらゆる匂いが混ざり合い、なのに乾いて清々しい香りが身の内に滑り込んでくる。そこに、炊き上がったご飯の匂いも加わった。

少し、元気がでる。

「おちえ」

「はい、洗い物ね。すぐにやります」

袖を括りながら、洗い場の前に立つ。

空を舞っているのか、甲高い鳶《とんび》の声が響いてきた。


「まあ、そんなことがあったのですか」

信江が目を見張る。

「大変な目に遭われたのですね。とんだ災難ではありませんか。でも、ともかくお怪我《けが》もなくてよかったこと。ねえ、旦那さま」

傍らに座る一右衛門を見やる。

「まさに。無事でなによりだったな、おちえ」

榊道場の奥まった一室、一右衛門の居室におちえは畏まっている。道場に着いてすぐ、稽古が始まる前に竹刀のことを詫びねばと考えたのだ。おちえの後ろ、部屋の隅には道着姿の源之亟がおちえ以上に畏まって控えている。

自分ではそんなつもりはなかったが、ずい分と張り詰めた顔つきになっていたらしい。その顔つきで「師範にお伝えしなくてはいけないことができました」と言い張るおちえを案じ、ついてきたのだ。

源之亟の心遣いをありがたいとは思う反面、放っておいて欲しくもあった。己の非は己で償わなければならない。周りに甘えたり、頼ったりしたくなかった。

一右衛門と信江を前にして、今朝の出来事を包み隠さず話す。

「せっかく、師範よりいただきました竹刀をむざむざ盗まれてしまいました。まことに、申し訳ありません」

そう低頭すると、やはり涙が滲《にじ》んでしまう。まともに師の顔を見られない。しかし、一右衛門も信江も、まずはおちえを労《いた》わってくれたのだ。今度は、人の優しさに涙ぐみそうになる。涙の壺《つぼ》の蓋がずれているとしか思えない。

「あの竹刀を授けてから、すでに二年が経った。そろそろ、替え時であったのかもしれん。いや、替えねばならなかったのだ。此度《こたび》の件は、そのきっかけともなったと言える」

「え……」

顔を上げる。一右衛門と信江はちらりと目を合わせ、どちらからともなく頷いた。武家の夫婦だ。仙助やお滝のように明けっ広げで好き勝手なことを言い合ったり、笑ったり、ときに諍《いさか》ったり、妙にべたべたしたりなど天地がひっくり返ってもしない。しかし、二人が心を通わせていることは、ちょっとした仕草や眼差しから窺《うかが》い知れた。

「信江、あれを」

「はい」

信江が腰を上げ、床の間の横にある刀簞笥から二振りの刀袋を取り出した。一つは雪白のもう一つは錦織の拵袋だ。

「おちえに、これを」

一右衛門は、妻から渡された雪白の袋を真っすぐに突き出した。

「え？　あ、あたしですか」

「そうだ」

恐る恐る白袋を受け取る。模様はないが極上の絹でできていた。

「今度は、袋に桔梗を縫い取ってもらえばよろしいですよ。『丸仙』の親方なら、さぞや見事に花を咲かせてくれるでしょう」

信江が目を細める。おちえは紐を解き、息を呑んだ。

真新しい竹刀が納まっている。

「まあ、まあ」

その後が続かない。鼓動が激しく、速くなる。口の中がみるみる乾いていく。

「江戸随一の竹刀職人に作らせた。おちえには相応《ふさわ》しい逸品だ」

おちえは袋から竹刀を取り出した。指先が震える。

前革に包まれた切先から柄頭まで三尺八寸、やや黒みがかった四つ割り竹は中結できっちりと結ばれ、仄かに輝いているようだ。その輝きは深く、艶やかで美しい。

「そして、伊上」

「はっ」

「これをつかわす」

源之亟は膝行すると、拵袋を捧《ささ》げ持った。いつもは心のままに自在に変化する表情が、強張《こわば》って動かない。こんなに張り詰めた源之亟を見るのは初めてではないだろうか。

拵袋の中からは黒鞘《くろざや》の一振りが現れた。

「これは……師範、これは……」

源之亟の喉が、呻《うめ》きに近い低い音をたてた。

刃長二尺三寸。鍛肌《きたえはだ》は小板目肌。地沸《じにえ》が微塵に付いている。光を弾《はじ》くのではなく、吸い込んで白刃そのものが淡く発光しているように見えた。

「師範、これは……」

唾を呑み込み、源之亟はまた「これは」と呟く。ほとんど狼狽《ろうばい》に近い源之亟の顔を目にしていると、おちえの鼓動は静まっていく。

「伊上さま、しっかりなさって。さっきから『これは』しか仰《おっしゃ》ってませんよ」

「いや、しかし、これは師範の愛刀である、び、備前伝《びぜんでん》ではありませぬか」

「そうだ」

「こ、これをそれがしに賜ると」

「そうだ」

「ええ、し、しかし、師範、これほどの名刀をそれがしに……これは、まさに名刀で……それを、それがしに……いや、しかし、それがし、備前にはまだ訪れた覚えがなく、せいぜい、品《しな》川《がわ》あたりまで足を延ばすのがいっぱい、いっぱいといった有り様でござりますが」

「もう、伊上さま。仰ってることが支離滅裂です。しゃんとしてください。師範は旅の話などしておられませんよ」

　男の広い背中を思いっきり叩く。引き締まった肉の硬さと柔らかさが手のひらに伝わってきた。源之亟は稽古を怠らず、竹刀を振り続けていたのだろうと、一居は看破した。確かに、緩みのない鍛え上げられた身体だ。

　なるほど、これなら。

　昨日の稽古のときの、あの速さもあの強さも納得できる。しかし、身体は変わっても源之亟は源之亟だ。斟酌《しんしゃく》は無用ではないか。

「こんなときに取り乱して、どうするんです。はい、息を吸って」

「へ？」

「鼻から大きく息を吸って、口からゆっくり吐く。はい、もう一度。ね、落ち着いたでしょ」

「おお、まことだ。何やら頭がすっきりしたぞ。さすが、おちえだ。かたじけない」

「どういたしまして」

　信江が横を向き、袂《たもと》で口元を押さえた。

「あなたたちは本当に楽しいわ。おかげで、ずい分と活力をいただきましたよ」

一右衛門も首肯する。

「二人には多くを担ってもらった。榊道場が今日あるのも、おまえたちのおかげだ。正直、わしは半ば諦めておった。道場の門が開くことは二度とあるまいと、な。しかし、おまえたちは、諦めも挫けもしなかった。それどころか、あれほどの悪事を乗り越えて、再開を果たしてくれた。源之亟、おちえ、改めて礼を言う。まことに、かたじけない」

一右衛門がこぶしをつき、低頭した。信江も深く頭を下げる。

「ひえっ、やめ、止めてください、師範、奥さまも。そ、そんな真似をされたら困ります」

おちえは腰を浮かせて、両手を横に振った。あまりに勢いが良すぎたのか、身体の均衡が崩れた。前に倒れそうになり、慌てて手をついた。

「おちえ、落ち着け。息を吸って、吐け。吸って、吐く。吸って、吐く。どうだ、落ち着いただろう。古来、この気息法は逸《はや》り、慌てる気持ちを静める効があるのだ」

「それは、あたしがお教えしたんじゃありませんか。何を得意顔に語ってるんです」

「え？　そうだったかな。覚えがないぞ。おれが書物で読んだのではなかったかな」

「どうして、そんなに自分に都合のいい解釈しかできないんです。呆れてしまいます。あ、そんなことより、ほんとに、どうかどうか、顔をお上げください。師範、奥さま。後生ですからもうお止めくださいませ」

一右衛門が身を起こす。信江はまだ顔を伏せたままだ。肩が震えているのは、おちえと源之亟のやり取りに笑いが止まらず、何とか抑えようとしているからだろう。

「あたしも伊上さまも、師範に頭を下げていただくようなこと、何もしておりません。あたしたちは、あたしたちが榊道場を再開させたくて、どうしても失いたくなくて、それで動き回ったのです。つまり、その、己のためにやったことなのです。身勝手と言えば身勝手な理由で。そうですよね、伊上さま」

「さよう、さよう。おちえの言う通りでございます。我らは我らの心意に基づき努めたまで。畏れながら、師範は何か誤解をしておられると拝察いたしますが」

「いや」と、一右衛門はかぶりを振った。

「己のために動いたのみと言うが、結句、道場は息を吹き返した。それは紛れもない事実よ。とすれば、おまえたちに礼を伝えるのは道義であろう。ただな、二人とも、そちらこそ考え違いを致すなよ」

「考え違い？」

おちえと源之亟の声が重なった。

「そうだ。おまえたちに竹刀と大刀を渡したのは、此度の奮闘への礼ではない。この先、道場を担っていく者へのわしなりの餞《はなむけ》なのだ。とりわけ、伊上」

「ははっ」

「おまえには、この道場の全てを託す。近いうちに、わしは師範の座をおまえに譲るつもりだ。榊道場ではなく伊上道場として守り続けてくれ」

「師範……」

「昨日、おちえとの勝負を見た。そして決めたのだ。おまえは技だけでなく、全てにおいて強くなった。心技体、どれも見違えるほどに伸びた。苦境の中で縮こまりも、折れもせず、己が才を伸ばしたのだ。よう励んだの、伊上」

一居が『丸仙』の井戸端で呟いた台詞《せりふ》とほぼ同意の称賛を、一右衛門は語った。

よう励んだ。よう伸びた。よう折れなんだ。

源之亟が平伏する。道着の背中は、もう気安く叩きも触れもできない。そういうものを拒む凛《りん》とした気配が漂っていた。

「以前の伊上なら、おちえと互角に戦うなど夢のまた夢であったのになあ。正直、驚いたぞ」

不意に一右衛門の口調が砕けた。軽い笑声まで零す。

「互角ではありません」

そう告げ、おちえは奥歯を噛み締めた。

「昨日の勝負は伊上さまの勝ちです。一瞬早く、小手が決まっておりました」

ほとんど腫れの引いた手首の傷が、また疼《うず》き始める。

「いや、互角だろう」

あっさりと言い切られた。おちえは、目を上げ一右衛門の眼差しを受け止める。

「真剣であれば、どうなったかはわからぬ。しかし、昨日は飽くまで竹刀での勝負だった。おちえは小手を決められながら、攻めを止めなかった。源之亟の隙を見逃さなかったのだ。あれが、源之亟があの勝負で見せた唯一の隙であったな。まさに肉を斬らせて骨を斬る、捨て身の覚悟よのう。いや、おちえ、真剣であったとしても互角であったとわしは思う。うむ、二人とも見事だった」

一右衛門は大きく息を吐き出した。

「まさに、眼福。ああいう勝負をまた見られるかと思うと心が浮き立つ」

「あら、花や風景ではなく剣の勝負に眼福などと申します？」

信江が柔らかく笑んだ。

「見事なものは、全て眼福の素となろう。あれは、沢原と吉澤どのの勝負を目にして以来の感奮であったぞ」

一右衛門は沢原荘吾の名を躊躇《ためら》いなく口にした。そして、続ける。

「吉澤どのは言うに及ばず、沢原も稀《まれ》な剣士であった。だから、惜しい。惜しむに余りある死であった」

信江が息を呑み込む。あの一件以来初めて、おちえたちの前で一右衛門が沢原荘吾の名を出し、語った。

源之亟は僅かに前屈みになり、師の顔を覗き込んだ。

「師範」

「ああ、わかっておる。沢原はもうおらぬのだ。どう惜しんでも、懐かしんでも帰って来はせん。わしらが見据えるのは来し方ではなく行く末なのだともな。だからな、伊上、おちえ」

おちえは背筋を伸ばす。源之亟も居住まいを正した。

「おまえたちは、おまえたちの剣を究めろ。沢原とも吉澤どのとも違う、それぞれの剣だ」

静かな一言、一言が胸に染みる。

女であっても町人であっても、究められる剣があると師は告げている。

源之亟が僅かばかり膝を進めた。

「師範、かたじけのうございます。伊上源之亟、そのお言葉を胸に、おちえと末永く共に精進してまいります。どうか、これからもお導きくださいませ」

「は？　ちょっ、ちょっと待ってくださいな、伊上さま」

おちえは思わず腰を浮かせていた。

「うん？　何だ」

「何だじゃありません。どうして、そう先走るというか手前勝手なことを仰るのです」

「おれが、いつ先走ったり手前勝手な物言いをした」

「たった今です。あたしに断りもなく勝手なこと、言わないでくださいな」

「はあ？　じゃあ何か。おまえは精進するのが嫌だと言うのか。稽古を厭《いと》うのか」

「誰がそんな話をしてます？　その前です。何なんですか、末永く共にって。変に取り違えられるような言い方しないでください。あたし、伊上さまと末永くご一緒する気はとんとありませんから」

「うわっ、また、そのようなきついことを。おちえ、今のこの現を考えてみろ。おれたちが夫婦になって道場を守《も》り立てていく。それしかないではないか」

おちえはちらりと師範とその妻を見やった。二人とも、止める気はないらしい。むしろ楽しげに目を細めて、見詰めている。

「他に幾らでも道はあります。夫婦でなくても守り立てていくことはできるでしょ。だいたい、お武家さまが町方の女を娶ったりしてよろしいのですか」

「いいとも。おれは、全く気にしないぞ」

「あたしはします。だいたい、こっちにも都合ってものがあるんです。あたしは『丸仙』の一人娘なんです。店ってものを背負ってるんです。申し訳ないですが、嫁入りじゃなくて婿取りをしなくちゃなりませんから。伊上さまでは、それは叶《かな》いませんでしょ」

あ、これは、その場凌ぎの言い逃れだ。

『丸仙』の跡を継ぐ覚悟は、まだできていない。嫁入りも婿取りも、どこか遠い出来事でしかなかった。遠い出来事として目を逸《そ》らしてきた。なのに、ここで言い立てるのは姑息だ。

「吉澤どの、あ、いや一に任せればいいではないか」

「はい？」

源之亟の言葉が一瞬、解せなくて、おちえは瞬きしていた。

「だって、あいつの才覚は相当なものなのだろう。剣の方ではなくて縫箔の方だぞ」

源之亟の言わんとしていることが呑み込めて、今度は目を見開く。

まあ、伊上さま、何を言いだすのかと思ったら。と笑おうとしたけれど、口元が強張って動かなかった。寸の間閉じた瞼の裏で檜扇が舞う。

檜扇舞風文様。

仙助が凝視していた。声を出さずに唸っていた。

これから、どれくれえ伸びていくのか。

耳の奥に、父の呟きがよみがえる。ぼそぼそとした小声だったはずなのに、頭に響いてくる。少し、痛い。

「あらあら、伊上さん、それじゃあ、おちえさんに一さんと一緒になれと勧めているように聞こえなくもありませんよ」

信江がいつもより軽く、朗らかな口調で告げた。

「は？　いや、まさか。それがし、そんなつもりは毛頭ござらん」

源之亟は音が聞こえるほどの勢いで、手を横に振る。信江はさらに軽やかに、武家の女として許されるぎりぎりの軽やかさで言葉を継いだ。

「ほほ、ともかく、行く末については焦って決めてはなりませんよ。一生のことですもの、少しでも納得できるよう、じっくり思案なさいませな。わたしも嫁ぐときは、そういたしました。もうずい分と昔になりますけれどね」

「なに？　信江、そなた、そんな思案の果てに嫁いできたのか」

「そうでございますよ。旦那さまの為人《ひととなり》をじっくり思案させていただきましたの。それで、わたしが決めました。親に命じられるがままに花嫁になったわけではございません」

信江が心持ち、胸を張る。

「ですからね、おちえさんもそうなさいな。自分で決めた行く末なら、苦労も苦難も受け止めて、越えて行けますよ。悩みも迷いもするでしょうが、誰かの命のままに生きるより、ずっと味のある生き方ができるのではなくて？　いえ、わたしが申すまでもないこと。おちえさんなら、きっとそうして生きていくはずですよ」

そのときになって、おちえはやっと思い当たった。

信江は、おちえの悩みも迷いも見通しているのだ。

源之亟はこの先も榊道場と共に生きていく。おちえには、その道はない。一右衛門が道場を託したのは源之亟なのだ。

大刀と竹刀。本物と飽くまで稽古用の刀。その違いだろうか。

悔しいとか悲しいではない。淋しい……のだろうか。心がすぅすぅする。源之亟も一居もおちえには背中しか見せず、己の道を進んでいく。

これは、取り残される淋しさ？　置いてけぼりにされる心許なさ？

信江は揺れるおちえに寄り添ってくれたのだ。

「はい、奥さま。身に余るお言葉です。ありがとうございます」

淋しさも心許なさも一先ず胸底に追いやって、おちえは深く頭を下げた。

道着に着替え、道場に出る。

いつもの稽古が始まる。

竹刀を打ち合わす音と掛け声が満ちて、天井に当たり床に跳ね、武者窓の間から流れ出していく。この気色に浸るだけで、心がしゃんとする。

「おちえ、師範からいただいた竹刀を使うのか」

源之亟が問うてきた。おちえは「いいえ」と答えた。

「素振りをして、手に馴染《なじ》んでからでないと使いこなせませんから」

「ああ、それはそうだな。うーむ、やはり、竹刀を盗まれたのは惜しいな」

「はい。悔しくてたまりません」

師から授けられた新しい竹刀は、むろん嬉しい。町方のおちえに、小太刀であっても刀剣を渡すことはできない。一右衛門なりの心遣いだと重々、承知していた。だからといって、使い込んだあの竹刀を忘れられるわけもなかった。軽く柄を握っただけで、手のひらに吸い付いてくる触りは他の何にも替え難い。

「まだ、諦めたわけじゃありません。返ってくる見込みだってあるはずです。何と言っても、親分さんが本腰を入れて、追っかけてくれるんですから」

「仙五朗親分が。え？　それはつまり、ただのこそ泥騒ぎじゃないってことか」

「まあ、伊上さま。剣の腕前だけでなく頭の閃《ひらめ》きも速くなったんじゃありません？　以前なら

『ふーん、そうか』でお仕舞になってましたよ」

「それは褒めているのか。以前のおれを貶《けな》してるのか」

「もちろん、褒めております」

「そういう風には聞こえんかったがなあ。まあ、いいか。しかし、どうして仙五朗親分は本気になったんだ。『丸仙』で盗まれたのは、おちえの竹刀のみだろう。おちえにとって大切であっても、金目の物とは言えんぞ」

「はい、そこのところですが」

おちえは今朝の仙五朗とのやりとりを掻《か》い摘《つま》んで話した。

「なるほど。おちえも吉澤……一も気が付かなかったというのは尋常じゃないな。親分が本気になるのも宜なるかなだ。この先、なにが起こるかわからんものな。もっと大きな事件に繋が

ることもありうるわけだ。ところで、おちえ、気が付いているな」

源之亟が声を潜める。顔つきは暢気《のんき》なままだったが、口調は僅かに張り詰めた。おちえも、笑みを消さぬまま頷いた。

「はい。窓の外から誰かが覗いておりますね」

「池田ではないな」

「違います」

束の間だが、鋭く油断できない気配を感じた。池田新之助なら、あそこまで尖りはしない。

「今は、姿は見えぬようだが」

「まだ、外にいるのではありませんか。伊上さま、どういたします」

「挟み撃ちにするか。おちえ、裏から回ってくれ」

「承知しました」

頷き合う。源之亟が大きく手を打ち鳴らした。乾いた音が響く。

「よし、そこまで。両端に分かれて、一休みしろ。汗を拭いて、水を飲め。おちえ、身体を拭きたいのだが井戸水を汲《く》んできてくれぬか」

「はい、すぐに」

手伝おうと寄ってくるお若を身振りで制し、裏口から庭に出る。そこで、おちえは足を速めた。井戸の傍らを走り抜け、表に回る。

黒い影が目界の隅を過《よぎ》った。おちえの気配を捉えたのか逃げ出そうとしている。さらに、足を速める。

「何者だ。なぜ覗き見などしておった」

「うわっ、痛い。いたたたた」

源之亟の誰何《すいか》の声と悲鳴が絡まり合って、耳に届く。

「伊上さま」

「おう、おちえ、捕えたぞ」

源之亟が一人の男を組み伏せていた。

見知らぬ男だ。少なくとも、おちえには見覚えがなかった。

鳩羽色《はとばいろ》の小袖に金茶の羽織を身に着けている。よくよく見れば、いや、一目見ただけでもかなり裕福な商人のように思われた。もっとも、裕福な商人の形《なり》をしているからまっとうだとは、言い切れない。まっとうに見せるために、身形《みなり》を整える。そういうことだって、あるのだ。外見だけでは容易《たやす》く判じられないのが、人という生き物だ。

「痛い。お、お武家さま、お許しください。どうか、手をお放しくださいませ」

男が懇願する。面長の整った顔つきをした優男だ。色黒で逞《たくま》しい体軀《たいく》の源之亟と比べると、あまりに頼りなく目に映る。

それに若い。二十二、三。それより上には見えなかった。つまり、源之亟や一居とそう変わらぬ年ではないのか。

「あ、怪しい者じゃありません。違います。違いますから、どうかお手を……いたたた」

若い商人風の男は、さらに情けない声を上げた。

「ふざけるな。道場を覗き見していたくせに。怪しいに決まっておる」

「いや、だから、違うんです。痛い、ほんとに痛い。ご勘弁ください」

と、ほとんど泣き声になっている。

「伊上さま、もう少し力を緩めてあげてくださいな。本当に腕の骨が折れたりしたら、大変です。道場の評判にも関わりますし」

本気でとりなす。この男が見た目通りのまっとうな商人だとしたら、榊道場の師範代は堅気の者を痛めつけただの、窓から覗いていただけの男に襲い掛かっただの、剣呑な噂の元になりかねない。肝心なところは全て端折《はしょ》り、事実を捻《ね》じ曲げて、おもしろおかしい作り話に変えてしまうのは、世間の得意技だ。

やだ、あたしったら、ずい分世間擦れしちゃってる。

痛がっている男の身より他人の耳目を気に掛ける。一瞬でも、そちらに傾いた自分に驚く。道場を立て直すために奔走した日々で、ぶつかった人の世の壁は気付かぬ間に、おちえに要領よく立ち回る手立てや、あれこれ気を回す術《すべ》を染み込ませたらしい。

ちょっと、気持ちが塞ぐ。

「逃げぬと約束できるか。できるなら許してやる」

「します、します。逃げたりしません」

よしと頷いて、源之亟がゆっくりと男の腕を放した。男の口から長い吐息が漏れる。

「あら、傷が」

おちえは腰を屈め、男の横顔を覗き込んだ。

頬から顎にかけて擦り傷ができている。手の甲の皮も剝《む》けて、血が滲んでいた。

「手当をしてあげます。伊上さま、この人を引っ立てて……じゃなくて、こちらに連れて来てくださいな」

「あ、いえ、手当などと滅相もない。この程度の傷、平気です。ほんとに平気ですから」

男が頭と手を同時に横に振った。

「あら、遠慮は無用ですよ。ちゃんと手当をしとかないと膿《う》んだりしたら大変でしょ。薬を塗ってあげますよ。それと、お名前等々たっぷりと聞かせてもらいますからね」

にっと笑い掛ける。男は真顔のままだった。源之亟は「おう」と答えると、男の腕を取り、立ち上がらせた。

「覚悟しとけよ。おちえの取り調べは、そりゃあもう厳しいからな」

「……は、はい。お手間を取らせます」

観念したのか、もともと気弱な性質なのか、男は目を伏せただけで抗《あらが》う素振りなど一切見せなかった。

「わたしは、深川元町《もとまち》の『伊予屋《いよや》』という店の主人で、陽太郎《ようたろう》と申します」

男はそう名乗った。

「あら、伊予屋さんですか。あの蠟燭《ろうそく》問屋の？」

「おちえさん、ご存じですか」

男の、伊予屋陽太郎の面《おもて》が俄《にわ》かに晴れてくる。

「知ってますとも。とっても名の知れたお店じゃないですか。小売りもしてるでしょ。お使い物なら『伊予屋』の蠟燭がいいって、みんな言ってますよ。お値段のわりに質が良くて、炎が明るくて、煤《すす》も出ないって」

陽太郎はますます顔色を明るくする。中天の日輪を仰ぐように目を狭め、見詰めてくる。どうしてだか、おちえは気持ちが逸り言葉数が多くなった。

「あたしの叔父《おじ》も馬喰町《ばくろちょう》で蠟燭を商っているんですよ。その叔父が『伊予屋さんの品の高さには舌を巻く』なんて言ってました。うちでも、二度ばかり、お客さまから頂いたことがあって、普段は油だから蠟燭なんて滅多に使わないけど、いざ点《とも》してみたら明るくて……あら、そんなことより、どうして、あたしの名を知ってるんです？」

薄緑の傷薬を塗られた頰が、ひくっと動いた。

「いや、それはその、こ、こちらのお武家さまがそのようにお呼びでしたので」

源之亟をちらりと見やり、陽太郎が身を縮める。

「怪しいな」

源之亟が眉間に皺を作った。

「だいたい、おまえ、何用あって道場内を覗いていたのだ。評判の蠟燭問屋の主が覗き見するとは、どうにも解せん。おまえ、本当に『伊予屋』の主か？　騙《かた》っておるのではないか」

「とんでもありません。騙りなどしておりません。本当のことです」

道場の隣にある板敷の部屋に、三人は座っている。おちえたち女子の門弟が着替える場所になる。男子門弟の部屋はもっと広くはあるのだが、汚い。風呂敷包みだの道着袋だのが所狭しと散らばっているし、埃《ほこり》っぽい。なにより、汗臭かった。その点ここなら、掃除は行き届いている。荷物も道具もきちんと納まるところに納まっていた。

もっとも、覗き見をしていた相手だ。綺麗《きれい》な部屋でもてなす必要などない。ただ、おちえは伊予屋陽太郎と名乗った男にさほどの不審を覚えなかった。評判の店の主だからではない。陽太郎から剣呑な気が全く伝わってこないからだ。とすれば……。

首筋にそっと手をやる。

ここに感じた気配は何だったのか。

目の前の商人が発した？　恐れ入った様子で縮こまっている、この男が？

「さあ、さっさと白状してもらおうか。なぜ、道場を覗いていた」

源之亟が声を大きくする。陽太郎はさらに身を縮めた。

「そ、それは……あの……」

「よもや、盗人の一味ではあるまいな。今夜、忍び入るつもりで下見をしておったとか」

「は？　いや、まさか。そんな真似、するわけありません」

「わからぬぞ。そうだ、おまえは巷を騒がしているこそ泥と関わり合いがあるのではないか。商人に化けて、今夜の獲物を捜していたんだろう。それなら辻褄《つじつま》が合う」

「そんな、勝手に辻褄合わせをしないでください。わ、わたしは盗人なんかじゃありません。正真正銘の商人です。だいたい、こんな貧しい町道場に忍び込もうとする盗人なんかいやしません。入ったって盗むものなんか何もないじゃありませんか。あ、す、すみません」

陽太郎が慌てて口を押さえる。

「〝貧しい町道場〟ですって。ずい分とはっきり言われましたね、伊上さま」

「ああ、遠慮も斟酌もない言い方だな」

「す、すみません。申し訳ありません。口が滑りました」

陽太郎が平身低頭する。何だかおかしくて、おちえは噴き出しそうになった。

「口が滑ったとは、つまり、本心で思ってたということか」

源之亟はわざと気難しい物言いをしている。それもおかしい。

「いや、まさか、そんな。違います、違います。わたしは、あの、に、入門させていただきたいと思いまして」

源之亟の表情が張り詰めた。おちえも緩んでいた口元を引き締める。

「なに、入門だと？　うちの道場にか」

「あ、はい。そうでございます。あの、こちらはお武家だけでなく町人であっても稽古をつけていただけると聞き及びまして、それで、ぜひにと思ったのです。が、なかなか声を掛ける勇気がございませんで、それで、窓から様子を窺っていた次第です。まことにご無礼を」

陽太郎は最後まで言い切ることができなかった。源之亟に肩を摑まれたのだ。

「そうか、そうか、入門者か。ははは、ならば、もそっと気楽に、表から堂々と入ってくればいいものを。遠慮など無用だぞ。うちは入門者を拒んだりはしないからな。むしろ諸手《もろて》を挙げて迎え入れるぞ。ははは。いや、よく来た、よく来た」

門弟を一人でも増やしたい。

源之亟の偽らざる心境だろう。新たな入門者に喜びを隠し切れない様子だ。もっとも、源之亟が自分の心内を押し隠すことは、そうそうないのだが。

「でも、それにしては些《いささ》か……」

おちえは、躊躇いながら口を挟んだ。源之亟の昂《たかぶ》りに水を掛けたくないが、まずは疑念を払しょくしたい。

「伊上さま、それなら先刻の気配をどう考えます。入門したくて言い出せず、つい窓から覗いてしまったと、そんな柔らかなものではなかったと思いますが」

今にも高笑いしそうだった源之亟の口が、ぴたりと合わさった。眼差しがおちえから陽太郎に移る。

「言われてみればそうだな。入門者の気配ではなかったようだが」

源之亟の睨みに、陽太郎の顔面が蒼白《そうはく》になっていく。

あら、この怯え方はお芝居じゃない……よね。

おちえは胸の内で首を傾げた。

身振りや顔つき、声の調子は作ることはできる。しかし、顔色まで操るのは無理だろう。それとも、天性の役者ならできるのだろうか。目の前に畏まっている男は、どの方面から眺めても、天性の役者からは程遠く思えるが。

「どうなんだ、伊予屋。本当に入門目当てで覗いていたのか」

源之亟がさらに、問い詰める。

「も、もちろんです。入門させていただきたいと思うております。あの、でも……」

「でも、何だ?」

「いえ、あの、わ、わたしの気配はそんなに尖っておりましたか」

「おうよ。痛いほど感じ取れたぞ。なあ、おちえ」

「はい。突き刺さってくるように感じました。あ、でも、殺気というのとは違うかも……」

　真の殺気を向けられたことは、ほとんどない。人を殺す。その一念がどれほど尖り、生身を抉《えぐ》るのか、とうてい思い及ばない。しかし、さっき、微かに感じたものは鋭くはあっても、異様な剣呑さはなかった。そこは確かだ。

「す、すみません」

　陽太郎がまた、平伏した。

「申し訳ありません。そ、そんな眼で見ていたとは自分では、まるで気付かずおりました」

「見ていたとは、何をだ。稽古の様子か」

「いえ……あの……を」

「は？　何だって？　ごにょごにょ言ってちゃわからん。もっと、はっきり言え。わっ」

　源之亟が仰け反《のぞ》ったほど勢いよく、陽太郎が身体を起こした。背筋を伸ばし、端坐《たんざ》する。そうすると、ひたすら謝るだけの気弱な姿が消えて、芯のある商人が現れた。そんな気がする。大店の主人だというのは、嘘ではないらしい。

「正直に申し上げます」

　よく通る声で、陽太郎は告げた。

「わたしは、おちえさんを見ておりました」

「はい？」、「何だと？」。おちえと源之亟の声が重なった。二つとも間の抜けた調子だ。

「つまり、その、わたしはおちえさんに懸想をいたしました」

「はい？」と、おちえはまた調子外れの受け答えをしてしまったが、源之亟は口を開けたまま、その場に棒立ちになっていた。

「そうです。懸想いたしました。一目惚れ《ひとめぼ》れです」

「ひ、一目惚れ？　あたしに？」

「はい。おちえさんに、です」

「いや、いやいやいや、それはないでしょう。あたし、伊予屋さんと逢《あ》ったことありませんもの。お店に蠟燭を買いに行った覚えもありません。人違いじゃないですか」

「ご本人を前にして間違えるわけがありません」

妙にきっぱりと言い切り、陽太郎はおちえを見上げた。おちえの方がたじたじとなるような、真摯な目色だった。

「え、あの、でも、で、でしたら、どこでお逢いしましたっけ？」

まるで覚えがない。口を利いたことはもちろん、顔を合わせたことすらないはずだ。

「逢ってはおりません。あの、わたしが見ただけで……」

「見た？」

「はい。昨日、往来でお武家さまと何やら揉めていた様子を目にいたしました」

昨日、武家、揉めていた。

「えっ、やだ、それって池田さまを取り押さえた、じゃなくて、捕まえた、じゃなくて、お止めしたときの様子ってことですよね」

頬が火照る。全力で追いすがり、むしゃぶりついた。池田は悲鳴に近い声で「放せ」と叫んでいた。ちょっとした修羅場だ。

「わたしは、お得意さまに品を届けての帰りでした。人の叫ぶような声がしたので、ふっとそちらを見ますと、おちえさんとお武家さまが何か揉めているようで、こちらのお武家さまも加わって、ちょっとした騒ぎになっておりました」

「伊上だ」

源之亟が不機嫌そのものの物言いで告げる。

「おれは伊上源之亟という者だ。おちえの名前は知っているくせに、おれだけ〝こちらのお武家さま〟で片付けるな。無礼者めが」

「あ、まことに申し訳ありません。『おちえ、おちえ』と呼ぶ声は、はっきり耳に届いてきましたので、それで、この方はおちえさんと仰るのだとわかりまして、そ、その前はあまりにお綺麗な方なので、何と言いますか、その、ちょっと見惚《みと》れておりました」

「あら、嫌だわ。綺麗だなんてご冗談を。ほほ」

「いえ、冗談などではありません。何と申しますか、咲いたばかりの朝顔のようで、清々しくて美しくて、はい、眼も心も釘付けになったようでした」

「まあ、朝顔ですか。わぁどうしようかしら。うふふ」

花に譬えられて嬉しくないはずがない。ちょっぴりだがいい気分だ。

「朝顔の花なら昼間には萎《しぼ》んでしまうではないか。しかも、蔓《つる》が伸びてやたら絡みついてくる。ふん、つまらぬ譬えだ」

源之亟が顔を歪《ゆが》めた。小意地の悪いご隠居のような顔つきになっている。

「でも、あたし、稽古着だったし、括り髪だったし、素顔だったし、清々しさなんて欠片《かけら》もなかったはずですよ。なのに、朝顔は言い過ぎじゃありません。うふ、うふふ」

源之亟の渋面など頓着せず、おちえは笑み、陽太郎は真顔で答えた。

「では、梅でしょうか。芳しく匂うような美しさでした。いえ、今もそうです」

ここまで言われると、嬉しいより面映《おもは》ゆくなる。

「わたしは、昨日、美しい方に一目で心を奪われ、どうしても、そのお近づきになりたく、しかし、これといった手立ても浮かばず、窓からおちえさんを眺めるしかないといった体たらくで……。わ、わたしは、商い一筋の男で、ここまで女人に惹《ひ》かれたことは一度もなく、ど、どうしていいやら、自分でも戸惑ってしまって……それで、あの、お恥ずかしいことに、気が付いたら窓から覗いていたという顚末でして……。はい、ほんとにすみません」

陽太郎がまた、しどろもどろになる。

「なんだあ、それは。きさま、やはりただの覗きではないか」

源之亟が声を張り上げる。鼻の穴が膨らんで、かなりの勢いの鼻息が吐き出された。

「入門したいだの何だのと誤魔化しおって。うちの道場を覗き見するとはいい度胸だ。それ相応の覚悟はできているんだろうな」

「わわわっ、そんな。お待ちください。わたしは本気で入門を望んでおります」

「おちえ目当てのくせに、姑息な嘘をつくな」

「う、嘘なんかついておりません。あ、あの、はい。確かに、おちえさんを一目見たくてこちらの道場を覗きはしました。けれど、みなさまの稽古を眺めているうちに、その、えっと何というのか、血が騒ぐとでも申しましょうか、ここがざわざわしてきまして」

陽太郎は自分の胸を軽く叩いた。

「わたしは商人ですから、槍《やり》や刀とは縁がございません。真剣での斬り合いなど目にしただけで卒倒するのではと思うております。しかし、門弟の方々が本気で、でも、楽しげに竹刀を振っておられる様子に、ざわざわしてしまって……。ああ、この中に交じりたい。一緒に剣の稽古とやらをやってみたいと感じました。ええ、強く感じたのです」

そこで息を吐き、額に滲んだ汗を拭って、陽太郎はさらに続けた。

「よくよく見ておりますと、稽古しておられるのはお武家さまだけでなく、明らかに町方の者もさらには、子どもまでいて……。お、おちえさんが指南していらっしゃる様子が優しくて、でも凜としていて、またまた見惚れてしまいましたが。あ、いえいえ、本気です。おちえさんを抜きにしても、わたしは本気で入門したいと思うております」

「ふん。どうも信用できんな。けどな、うちは入門料をそれぞれの懐具合で決めているんだ。おぬしが、大店の主というなら相当の金子をだしてもらわんとなあ」

源之亟が口元を歪め、やけに引きつった笑みを作った。榊道場が相手に合わせて、入門料の多寡を決めているのは事実だ。しかし、それは、より多くの金子を引き出すためではなく、貧しい家の者であっても入門を躊躇わなくて済むための便宜のはずだ。だから、一文、二文でも構わないし、それさえ払えないなら払わなくてよかった。

「ちょっと、伊上さま」

源之亟の袖を摑む。そのまま部屋の隅まで引っ張っていくと、声を潜めて咎める。むろん、陽太郎に聞かれないためだ。

「相当の金子だなんて、露骨過ぎます。はしたないですよ」

源之亟も囁《ささや》きで返してくる。

「どうしてだ。懐具合に応じた入門料ってのは、うちの決まり事の一つではないか。こやつの言うことが真なら、相応の金は出して当然だ」

「相応って……どれくらいだとお思いです」

「そうだなあ……『伊予屋』というのは、かなりの大店なのか」

「ええ、かなりだと思います。老舗じゃないけど、そうとうの身代でしょう。何より、お店の評判がいいんです。うちのおっかさんなんか、お使い物に『伊予屋』の蠟燭をいただいたりしたら、小躍りして喜んでますもの。実家が蠟燭問屋なのにどうかと思いますけど」

「なるほど。手堅く商いを回しているお店の主か。ふうむ、だとしたら……五両や六両は、あっさり出すんじゃないか」

「そんなに！　まさか」

声が大きくなる。慌てて口元を押さえた。

道場の金銭の出し入れは、おちえが担っている。ものすごく大げさに言えば、勘定方のようなものだ。だから、榊道場の台所の厳しさは身に染みて感じている。はしたないと源之亟を諫《いさ》めはしたが、おちえの頭の中では算盤《そろばん》を弾く音が響いていた。

六両、いえ、五両あれば門を直せるし、井戸の釣瓶《つるべ》も新しい物に換えられるかも……いや、駄目。捕らぬ狸《たぬき》の皮算用をしちゃ駄目。

かぶりを振る。駄目だ駄目だと自分に言い聞かす。

陽太郎がおずおずといった様子で、おちえと源之亟に身体を向けた。

「あの……」

「入門料につきましては、これで足りますでしょうか。ただ、なにぶん見当というものがつきませんで……。ご無礼ならお許しください」

さらにおずおずと懐から白い包みを取り出す。

「いかがでしょう。足りますか」

おちえは目を見張った。目尻が痛いほど大きく見開いたのだ。

「き、切餅」

切餅。つまり、二十五両の包みだ。

「え、あ、あの、これが……入門料ですか」

「はい。わたしも一軒の主とはいえ、自分の好きに使える金子はしれております。今のところ、これだけしか持ち合せがございません。というか、正直、これが精一杯でして」

「お、おつりがいりますか」

「は？」

「この中から、何枚か抜いて後はお返しするとか、そういうわけでしょうか」

陽太郎が瞬きする。とっさに何を言われたのか解せなかったようだ。

「あの、いえ、そういうわけではなく、全てお納めくだされればよろしいのですが」

「まあ」

おちえは思わず陽太郎の前に膝をつき、頭を下げた。

「ありがとうございます。ではでは、気の変わらないうちに……いえ、早速に手続きを致しましょう。師範や門弟のみなさんとお顔合わせをしていただきます」

「で、では入門をお許しくださるのですか」

「もちろんです。うちの道場は来る者も去る者も拒まず、ですから。志さえあれば、どのような方でも受け入れますの。何よりも志を尊ぶということです。あっ、でも、難しく考えなくてよろしいですよ。竹刀を握ってみたい、稽古をしてみたい。そこから始めればいいのですから。難しくも、ややこしくもありませんでしょ。ぜひぜひ、ご一緒に励みましょう。では、こちらは入門料としておあずかりいたしますね。ほほ」

「おちえ、おい、おちえ」

源之亟は、おちえの腕を引いて立たせると耳元で囁いた。

「おまえ、宿場の客引きみたいな口振りになってるぞ」

「え？　そ、そうですか。いけない。切餅に目が眩《くら》んでるわ」

おちえも囁き返す。源之亟が顔を顰めた。

「しっかりしろ。金に心を乱されるなど情けない」

「だって伊上さま、二十五両ですよ。それだけあれば、塀も屋根もきちんと直せます。屋根なんか新しく葺《ふ》き替えてもらえるかも。雨が降るたびに雨漏りの心配をしなくてよくなるんです。それに、新しい竹刀が買えます。胴だって他の道具だって買えます」

「なに、まことか」

「ここで嘘や冗談を言ってどうするんです。ほんとですったら」

「新しい道具を購えるのだな。古道具ではなく、真新しいやつを」

「そうですとも、しかも、かなりの数です」

「何と、夢のような話だな」

源之亟の声が普段の大きさに戻る。声音を抑えるのをつい忘れたらしい。源之亟の普段の声、地声は雷鳴に譬えられるほど四方に響く。

陽太郎が大きく目を開いて、見上げてきた。

「あの……やはり何か懸念がございますか」

「いや、一切無い」

源之亟が言い切る。陽太郎の面が明るくなった。

「それでは、真に入門をお許しいただけるのですね」

「むろん、許す」

「あ、ありがとうございます」

「ただしな、伊予屋。いや、陽太郎、心得違いはするな」

片膝を立て座ると、源之亟は妙に重々しい口調で告げた。

「わが道場に身分や家柄での分け隔てはない。さっき、おちえが申したように志こそを尊ぶ。志のあることを是とするのだ。わかるな」

「はい。口幅ったくはございますが、その是とするところに感服いたしました」

「うむ。だとしたら、いらぬ下心は捨てねばならぬぞ。つまり、おちえと理無《わりな》い仲になりたいとか、隙あらば口説きたいとか、できれば嫁にしたいとか、そういう気持ちが少しでもあるなら門弟として受け入れるわけにはいかぬ。そこを呑み込んだうえで入門を考えろ」

　少しは躊躇うかと思ったが、陽太郎は即座に答えた。

「はい。無論、承知しております。おちえさんに心を惹かれたのは本当ですが、この道場で稽古に励みたいと望んだのも事実です。道場内ではひたすら稽古に励みます。他のことは、一切、考えません。お約束いたします」

　背筋を伸ばし、続ける。

「おちえさんとのことは、人を介し、きちんとお話しさせていただくつもりでおります」

　源之亟が喉を鳴らした。蝦蟇《がま》の鳴き声のようなくぐもった音だ。

「あ、ごめんなさい。それは駄目です。あたし、一人娘なので、お嫁にはいけないんですよ。ですから、陽太郎さんのお気持ちだけで十分です。ほんとにありがとうございます。ほら、伊上さま、道場のみんなと顔合わせしなくちゃ。急いで、急いで」

　扇《あお》ぐように手を振る。

「お、そうだな。陽太郎、付いてこい」

「はい」

　源之亟について、部屋を出る寸前、陽太郎が振り向いた。そして、

「諦めませんから」

と、一言、告げた。おちえは我知らず、僅かに後退っていた。

なに、あの眼は……。

唾を呑み込む。

険しくはなかった。尖ってもいなかった。ただ……鋭かった。さっきまでの、どちらかといえば軟弱ともとれる、もの柔らかさは掻き消えて、一瞬だが、足を引き身構えてしまうような鋭さが宿っていた。一目惚れした相手に向ける眼差しではない。

いったい、何者？

おちえはもう一度、唾を呑み下す。舌の先が微かに痺れているようだった。

三　吉祥模様《きっしょうもよう》

「というわけなの。一さん、どう思う?」

語り終え、薪割りをしている一居の横顔を見やる。

一居が鉈《なた》を振り下ろすと、薪はほとんど音を立てず半分に割れた。本当なら、熊吉がそれらを集め束ねる役目なのだが、朝方から熱を出して寝込んでいる。

こそ泥騒ぎで、熊吉が起き出してこないことに気付くのが遅れた。お滝が様子を見に行ったとき、夜具に包《くる》まって泣いていたそうだ。

「身体《からだ》が火照ってたから、かなりの熱だと思うよ。うつらうつらしながら、あたしの手を握って『おっかさん、おっかさん』て、母親を呼ぶんだよ。何だか不憫《ふびん》でねえ」

お滝は目を潤ませて、そう言った。もともと情が厚い気質だ。病んだ子を、奉公人だからと放っておくような真似《まね》はできない。医者を呼ぶ手配をし、着替えさせ、白湯《さゆ》を飲ませ、粥《かゆ》を食べさせと世話を焼いていた。

おちえもさっき奉公人部屋を覗《のぞ》いてみたが、熊吉はぐっすり寝入っていた。これなら大丈夫だと胸を撫《な》で下ろしたところだ。


「あ、いいですよ、おちえさん。わたしがやりますから」

薪を集め始めたおちえを一居が止める。おちえはかぶりを振った。

「いいの。話を聞いてもらったんだから、これくらいの手伝いはするわ」

手早く薪を束ね、縄で一括《くく》りにする。一居が短く息を吐いた。

「見事ですね」

「え？」

「薪を束ねる手際です。無駄がないし、早い。縄の緩みもなくて、見事ですよ」

おちえは括ったばかりの薪の束に目を落とした。これまで、数えきれないほど薪の束を作ってきたが褒められたのは初めてだ。

「薪の長さや太さがそろってるからでしょ。一さんの割り方が上手《うま》いのよ。あっ、でもね、あたし、お針より他のことなら意外に器用なの」

「針より他、ですか」

一居が苦笑いを浮かべた。笑いながらも手は止まらない。音もなく、薪が割れ、地に転がる。それを拾い、また束ねる。

「伊予屋さんは朝顔だ梅だと称《たた》えてくれたのに、一さんが褒めるのは薪の束ね方なのね」

「ええ」と、一居は頷《うなず》いた。

「美しいのが人の美点になるのかどうか、わかりませんが、薪の束ね方が上手いのは間違いなく長所ですよ。針の扱い云々《うんぬん》については触れずにおきますけど」

「まっ、憎らしい」

一居を睨む真似はしたが、口元は綻んだままだった。

一さん、変わったな。

ふっと思う。知り合ったころの一居は、こんなにさらりと冗談を口にできる者ではなかった。

今でも、はっきりと思い出せる。

一居が『丸仙』をおとなった日、おちえが初めて吉澤一居を知った夕方、一居は武家の形《なり》で客間に座っていた。あのときの真摯な、けれど暗い眼居《まなこい》をおちえは覚えているのだ。

一居はいつも張り詰めていた。

一居の来し方も抱えているものも、ほんの一端しか知らない。おちえが詮索していいものではないし、できもしないと、それくらいは心得ている。

ただ、『丸仙』の奉公人となってから、徐々に一居の強張《こわば》りは解けているみたいだ。草木を凍《い》てつかせた霜が日の光にゆっくりと消えていくように。慣れない町人としての暮らしには、苦労も困難もたんとあるだろう。それでも、一居は楽しげだ。楽しげに軽やかに変わっていく。

自分の望んだ道を進める者の喜びは、柔らかな熱源となって一居の暗みや凍てつきを溶かしているのだろう。そういう姿に触れるたびに、おちえは励まされもするし、焦りもする。

「それで、どうでした」

鉈を振り下ろし、一息吐いて、一居が尋ねた。

「伊予屋さんのこと？」

「ええ、道場で稽古をしたのでしょう。そのとき、おちえさん、何か気になることがあったんじゃないですか」

集めたばかりの薪を落としそうになった。

「え、一さん、わかるの？　どうして？」

問い返されて、一居は束《つか》の間《ま》黙り込む。

「どうしてかな。おちえさんがまだしゃべりたがっていると、そんな気がしたんですが。違っていましたか」

「違ってないわ。ただ、あたしって、そんなにわかり易《やす》い？　こうまで、すぱっと見透かされたら驚くより先に、何だか腹が立ってきた」

「怒らないでください。正直、親方よりおちえさんに怒られる方がおっかない」

一居が肩を竦《すく》め、にっと笑った。こういう笑い方も、『丸仙』で覚えたものだ。

「『伊予屋』のご主人は、なかなかに遣えたのですか」

真顔に戻り、改めて尋ねてきた。おちえはかぶりを振る。

「ううん。竹刀も木刀もこれまで一度も持ったことがないって話だったけど、ほんとにその通りだった」

つまり、陽太郎は竹刀を握ったものの構えすらできなかった。当然、打つの防ぐのという段階ではなく、一からの指南となる。

「伊上さまがつきっきりで教えられたの。ずっとね」

「師範代自らですか。それはまた、ずい分と熱心ですね」

「まぁ、うちの道場は人手が足らないから、普段から伊上さまは道場に出ずっぱりなんだけど。そうしないと稽古が回らないのよ」

「だからこそ、伊予屋さん一人に掛かり切りになるわけにはいかないでしょう」

その通りだ。源之亟の手を取られてしまえば、おちえはいつにも増して忙しくなる。若い門弟たちが子どもたちに稽古をつけてはくれるが、なかなか要領が呑《の》み込めなくて右往左往することもしばしばだ。大人たちの中には、女であるおちえに指図されることを厭《いと》う者もいる。源之亟が重石《おもし》とも盾ともなってくれるからこそ、榊道場は成り立っている。改めて強く感じた。けれど、おちえは陽太郎一人ではなく全ての門弟たちに目を配るよう、源之亟を窘《たしな》める気にはならなかった。「師範代は師範代らしく、稽古を差配してください」。その一言を、あえて呑み込んだのだ。

「あ、伊上さまの名誉のために言っとくけど、伊予屋さん……陽太郎さんが入門料をどっさり払ってくれたから、とりわけ丁寧に接していたわけじゃないのよ」

一居が頷いた。

「わかります。伊上さまは剣の稽古と金銭を天秤《てんびん》にかけるような方ではない。かといって、おちえさんと伊予屋さんを引き離しておくためでもない。いや、少しはその気があったかもしれませんが、そのために他の門弟の稽古を疎《おろそ》かにするはずがない。とすると理由としては伊上さまが指南にのめり込んでしまったから、でしょうか」

「当たり。その通りよ、一さん。ほんと、鋭いわね。仙五朗親分の手下が十分務まるわ」

冗談めかしはしたが、半分は本気で感心していた。

そう、源之亟はのめり込んでいた。周りに気を配るのさえ忘れるほどに。

その理由がおちえなりに解せたのだ。だから咎《とが》めも諫めもしなかった。立場が入れ替われば、おちえも夢中になっていたかもしれない。

陽太郎は剣については全くの素人で、竹刀を握ってもまるで様にならなかった。身体に無用な力が入り過ぎて動きのことごとくがぎこちない。以前から通っていた門弟の何人かは、笑いを嚙《か》み殺して背中を震わせる者もいた。

しかし、次におちえが目をやったとき、陽太郎からは余計な力が抜けていた。身の熟《こな》しも明らかに滑らかになっている。

驚いた。

ほんの僅かな間に、陽太郎はおちえを驚かせるほどの上達を見せたのだ。

「もちろん、まだまだなんだけど、でもあの上達ぶりは並じゃないわ。伊上さまって、もともと教えるのが好きなの。相手が教えれば教えるほど伸びていくなら、しかも、真面目《まじめ》に懸命に取り組んでいるなら、ずい分と教え甲斐《がい》もあるでしょ」

「伊予屋さんには相当の剣才があると伊上さまは、そして、おちえさんも感じたわけですね」

「うん。そこは間違いないと思う」

「どこかで剣の手ほどきを受けたことがあるのでしょうか」

おちえは躊躇《ためら》いなく、かぶりを振った。

「それはないと思うな。竹刀の持ち方も、振り方もほんとの素人《しろうと》だったもの」

本気なのかいいかげんなのか、竹刀を使い慣れているのか初めてなのか、こと、道場の稽古については自分の眼に自信がある。容易《たやす》く誤魔化されたりしない。

その眼でみれば、陽太郎がこれまで剣の稽古とは無縁でいたのは明らかだ。「なるほど」と、一居が頷いた。その間も手は止まらず、薪を割り続ける。おちえも口と手を動かしながら、薪を束ねていく。

「一角《ひとかど》の商人で、剣については全くの素人。しかし、剣才は抜きん出ているかもしれない。『伊予屋』のご主人とはそういう人物なのですね」

「今のところはそうだと思う。うん、その通りなんだけど、もっと……」

「もっと？」

「得体が知れないところがあるような、でも、思い過ごしのような……。うーん、あたしには捉えきれない相手なのかなあ」

「でも、もしかしたら、正式に縁談が持ち込まれるかもしれませんよ」

「は？　縁談？　一さん、何の話をしてるの」

「伊予屋さんの話です。誰かそれなりの仲人を立てて、おちえさんを嫁にと申し込まれる見込み、ないですか」

「あるわけないでしょ、そんなの。もう、一さんたら冗談もほどほどにしておいて」

あははと笑ってみたが、寸の間、振り向いた陽太郎の眼付きが脳裏を過《よぎ》った。

諦めませんから。

ほとんど呟《つぶや》きだった、でもおちえの耳には届いた、あの一言もよみがえってくる。

「一さん、知ってる？　『伊予屋』って言ったら、かなりの構えの店なんだよ。評判の大店《おおだな》なの。そんな所から、うちに縁談がくるわけないでしょ。まるで釣り合わないじゃない」

武家ほど厳しくなくとも、町人の世も身代が大きければ大きいほど釣り合いは吟味される。『伊予屋』ほどの店となると、風呂敷包み一つ、行李《こうり》一つで嫁いでいけるわけもない。それよりなにより、おちえには商家のお内儀《かみ》に収まる気は毛頭なかった。

「しかし、ご主人自らが望んでいるのであれば、釣り合い云々《うんぬん》は心配ないでしょう」

「一さん」

立ち上がり、腰に手を当て、一居を睨みつける。

「さっきから聞いていれば、なによ。心配なんて誰もしていません。お生憎《あいにく》さま。それとも、一さんはあたしをさっさと嫁がせたいわけ？　『丸仙』から追い出したいの？」

おちえは腹が立っていた。一居まで嫁入り話を口にするなんて、いい加減にしてほしい。八つ当たりに近い怒りだとわかっている。商家のお内儀に収まる気はない。では、何に収まる気なのだと問われたら返事に窮するのだ。だから、苛《いら》つく。苛ついて当たり散らしてしまう。自分の卑小さが恥ずかしい。

一居も立ち上がり、目を伏せた。

「わたしは、おちえさんにどこにも行ってほしくありません」

穏やかな、いや、むしろ暗みのある沈んだ声で言う。その口調と声音は、おちえの苛立ちに水を掛けた。心内が冷えて、落ち着いてくる。

「できれば、ずっとここに、『丸仙』にいてもらいたいと思っています」

「一さん……」

「変わらないでほしいのです。親方がいてお内儀さんがいて、おちえさんがいる。兄弟子や熊吉もいて、縫箔《ぬいはく》の仕事に携わっていける。『丸仙』で生きている今は、わたしにとって至福と言える日々、望んで、望んで諦めきれず、望み続けてきたものなのです。だから、ずっと変わらぬままであってほしい。そんなことを思っています。でも、どう変転するかわからないのが人の世だともわかっていますから……」

ああ、一さんは姉上さまのことをずっと抱えているんだ。

吉澤家からさる大名の側室となり、世継ぎ争いに巻き込まれ自ら命を絶った女人。一居にとって、心を通わせられた唯一人の身内だった。その、悲惨な最期は、まだ一居の心内に傷として残っている。

姉上さまだけじゃない、沢原さまだって、そうだ。加寿子さまだって……。

前師範代沢原荘吾だとて、その妻加寿子だとて、ささやかな日々の営みがずっと続くと信じていただろう。事件に巻き込まれるとも自害の定めに陥るとも思っていなかったはずだ。

暗転する。

足元に突如、深い穴が口を開き、吸い込まれるように落ちていく。

人の世は酷薄で剣呑《けんのん》だ。いつ、どこで穴に落ちるかわからない。いつでも、どこでも、誰でも落ちる危うさから逃れられない。それでも、一居は生きている今を至福と言った。おちえだって源之亟だって、道場の門を再び開けられた。稽古の日々を取り戻した。

闇に落ちるだけじゃない。闇から這《は》い上がり、明かりに向かうこともできる。飛び立つことができる。それも人の世だ。

「一さん、あたしにお嫁に行ってほしくないのよね。それって、やっぱり、あたしに惚《ほ》れてるって話じゃないの。素直に白状したら」

「え？　いや、ですから、それはありません」

「また、即答するんだから。ほんと憎たらしい。悩むふりぐらいしてよ」

一居が微笑《ほほえ》んだ。

「おちえさんは、わたしにとってかけがえのない、誰より大切な人です。この先、おちえさんより大切な人は、きっと現れないでしょう」

面と向かって告げられ、おちえは息を呑み込んだ。それから、笑み返す。

「一さん、それ、すごい口説き文句だよ。聞きようによっては『あなたに惚れてます』としか思えないもの」

「は、そ、そうですか。いや、それは違う。でも、本心なんです。だから、違ってはいないけれど、でも……誤解される言い方で……す、すみません」

一居が珍しく慌てている。珍しくではない。一居の狼狽《ろうばい》するさまを目にした覚えは、今まで一度もなかった。一居を覆っていた薄皮が破れ、驚きも狼狽も慌てもする生身の男が現れ出る。

「はい、わかっています」

少し胸を張り、おちえは答えた。

一居にとって、おちえは色恋の相手ではない。おそらく、家族、いや親しい友であり同志のような間柄なのだろう。なんとなく、察せられる。

男と女ではない。それでも、かけがえのない、大切な人だと打ち明けられた。

かけがえのない、大切な人。

自分がそういう者になれたのなら、嬉しい。たいしたものだと己を褒めたい。

「あたしも、一さんは格別の人よ。どう格別なのかは……」

上手く言い表せない。言葉にできないもどかしさを抑えて、おちえは小息を漏らした。

「ともかくおもしろいもの」

「おもしろい？　わたしがですか」

「一さんの生き方がよ」

一居に逢《あ》うまでは、人の世で身分や出自を乗り越えて生きられるわけがないと信じていた。乗り越えられるなど考えたこともなかった。むろん、乗り越えようとの決意も、乗り越えたいとの望みも抱いたことはない。日が東から西に移るように、水が高みから低地に流れるように、あって当たり前、自然の理《ことわり》と同じようなものと疑いもしなかった。しかし、一居はおちえの当たり前をあっさりと打ち砕いた。

二千石の旗本の息男という出自も、稀有《けう》な剣士としての才もすっぱり捨てて、縫箔職人の道を選んだ。そういう姿を目の当たりにして、これまでおちえが何の疑いもなく信じ込んでいた〝当たり前〟は、砕かれ、崩れていったのだ。

爽快だった。呆気《あっけ》にとられもした。「まさか」と幾度も呟いた。胸が痛くなるほど驚きもした。そういう諸々《もろもろ》をひっくるめて、おもしろい。この先、一居がどんな職人になるのか、どんな生き方を見せてくれるのか胸が高鳴る。

「そうですか。わたしは、おもしろいのですか」

一居が首を傾《かし》げ、軽やかに笑った。おちえは薪を抱え上げる振りをして、目を逸《そ》らす。

そう、一さんはおもしろい。傍《そば》にいて楽しい。でも……。

でも、吉澤さま。わたしにもわたしなりの夢があるのです。

いつの日か、あなたと勝負してみたい。道場で竹刀《しない》を握り、相対してみたい。

吉澤一居という剣士と竹刀を交えてみたいのです。一度だけ、一度だけ、敵《かな》わぬとは百も承知で、それでも一度だけ、本気の勝負を望んではなりませんか。ちえの望みを叶《かな》えてやろうと、思ってはくださいませんか。

吉澤さま。

「ともかく、心構えだけはしておいた方がいいかもしれませんね」

一居が薪の束を集め、抱え上げる。

「心構えって、陽太郎さんについて？」

「ええ」

「やはり用心しなきゃいけないと思う？　話を聞いただけで胡散臭《うさんくさ》さを感じたの？」

「胡散臭いとは思いません。剣才に恵まれた商人というだけの気もします。そっちじゃなくて、伊予屋さんが本気で攻めてきたらどうするかということです」

「本気で攻める？　いや、それは大丈夫でしょ。幾らなんでも、まだ負けないと思うわ。というか入門したばかりの相手に負けるようじゃ、あたしの立つ瀬がないよ」

今度は一居が小さく息を吐いた。

「違いますよ、おちえさん。伊予屋さんがどれほどの才に恵まれているか、わたしには計りかねますが、そう容易く、おちえさんを凌《しの》ぐ遣い手になれるはずもないでしょう。道場から思案を離してみてください」

「道場のお稽古とは関わりなく、陽太郎さんを用心するって……あ？　まさか」

薪を落としそうになった。慌てて、抱え直す。

「そのまさかです。伊予屋さんから仲人を立てて、縁談が持ち込まれる。その見込みは十分にありますよ。さっきも言いましたが、伊予屋さんが本気なら釣り合いなど関わりなくなる」

おちえは顎を上げ、まともに一居を見据えた。

「いいわよ。来るなら来なさい。返り討ちにしてやるから」

「おちえさん、剣の勝負じゃないんです。先方が立てた仲人を返り討ちにしてどうするんですか。でもまぁ、どんな仲人であっても親方が、そう容易く、よしと頷くはずがないか」

「そうよ。下手《へた》をしたら通りに放り出されるかも。何だかんだいって、おとっつぁん、あたしなくなるよ」


を嫁に出したくないのよ。『三井越後屋《みついえちごや》』から話が来ても断るかもしれない」

「また、大きく出ましたね」

「言うだけなら無料《ただ》だもの。あ、一さん、指を気を付けて。薪の先で傷つけちゃうと針が持てなくなるよ」

一居はまだまだ新参者の内だ。針を持たせてもらうところまで、とても至らない。薪割りだの水汲《みずく》みだのの、縫箔とは関わりない雑用を熟して一日が終わる。しかし、夜半、修業のために一人稽古をするのは許されていた。

仙助が見せてくれた、あの一枚の布。

檜扇舞風模様。あの模様が眼裏に浮かぶ。

あれほど細やかな針遣いをするためには、指先と針が一体でなければ無理だ。針と一体になれる。それは努めて得られるものではなく、天与の才だけでなく、天から与えられた才を磨き続けた者だけが得られる力だ。生まれたときから縫箔屋の娘だ。それくらいは、わかる。だから指先に僅かな傷も作ってはならないと、それもわかる。

「おちえさんこそ。明日から半日は針の稽古をさせると、お内儀さんが張り切っていましたよ。指先を傷めないでください」

「あたしはいいの。指先をちょっと怪我《けが》して、竹刀は持てるけどお針は無理とか……駄目か」

「駄目ですね。姑息《こそく》過ぎます。だいたいお内儀さんを誤魔化せるわけがないでしょ」

「だよね。おっかさん、厳しいものねえ。逃げられないよね」

「おちえさん、往生際が悪いですよ。返り討ちにしてくれるって思わないと。さっきの強気はどこにいったんです」

「無理よ。おっかさんに勝てる見込みなんて万に一つもないんだから。敵が強過ぎると、刃向かう気も起こらないわね」

おちえの妙にしみじみした口調がおかしかったのか、一居が噴き出した。おちえも、笑声《しょうせい》をあげる。風が吹き抜けて、二つの笑い声を空へと運んで行った。


それから十日余り。

陽太郎は稽古日には欠かさず道場を訪れ、励んでいた。門弟が失笑するほどちぐはぐだった動きは、そう日を置かず滑らかに、無駄のないものとなり、上達の早さは誰の目にも明らかだった。おちえは主に子どもたちと女子の指南を受け持っていたから、陽太郎と言葉を交わすこともなく稽古を終える日も度々あった。あの突き刺すような眼差しを感じることもなく、榊道場での日々が流れていく。

陽太郎の入門料のおかげで、屋根の葺《ふ》き替えも塀の修繕もできた。道具も揃《そろ》え、それが理由ではないだろうが入門者が徐々にだが増え始めた。なにより、道場の活気に薬効があったのか、師範榊一右衛門が床を離れ、道場に座るようになったのだ。まだ、稽古をつけるところまではいかないが、門弟たちを見詰める一右衛門の顔にはあるかなしかの笑みが浮かんでいた。満足しているようにも、幸せそうにも見えた。

師範の笑みに、おちえの胸は熱くなる。泣きそうになる。ふと横を向くと、源之亟も双眸《そうぼう》を潤ませていた。

何もかもが上手く回っている。

おちえは思う。

今まで、あまりにもいろんなことが起こった。荒波に揉《も》まれ続けたようにも、雨風になぶられ続けたようにも感じる。落胆した。諦めそうになった。声を上げて泣き叫びそうになった。苦しくてたまらなかった。辛《つら》くて心が千切れそうだった。そういう日々の果てに、今がある。嵐が過ぎて、雲間から日差しが降りてきた。

だから、これからは何もかもが上手く回る。いいことがある。嵐の後は晴れた美しい空が広がるものだ。これからは何もかもが……。

「おちえ、手が動いてないよ」

物差しの先が膝を打った。ピシッと鋭い音がする。

おちえは悲鳴を上げた。思案が道場から『丸仙』の座敷に引き戻される。剣ではなく、お針の稽古の真っ最中だ。

「もう、おっかさん、痛いじゃない。指の先まで痺《しび》れたよ」

「ふん。膝を叩《たた》いて指の先が痺れるなんて、えらくお粗末な作りの身体だね。ほら、ごちゃごちゃ言ってないで、さっさとやりな。何も縫取りをしろって言ってんじゃない。真っすぐ裁った布を真っすぐに縫えばいいだけなんだ。いいね、真っすぐだよ、真っすぐ」

その真っすぐが難しい。針の先は油断するとすぐに、あらぬ方に向いてしまう。ときには、容赦なくおちえの指を刺したりもする。何て意地悪なのだろう。針に性根があるなら、そうとう歪《ゆが》んでいる。こんなものを巧みに操って鮮やかな模様を描き出す。我が父ながら、仙助の技は人の域を超えている。今さらだがつくづく感じる。

「あちっ。いたたたた。また、指を刺しちゃった」

「おまえねえ、お針の稽古ってのは布を縫うんだよ。自分の指を縫ってどうすんのさ」

「もう、おっかさん。傍でうるさく言わないで。気が散っちゃうでしょ」

「へっ、気が散るってのは、気を集めようとする者の台詞《せりふ》だよ。おまえ、針に気がいってないじゃないか。どうせ、お針より剣の稽古がやりたいわぁなんて考えてんだろ」

「あら、当たり。さすがにおっかさん、お見通しね。て、ことで今日のお稽古はここまでにしましょうか。熱いお茶でも淹《い》れるから」

ビシッ。物差しが膝先を掠《かす》める。何とか身体をずらしてかわした。お滝の物差しは、鋭く速い。しかも、的を違《たが》えず確かに捉えてくる。竹刀を握らせたら、相当の腕前じゃなかろうかと、針稽古の度におちえは呟くのだ。

「こら、一人前に避《よ》けるんじゃないよ」

「避けないと打たれるでしょ。物差しは人を打つ道具じゃないんだからね」

「お黙り。知ったような口を利くんじゃないよ。今日はね、その浴衣を縫い上げるまで放免しないからね。覚悟しときな。まったく、何がここまでにしましょうかだよ。勝手に稽古をお仕舞にしようなんて魂胆、許さないよ。だいたい、おまえの縫ってるのは浴衣だよ。小袖でも羽織でもない。そんなものちゃっちゃっと縫えなくてどうするんだい」

「おっかさん、ほんとおっかないんだから。しかも頭ごなしに怒鳴るし。怖すぎだよ。もう少し優しくても罰は当たらないはずだけど」

精一杯、文句は言ってみるが、文句やすねた顔が母に通用するわけもなかった。しぶしぶ、縫い掛けの浴衣を取り上げる。

そのとき、密《ひそ》やかな足音がして、障子に影が映った。

「おちえさん、お内儀さん、よろしいですか」

一居の声だ。お滝が顔を上げた。

「いいよ、一さん、何か用事かい」

障子が音もなく開いて、膝をついた一居が覗く。昼下がりだが、光は確かな赤みを帯びるようになった。日の脚がさらに速くなり、夜がさらに長くなる時季だ。一居の顔も光を受けて薄っすらと赤い。

「親方がお呼びです。台所におられますが、お二人にすぐに来るようにと」

「うちの人が？　台所に呼びつけるなんて珍しいね。何用だろう」

寸の間を置いて、一居が告げる。

「親分さんがお出《い》でになってます」

お滝とおちえは顔を見合わせた。お滝の眉が心持ち寄る。

おちえは仙五朗が好きだった。人として信じられる。話も面白いし、おしゃべりをしていて飽きない相手だった。しかし、仙五朗は岡っ引だ。しかも、〝剃刀《かみそり》の仙〟との異名を持つ、名うての岡っ引だ。仙五朗に僅かの非もないが、いつもどこか不穏、どこか剣呑な気配を纏《まと》う。そして、名うての岡っ引は気紛れでふらりと立ち寄ったりしない。世間話や噂話《うわさばなし》を披露するために訪れたりもしない。

おとなうだけの理由があるのだ。

お滝が手早く裁縫道具を片付け始めた。いつもなら、お針の稽古の中途仕舞いを諸手を上げて喜ぶところだが、さすがにそんな気は起きない。

「おまえ、道具を仕舞うのだけは手際がいいね」

お滝がちくりと皮肉ったが、その声もどこか上の空でいつもの張りはなかった。

何事だろう。

おちえは考える。仙五朗がいつもいつも物騒で騒立《さわだ》つ話を持ってくるわけではない。安堵《あんど》できる、心がほっと緩む出来事を語ってくれることも多い。

でも、今は心が波立つ。落ち着かない。それはお滝も同じらしく、頬から顎の線が硬く引き締まっていた。

心の波立ちは仙助の顔を見たとたん、さらに激しくなった。いつものように上がり框《がまち》に腰かけた仙五朗の前で、腕組みをして胡坐《あぐら》をかいている仙助は口をへの字に結んだまま、天井の一点を睨《にら》んでいた。そうそう目にしたことのない気難しい表情だ。

おちえは父の眼差しを追ってみたが、煤《すす》けた梁《はり》があるだけだった。

「あらまあ、親分さん、ようこそ。お茶もお出ししないですみませんねえ。一さん、親分さんに足を洗ってもらわなきゃ駄目じゃないか。おちえは、お茶の用意をして」

お滝が愛想笑いを浮かべ、陽気な声を出す。しかし、妙に重苦しい気配は薄れも、替りもしなかった。おちえと一居が動き出すより早く、仙助が口を開いた。

「あの小袖が盗まれたそうだ」

「え、小袖って？」

お滝が首を傾げた。おちえも、だ。「まさか」と叫んだのは一居だった。

「まさか、親方、大和屋さんの……」

「その、まさかだよ。昨夜、やられたらしい」

おちえは息を詰めたまま、その場に棒立ちになった。

桐唐草入珊瑚玉模様。寛文小袖を今の世によみがえらせた豪奢《ごうしゃ》な一枚が盗まれた？　気息さえ忘れていたらしい。胸が苦しくなって、息を吐き出した。

「『大和屋』に盗人が入ったのですか」

一居の口調も、息が足らないのか苦しげだ。

「さいで。あっしからもうちょい詳しく話をしやす。お内儀さんもおちえさんも一さんも、座って聞いてくだせえ。茶はいりやせん。洗い水も結構でやす。長居は致しやせんから」

仙五朗は軽く頭を下げると、語り始めた。声音は低いけれど、滑らかな口振りだ。

「実は大和屋さんの二女だか三女だかの嫁入りが決まりやしてね。詳しくは知りやせんが、『大和屋』の格に見合うだけの大店のようですぜ。祝言は年が明けた春の初め。ここまでは、親方もお内儀さんもご存じでやすね」

「知ってますよ」

お滝が首を前に倒す。

「小袖をお渡しして三日もたたないうちに、大和屋さんから搔取《かいどり》と小袖の縫箔を頼まれましたから。ね、あんた」

「ああ」

鶴、亀、鳳凰《ほうおう》、梅、松、竹、牡丹《ぼたん》、朝陽、望月、如意、宝尽くし。そして、七福神。花嫁衣裳《いしょう》の搔巻となると、真白の糸で真白の布に吉祥模様を縫い取ることになる。大和屋からどんな注文があり、仙助がどんな吉祥文を選ぶかおちえには思い至らないが、それが途方もなく美しいことだけは察せられた。

傍らで一居が静かに吐息を漏らす。

「そうでやすね。大店同士の結びつきだ。祝言も道具もさぞや豪勢なものになるんでしょうねえ。で、今日の夜、へえ、今日は大安日なんでやすが、親族一同を集めて、内々でちょっとした前祝いの席を設けることになってたんだとか。ちょっとと言っても、あっしたちが考えるちょっととは桁が違いやすがね。『大和屋』の広間に何十人も集めて、有名料亭の料理人に膳を拵《こしら》えさせてって、まあ、ともかく、内々の集まりとは思えねえ贅沢《ぜいたく》なものになるはずでやした。その場にあの小袖を飾り、さらに場を盛り上げる。それが『大和屋』の主人の腹積もりだったんでやすよ」

おちえは顎を引いた。少し気分が重くなる。目を眇《すが》めて父を見やったけれど、さっきと寸分違わない渋面をしていた。

仙助は縫箔職人だ。注文を受け、能《あた》う限り優れた品を作り、手渡す。そして、それに見合った報酬を受け取る。魚屋が魚を、味噌《みそ》屋が味噌を売るのと同じ理屈だ。だから、一旦、品を渡してしまえば、品の持ち主がそれをどう使おうが扱おうが意見など言えない。売った鯖《さば》を煮つけにしなかったと憤る魚屋も、味噌汁以外の料理にうちの味噌を使うなと命じる味噌屋もいないだろう。縫箔屋だって、持ち主の裁量に文句を付けるのは法度だ。

けれど、矜持《きょうじ》はある。

渾身《こんしん》の縫箔を施した一枚だという矜持、己の仕事を精一杯為《な》したという矜持だ。あの精魂込めた小袖が商人の見栄《みえ》の道具となることは、仙助の秘めた、けれど強靱《きょうじん》な誇りを傷つけるものではないか。

お滝がちらりと亭主の渋面を見やり、声を高くした。

「けど、小袖は盗まれちまったんですね」

「さいです。昨夜、衣桁《いこう》に掛けて広間に飾り、念のために手代が二人、近くに夜具を敷いて寝たとのこってす。番としてはそれで十分だと考えたんでしょうね。あっしでも十分だと思いやす。『大和屋』には地所内に幾つもの蔵がありやす。そっちには二六時中番人を貼り付けてるそうで、戸締りも厳重の上にも厳重にやってましたね。実際、広間に通じる廊下には頑丈な扉が設けてあって、ええ、昨夜もきちんと閉められ、閂《かんぬき》まで差してありやした」

家の廊下にさらなる扉があるわけか。どんな造りになっているのか、おちえにはどうにも思い至れない。家というよりお屋敷なのだろう。

「賊はその扉を破って、広間に入ったのですか」

一居が僅かに身を乗り出した。仙五朗は首を横に振る。

「扉はそのまんまでやした。閂も外れちゃいやせん。この扉には、上に鈴が付けられていて開けると派手に鳴る仕組みになってやす。へえ、あっしも確かめてみやしたが、かなり響きやしたよ。けど、昨夜は鈴の音はおろか扉が開く音も聞こえなかったようでしてね。なにしろ、手代二人、何にも気が付かず朝までぐっすり眠り込んでたんでやすからね。ええ、他の奉公人も同じです。怪しい物音なんて誰も聞いちゃいやせん。目を覚ました手代たちが騒ぎ始めてやっと、小袖が消えているとしったって始末でやす」

「外から音もなく閂を抜き去り、鈴の音もたてず扉を開ける。人の業とは思えませんが」

「まったくで。というか、どう転んでも人には無理じゃねえですか。狐狸《こり》妖怪の仕業と言われた方が、まだ納得しやすよ」

「狐狸妖怪は小袖を欲しがったりしないですよね」

我慢できず、おちえもつい口を挟んでしまった。仙五朗を覗き込むようにして続ける。

「親分さん、もしかして盗人は外じゃなく内にいたって、そんなことないですか」

「そりゃあ、『大和屋』の身内なり奉公人が怪しいってこってすか」

「はい。外からが無理でも内側からなら、さほど難しくないのじゃありません？」

「おちえ、でしゃばるんじゃないよ」

お滝が睨んでくる。

「大和屋さんのお身内を疑うようなことを軽々しく口にして、ほんとに馬鹿だね。外に漏れたらどうするんだよ。もう少し考えて物をお言いよ」

「誰が外に漏らすのよ。おっかさんが、おしゃべりのときに口を滑らさない限り安心でしょ」

「まっ、この娘《こ》は。何て言い分だろうね」

お滝はさらに睨みつけてきたが、仙助が「そりゃあ違《ちげ》ぇねえな」と頷いたものだから、尖った視線はおちえから逸れて亭主に向けられた。

「おちえさんの言ったこと、あっしも考えやしたよ。あっ、お内儀さんのおしゃべり云々じゃなくて、『大和屋』の中に犯科人がいるんじゃないかと、そっちでやすよ。けど、どうもその線も薄いようでやしてね」

「といいますと?」

「へえ、もともと、屋敷の奥は大和屋さんの家族の住まいになりやす。店の奉公人たちは店の裏手に部屋をもらって寝起きしてるんで。手代二人は小袖の番のために、昨夜だけ扉内に入れられたって経緯《いきさつ》なんでやすよ」

「つまり、扉の内にいたのは大和屋さんのご家族と手代さん二人だけってことですね」

「いや、奥の仕事を任されている住み込みの女中たちが何人かいやした。台所近くの女中部屋をあてがわれて、四人が一緒に寝ているんで。その部屋の障子戸の建付けが悪くて、開けようとするとガタガタ鳴るんだとか。女中連中に言わせると『誰かが戸を開けて出て行ったら、真夜中だろうが明け方だろうが気が付かないわけがない』とのこってす。女中たちが口裏を合わせて嘘《うそ》を言ってる風もねえし、障子は確かにかなりの音をたてて……へえ、ちゃんと確かめやしたよ。けどまぁ、手代にしろ女中にしろ、小袖をくすねなきゃならねえ理由がみつからねえんで。誰も真面目に奉公していた者ばかりで、叩いても埃《ほこり》は出そうにありやせん。むろん、もうちょい詳しく調べちゃあみますがね。どうもねぇ」

「親分さんは、外から賊が忍び込んだに違いないと、そう思ってるんですね」

おちえの問いに、仙五朗はかぶりを振った。

「違いないと言い切るにはまだ早《はえ》ぇと思いやす。ただ、あっしの思案としては外の者の犯科って線が濃くなってるんで。それというのもね」

仙五朗が少し前屈《かが》みになる。おちえもお滝も仙助も、一居までもが引きずられるように首を伸ばした。

「『大和屋』のあるあたりを持ち場にしている、善丸《ぜんまる》って按摩《あんま》がおりやしてね。昨夜もずっと流してたんだそうですが、そろそろ仕事仕舞いにしようかとねぐらに向かっていたときに、大きな鳥が飛んだのを感じたと、そう言うんですよ」

「大きな鳥？」

おちえは一居と、お滝は仙助とそれぞれ顔を見合わせていた。

大きな鳥？　何のことだろう。

「その按摩さん、目が見えるんですか。夜なのに鳥が飛ぶのが見えたんですか」

お滝が急《せ》いた口調で尋ねる。心なし頬が紅潮しているようだ。

「いや、見えやせん。見えねえから、見えてる者よりよほどはっきりと気配を感じ取れると、言ってやしたね。しかも、夜、昼、関わりないと。善丸はかれこれ二十年近く、あの界隈《かいわい》を流していやす。腕もいいので『大和屋』の番頭なんかも贔屓《ひいき》にしているみてえでね。なので、持ち場の内ならどこを歩いているか、だいたいわかるそうでやすよ。酒屋なら酒の、油問屋なら油の匂いがするし、客の気配とか売り子の声とかからも察せられるんだとか」

「そりゃあたいしたもんだな」

仙助が真顔で何度も頷いた。

「目が見えねえかわりにカンが人並外れていいってわけか。おれなんか目を瞑《つぶ》って往来を歩くなんて真似、とうていできねえもんなあ。三歩も歩かないうちに、人とぶつかるか、犬の糞《ふん》を踏むか、溝に落っこちるかだ。なのにたいしたもんだ。な、お滝」

「ああ、そうだね。けど、今は按摩さんに感心してる場合じゃないだろう。親分さん、鳥ってのは何のことなんです。その善丸さんとやらは鳥が飛ぶのを見たんじゃなく、感じたってわけになるんですか」

外れかけた話の筋をお滝が元に戻す。

「ええ、ちょうど『大和屋』の横の路地に入ったときに鳥が飛んだんだと、そう言い張りやしてね。むろん、見たじゃなく感じたわけでやすよ」

「羽音ではなく大きなものが飛ぶ気配を察したわけですか」

今度は一居が問う。

「さいで。飛び立つ気配を確かに感じた。鴉《からす》や鷺《さぎ》よりもずっと大きなものだったと善丸は言いやした。もしや物の怪かと恐ろしくて、恐ろしくて、その場から逃げ出したらしいんで」

暫く誰もしゃべらなかった。近づくなと言ってあるのか、お富もおまさも姿を見せない。竈《かまど》では埋火《うずみび》が薄い煙を上げているだけで、鍋も釜もなかった。

「物の怪などではない。鳥でもない。人だと、親分さんはお考えですか」

一居の問いに、僅かの躊躇いもなく仙五朗は答えた。

「考えてやす。それしか、ありやせん」

「人ですって」

おちえは思わず腰を浮かせていた。

「人が鳥みたいに飛んだっていうの。そんなこと、できるの」

「空を飛ぶこたぁできやせん。しかし、塀の上に飛び上がるぐれえはできるかもしれやせん。まっ、あっしたちには金輪際、できっこありやせんが」

そこでやっと、おちえにも呑み込めた。

真夜中、人が『大和屋』の塀に飛び上がろうとした。いや、実際に飛び上がった。善丸という按摩はその気配を受け止め、おののいたのだ。

「でも、『大和屋』の海鼠《なまこ》塀、一丈とは言わないけど、半丈はゆうにあるんじゃないですか。本当に、人が飛び乗ったりできるもんですかねえ」

お滝が上目遣いに仙五朗を見やる。

「やってやれねえことじゃねえでしょう。鉤《かぎ》を上手いこと棟に引っ掛けりゃあ、ね。半端なく身が軽くねえと無理でしょうが。少なくとも、あっしや親方にはできやせん」

「無理に決まってますよ、親分。おれなんかずっと居職《いじょく》なもんで、腰も足もよれよれになっててね、塀どころか溝を飛び越えるのも難儀するって有り様なんだから」

仙助が右手をはたはたと振る。それから、このところめっきりせり出してきた腹を何度か叩いて、ため息を吐《つ》いた。

「なあ、おい、どうだ。一、おまえならできるか」

「それは……鉤を使って壁を登るなら、何とかできると思います。しかし、飛んだというからには登っている途中で壁を蹴って空に飛び上がったわけで、わたしにはとても真似できません。軽業師でもない限り、難しいのではないでしょうか」

「登れるだけでたいしたもんさ。一さんは、親方みたいに腹がつっかえたりしないからね」

お滝がくすりと笑う。仙助はもう一度、自分の腹を叩いた。小袖が盗まれた衝撃からは、幾分持ち直したようだ。両親に余裕が戻っていることに、おちえは気が付いた。おちえ自身の鼓動もかなり静まっていた。それでも、まだ心の底が痛い。弱火に炙《あぶ》られているみたいだ。あの美しい小袖の行方と定めを案じて、疼《うず》くのだ。

背筋を伸ばし、仙五朗に向き合う。

「じゃあ親分さん、盗人は軽業師並の身の軽さで塀を越えて、『大和屋』の庭に忍び込んだわけですね」

「善丸の言うことを信じればそうなりやす。庭には足跡は残ってやせんでしたがね」

「そうだとすれば、忍び込んだ後はどうやって広間に辿《たど》り着いたんです。外からじゃ、入れないわけでしょ。いくら庭をうろうろしても小袖は手に入らないんだもの」

一居が傍らで身動《みじろ》ぎした。仙五朗が目を狭める。

「……もしかして、上ですか」

「上って……え、天井?」

「そうです。天井なら扉に阻まれることはない。人並外れて身の軽い者なら屋根に上がって、風通し窓から入り込むことはできるかもしれません」

仙五朗が息を吐き出す。

「ええ、あっしも同じことを考えやした。屋根に上るのは無理でも、天井裏を探るぐれえはできやす。若え手下《わけてか》を一人、すぐに上がらせてみやした」

「どうだったんです」

前のめりになる。我ながら、せっかちな性分だと恥ずかしくはあったが、知りたい気持ちの方が勝っていた。仙五朗は姿勢も表情も変わらないまま、真顔で首肯する。

「埃の上に足跡がありやした。一さんの言う通り、賊が天井裏から広間に近づいたのは、間違いねえと思いやす。今、鳶《とび》職人に頼んで屋根の方も調べてるとこで。あっしとしては、ともかく『丸仙』の親方に報《しら》せなくちゃならねえと出向いてきやした。いや、小袖を無事に取り戻してから、事の次第を伝えたかったたってのが本音じゃありやすが」

「長引きそうなんですか」

おちえは老岡っ引の口元が微《かす》かに歪んだのを見逃さなかった。

「そう容易く見つからないと、親分さんは思ってるんですね」

「おちえ、親分さんを問い詰めたりするんじゃないよ。まあ、ほんとに慎みのない娘で、お恥ずかしいです」

お滝は一応、おちえを咎めたものの、眼は仙五朗に向いていた。言葉ではなく眼付きで、問い詰めている。親分さん、どうなんですかと。

「いや、あまりにも手口が鮮やかなもんで……。天井裏から忍び込み、小袖を盗み取る。言うのは容易いですが、これを実際にやるとなると至難の業でやすよ。真っ暗な天井裏を足音を立てず動き回り、広間まで辿り着かなきゃなりやせん。廊下を行くのとは勝手が違いまさぁね。何かを目印にしなきゃ辿り着けるわけがねえんだが。それに、上手く広間に降り立てたとしても、そこには手代二人がいやす。その二人に全く気付かれることなく、小袖を奪い、また天井裏に戻り、塀を越えて、逃げる。うーん、盗人の仕事を見事と褒めるのは筋違いも甚だしいけれど、見事としか言いようがありやせんよ」

「確かになぁ。手代たちだって小袖の守りをするつもりでいたわけだから、酒をかっ食らってたわけでも、正体ないほど寝入っていたわけでもないだろうし。それを全く気付かせないまま頂戴《ちょうだい》しちまうなんて、だれにでもできる芸当じゃないな。うん？　おちえ、どうした。顔が強張ってるぞ」

仙助が顎を引く。おちえは、膝の上で指を握り込んだ。

「……あたしと一緒じゃない」

「は？　何が一緒だって」

「忍び込まれて、枕もとにあった竹刀を盗まれて……でも何も気が付かなかった。『大和屋』で起こったことも、うちの盗人騒ぎも同じよ、おとっつぁん」

仙助はさらに顎を引いた。黒目がうろつく。

「同じったって、あの小袖とおまえの竹刀じゃ比べ物になんねえぜ。値が違わぁな」

「値段の話なんてしてません。そういうことじゃなくて……親分さん」

「へい」

「同じなんですか。うちに入った盗人と『大和屋』の盗人は同じなんですか」

「わかりやせん」

仙五朗が首を横に振る。

「そうだと言い切るには、まだ調べが足りやせんや。けど、あっし一己の思案だと、ほぼ間違いなく同じ野郎でしょうよ。おちえさんにさえ気取《けど》られないまま、物を盗み出せる。そういう輩《やから》が二人もいるたぁ考え難いんで」

まぁとお滝が息を吸いこんだ。

「でも、それっておかしかないですか。おちえの竹刀にしろ、他の家の盗まれた代物にしろ……えっと何でしたっけ、煙管《キセル》とか小銭とかそんなものだったでしょ。大和屋さんにお渡しした小袖とは、まるっきり格が違いますよ。あたしが言うのもなんですけど、あの小袖はお宝の類に入るんじゃないですか。それを、がらくたと一緒にするのもねえ」

「おっかさん、あたしの竹刀をがらくた扱いしないで」

「ああ、わかってるよ。おまえにとっちゃあ、かけがえのない宝物だ。けどさ、世間の誰もが認めるお宝っていうのとは違うだろう。あたしの言ってるのはそこんとこだよ。あの小袖なら、どこにいってもお宝で通る。盗人が欲しがるのは、そういうものだろう。金そのものか、闇でもさばける高直《こうじき》な品かなんだよ」

「なるほど、『大和屋』に入ったやつは盗人としてまっとうで、うちに入ったのはちょいと外れてるってわけだな」

仙助がしたり顔で頷く。その背中をお滝がぴしゃりと打った。

「盗人にまっとうも外れもあるわけないだろ。みんな罪人、人の道を踏み外した輩だよ。あたしはね、同じ盗人だっていうなら、どうして急にお宝に手を出そうとしたのかって、そこんところが解せないだけだよ」

お滝の言う通りだ。

なぜだろう。そもそも、金目とは程遠い品をそれも一つ、二つ盗んで回るなんて、どんな理由があるのか。それは、どういう形で小袖の盗みに繋《つな》がるのか。

一居を窺《うかが》う。

やや伏せていた顔を上げ、一居は呻《うめ》くように言った。

「取り戻さねばなりません」

仙五朗が答える。

「むろんでやす。小袖は、あっしが必ず捜し出しやす」

「親分さん、お願いします。あれは、おれの仕事の内でも一、二を争う出来栄えなんで。何とか無事に取り返してくだせえ」

仙助が頭を下げようとするのを、仙五朗が慌てて止めた。

「止《や》めてくだせえよ、親方。そんな真似、しちゃあいけやせん。親方と比べられるもんじゃねえが、あっしにもあっしの仕事がありやす。盗人を捕え、盗まれた物を取り返す。仕事をちゃんと果たしてみせやすから」

仙五朗が言い終わらないうちに、勝手口の戸が横に滑った。

「親分」

息を弾ませた若い男が入ってくる。それでも、形ばかりの挨拶なのかおちえたちに頭を下げると、仙五朗に駆け寄った。

見覚えがある。小柄だが引き締まった体躯《たいく》の男は、仙五朗の手下《てか》の一人で名は確か……。

「一太《いちた》、どうした」

手下の名を呼んで、仙五朗は身を屈めた。その耳元に一太が口を寄せ囁く。

「なんだと、どこでだ」

仙五朗の横顔が引き締まった。眉間に深く皺《しわ》が刻まれる。

「……わかった。すぐに行く。おまえは、草野《くさの》の旦那に報せに走れ」

草野の旦那とは、仙五朗が従っている定町廻《じょうまちまわ》り同心のことだろう。同心に報せるというのなら、こそ泥や揉め事の類ではない。もっと大きな何事かが起こったのだ。

一太が入ってきたときと同じく、俊敏な動きで飛び出していく。仙五朗も腰を上げ、視線を仙助に向ける。珍しく戸惑っている眼だ。

「どうしました」

仙助が首を傾げる。これも珍しく、暫《しば》く躊躇《ためら》い、仙五朗は告げた。

「あの小袖、見つかったようでやす」

「まっ」。お滝が腰を浮かせた。おちえも一居も中腰になる。仙助だけが胡坐をかいたまま、岡っ引を見詰めていた。

「親分、見つかったのは尋常じゃねえ場所なんで？」

「へい」。仙五朗はあっさりと頷いた。

「場所も様子も尋常じゃねえようでやす。けど、詳しいこたぁわかりやせん。これから、あっしが自分の眼で確かめてきやす。旦那から許しがあればでやすが、今夜にでもまたお報せに参りやすよ。じゃ、これで」

仙五朗も手下に負けない素早さで、勝手口から出て行く。呼び止める暇も隙もなかった。呼び止めても、おちえには伝える言葉はないのだけれど。

「あんた、尋常じゃない場所ってどこなんだろうね」

お滝が自分の胸を押さえる。仙助は「わからねえ」とかぶりを振った。

「無事に戻ってくるといいけどねえ」

お滝は祈るように両手を合わせ、束の間、瞼を閉じた。仙助が自分の膝を叩く。コツでもあるのか、ぴしゃりと高らかに音が響いた。

「ここで、おれたちがお頭《つむ》を寄せ合って幾ら思案したって、無駄ってもんさ。親分は報せに来るって約束してくれたじゃねえか。〝剃刀の仙〟は口にした約束を容易く反故《ほご》にはしねえ。待ってりゃ、詳しく伝えに来てくれるさ」

「ああ、そうだね。その通りだ。こっちとしては待つしかないよね。だとしたら、四の五の言わず、いらぬ心配をせず、待つとしようじゃないか」

お滝は亭主を見やり、肩を窄《すぼ》めた。

「それにしても同じ仙でも、〝剃刀の仙〟は動きが軽やかだよねえ。きびきびして、身体付きも動きも若いよ。たいしたもんじゃないか。それに比べて、うちの仙さんは……。ねえ、おまえさん、もうちょっと痩《や》せるようにしないと」

女房の口を遮るように、仙助が一居に身体を向ける。

「あー、一、わざわざ呼びつけてすまなかったな。やらなきゃならない仕事が山ほどあるんだろう。片付けてきな。糸巻はもうあらかた済んでるんだったな」

「はい。昼前に済ませてあります」

一居が立ち上がる。何か言いたそうに、眼差しをさまよわせたが唇は結ばれたままだった。

「一さん、小袖の行方がわかったら報せるよ。必ず報せるから」

おちえの一言に、一居の口元が緩む。少し安堵したのだろう。

一居があの桐唐草入珊瑚玉模様の小袖に、どれだけ心惹《ひ》かれ、どれだけ心打たれたか、おちえなりに解しているつもりだ。その小袖の行く末が気にならないわけがない。おちえだって同じだ。尋常ではない場所、尋常ではない様子。どういうことなのだろう。仙助やお滝のように、すっぱり割り切れない。心配でたまらない。気に掛かる。

「おちえ、ぼやぼやしないで、竈に火を起こしな。お富に言い付けて豆腐と味噌を買いにいかせて、それから、おまえがおつけを作るんだよ」

お滝に急き立てられて、おちえは腰を上げた。前掛けの紐《ひも》をきつく締めると、少しばかり気持ちがしゃんとした。


「何とも奇妙だな」

検分を終え、草野小次郎《こじろう》が呟く。仙五朗はへえと答えた。

何とも奇妙だ。物事の平仄《ひょうそく》が合わない。これが因《もと》でこうなったと、きちんと解く術《すべ》がないのだ。落ち着かない心持ちになる。

深川元町の外れ、仏向寺《ぶっこうじ》という小さな寺の本堂裏だった。

そこに女が一人、横たわっていた。

生きてはいない。骸《むくろ》だ。その骸に鮮やかな小袖が被《かぶ》せてある。

参詣する者もそう多くはない、よく言えば静謐《せいひつ》な、有り体に言ってしまえば廃れた気配を漂わせる寺の本堂と雑木林に挟まれた狭隘《きょうあい》な場所だ。正しくは寺の地所ではなく、雑木林の一部となる。だから、寺社奉行所配下ではなく町方の同心である草野に仕事が回ってきた。とはいえ、雑木林の向こうは墓地だ。この遺体も亭主の墓参りに訪れた老女が見つけたのだ。

薄暗がりでさえ輝いているような小袖を見つけ、どうして、こんなところにあんなものがと近づいた老女は、仰天のあまり文字通り腰を抜かす羽目に陥った。美しい着物の端から人の頭が覗いていたのだ。這《は》うようにして境内まで戻った老女の悲鳴を聞きつけ、住職と寺男が駆け付け、そこでまた一騒ぎが起こり……仙五朗は今、こうして骸の傍らにしゃがみ込んでいる。

小袖は、八名川町の縫箔屋『丸仙』の主《あるじ》、仙助の手になる一枚。『大和屋』から盗み出されたものだ。先刻、『大和屋』の手代に確かめさせた。

「ま、間違いございません。ひ、広間に飾ってあったものです」

守り番を言いつかりながら、その役を果たせなかった手代は平伏すようにして、それだけを告げた。その後、逃げるように去って行ったのだ。

「仏さんに掛けるのは筵《むしろ》と相場が決まっている。この小袖、些《いささ》か贅沢だな」

昨年、嫁取りをして、間もなく子が産まれるという草野は顔も身体つきも丸く、為人《ひととなり》も温和だ。それが、同心としては美点にも欠点にもなるのが人の世のややこしいところだった。

その草野の声音が低く、重い。

「些かじゃございんせんぜ。贅沢過ぎやさあ」

仙五朗は小袖を持ち上げ、もう一度、骸を眺めた。

年のころは三十を幾つか過ぎたあたりだろうか。わりに整った顔立ちをしている。生きていたころは目を引くほどではなくとも、そこそこの佳人で通る容姿ではなかったか。骸から生前の姿を思い描く才知はいつの間にか磨かれ、育ってきた。堅気《かたぎ》の暮らしをしていれば無用の才だが、岡っ引にはそれなりに役に立つ。

それにしてもと、仙五朗は眉を顰《ひそ》める。この死顔、綺麗過ぎるぜ。

女の喉元には、くっきりと縄の痕がついていた。首の骨も折れている。ただ、他に傷はなかった。茶褐色の筋痕が既に硬く強張った死体の喉に刻まれているだけだ。手首にも小さな蝶《ちょう》に似た痣《あざ》があるが、古いもので死に様には関わりないだろう。

「首を絞めて殺された……ってわけじゃねえな」

仙五朗の傍らに、草野が再び膝をついた。首の痕をまじまじと見詰める。

「へえ、この痕からすりゃあ、縊《くび》り殺されたんじゃなくぶら下がった口でやすね」

痕は顎の下から耳の後ろにかけてついていた。誰かが縊ろうとしたのなら、縄でも紐《ひも》でも首に沿って巻き付けるはずだ。

「ぶら下げたってこともあるぜ。背が高く力のあるやつが、こうぐいっと、な」

草野が両手を合わせ、頭上に振り上げる。

「まあ、余程の怪力、大男じゃねえと無理だろうがな」

「へえ、そんなやつがうろついていたら目立つでしょうしね。仏さんの喉には、引っ掻《か》いたり擦れたりした傷が見当たらないんで。一瞬でお陀仏《だぶつ》にならねえ限り首を締められたら、人ってのは足掻《あが》くでしょう。何とか振りほどこうと暴れると思いやすよ」

「確かにな。絞殺されたやつの喉は惨《むげ》え有り様になるよな」

逃れようと身を捩《よじ》り、己の喉に爪を立てる。喉も指先も血塗《ちまみ》れになった死体を幾つも見てきた。中には指の爪が半ば剝がれた者もいたほどだ。

「とすれば、もう一つ、首吊《くびつ》りに見せかけて、枝から吊るしたってのはどうだ」

「それだと、華奢《きゃしゃ》な女とはいえ大人一人を木の枝まで運び上げなきゃなりやせん。多分、女は正体をなくしていたでしょうし、なかなかに難儀だと思いやす。それに、旦那、女の手のひらに幾つか傷ができてやした」

喉でも指先でもなく、手のひらに女は擦り傷を拵えていた。

「ああ、血の滲《にじ》み方からして生きている間にできたものだな」

身体の横で上向きに伸ばされた腕の先、青とも白とも言い難い色をした手のひらは左も右も、僅かだが肌が擦り剝《む》けていた。

「これは、木に登ったときの傷じゃねえでしょうかね」

「ふむ。女は自分でよじ登った。だから、傷ができたって寸法か」

「じゃねえかと思いやす。今、手下が林の中を探ってやす」

「なるほど、親分はこの仏が林のどこかで首を吊ったとみてるわけだな」

草野は立ち上がり、風にざわめく木々の梢《こずえ》に目をやった。

「けどよ、どうにも、おかしな話じゃねえか」

腕を組み、草野は眼差しを梢から仙五朗に移した。

「自分から枝にぶら下がったにせよ、誰かにぶら下げられたにしろ、この仏さんはどうやってここに転がれたんだ。首の骨が折れた者が動けるはずがねえし、下手人がいるのなら、そいつは死体をわざわざここに運んで、豪華な小袖を被せたってことになるが、何のためにそんな手の込んだ真似をしなきゃならなかったか……。それによ、親分。仏さんの顔、気が付いてるよな」

草野が黒目を横に動かした。

「へえ、首吊りにしちゃあ、綺麗でやしたね」

長い岡っ引暮しで、死体とはすっかり馴染みの仲になってしまった。そして、仙五朗の知っている死体の大半は、無惨な姿をしていた。

斬り殺された者も、水で溺れた者も、焼け死んだ者も、みな無惨だ。むろん首縊《くびく》りも、だ。

しかし、この骸は存外に綺麗なのだ。顔の汚れは拭いとられ、瞼は閉じられ、明らかに人の手で整えられている。

「うーん、どうにも解せねえ」

草野が唸った。

「まったくで」

としか答えようがない。

解せないことだらけだ。

十中八九、この女はどこかで首を吊った。とすれば誰が何のために、骸を本堂裏に移したのか。『大和屋』から盗み出した小袖を被せたのか。

「ところで親分、この仏さん、亡くなってから、ちっと刻《とき》が経《た》ってるよな」

頷く。人の身体は死ねば柔らかさを失う。男女、身体の大きさ、歳、病の有無、季節や時刻、その他もろもろの材料で違いは出るが、概《おおむ》ね一日から一日半で頭頸《とうけい》から始まった強張りは足の爪先まで及び、その後、徐々にとけていく。さらに刻が過ぎれば、腐り、やがて土に還《かえ》る。身分にも財力にも家柄にも関わりない。人である限り避けられない末路だ。

死体の様子からすれば、女が亡くなってから優に一日は過ぎている。

「昨夜の宵の口に、寺男はこの辺りをぐるっと歩いたんだそうでやすよ。檀家《だんか》衆から林に棲《す》みついた宿無し犬が何匹かうろついていると訴えが相次いだうえに、近所でも鶏《とり》小屋が襲われたりしたらしく、様子を見るために棍棒《こんぼう》を持って境内と林の入り口辺りを廻っていたのだと言ってやした。身体付きはたいしたことはありやせんが、気性はなかなかに豪儀な男でやす。後で確かめちゃみますが、嘘をついているようには思えやせんでしたね」

「そいつが殺《や》ったって見込みはねえか」

草野に問われ、仙五朗は正直に答えた。

「まるでないとは言い切れやせん。しかし、女を吊り下げられるほどの大男じゃねえし、担いで木に登れるほど身軽でもなさそうですぜ」

だよなと、草野が苦笑する。女の身許がわからず、自死なのか殺されたのかも明らかではない。謎は幾つもある。今は誰をも疑い、一人一人に吟味の網を掛けるしかないときだ。

草野は笑みを消し、梢よりさらに上、頭上の空を仰いだ。

「嘘をつく意味も、今んとこはねえようだしな。寺男の言うことを信じるとすれば、この仏さんは昨夜の宵から、墓参りの婆《ばあ》さんが目にした昼前までに現れたってことになる」

「さいで。おそらく、夜が明けて間もなくじゃねえですかい」

「夜が明けてからだと言い切れるのか。夜半ってこともあろうぜ」

仙五朗も腰を上げ、膝の泥を払う。

「林の中に犬が棲みついているとすれば、死体の臭いを嗅いで集まって来たんじゃねえかと思いやしてね。犬に食い千切られた死体なんてのは、たんと見てきやした。あいつら飢えてやすからね、さすがに人は襲わなくても死体なら格好の餌にしやすよ。けど、それもたいていが暗いうちでしょう。犬ったって狼《おおかみ》に近《ちけ》えやつらだ。明るくなってから人の気配のする場に、のこのこ出てきたりはしねえはずです」

「なるほどな。仏さん、犬に嚙まれた痕はねえし、何より小袖が綺麗《きれい》なままだな」

「傷も汚れもほとんどねえようで。しかも乾いてやす。朝露にぬれてねえんで」

草野の口元が歪んだ。呻きに近い声が漏れる。

「つまりなんだ。一日か二日前にどこかで首を吊った女を今朝、誰かがここに運び、豪華な小袖を被せて去って行った。そういうことになるのか」

もう一度唸り、「ややこしいな」と呟く。

「妙にこんがらがってやがる。まあ、まずは仏の身許《みもと》をはっきりさせねえとな。身許さえわかれば、次の扉が開ける見込みもあろうさ」

その通りだ。しかし、そちらも一筋縄ではいかない気がする。仙五朗も呻きたくなった。それを抑え、主に告げる。

「『大和屋』の手代は、仏さんにはまったく見覚えがねえと言ってやした。主人の庄八郎にも仏を確かめてもらわなきゃなりやせんね」

「そうだな。手代あたりで事を済ますわけにはいかんだろうな。『丸仙』の親方にもご足労願わなきゃなるめえよ。小袖と関わり合いがある者には一通り、確かめさせようぜ」

「へい。すぐに手配しやす」

「それにしても書き置きの一つも遺《のこ》しておいてくれたらなあ」

草野がため息を吐いた。

「どこの誰それですと、名前と住み処《か》ぐれえ書き遺していても罰は当たるめえに」

「字が書けなかったのかもしれやせん。あるいは誰かが持ち去った……」

草野と目を合わせる。ここで、推察ばかりを並べていても埒《らち》が明かない。今は現《うつつ》に即し、動くときなのだ。

「どうも、ただの首吊りと片付けられねえ代物だな。大和屋と丸仙をすぐにでも呼び出してくんな。大和屋にはぐずぐず言わせるなよ」

「心得やした」

今のところ、どう片付くのか見当が付かない。

それにしても親方がこの有り様を見たら、どう思うか……。

生きている女を飾るのではなく、死者に被せられた小袖。縫箔師からすれば、思いもかけない成り行きだろう。江戸随一とも謳《うた》われる名人の胸に何が去来するか、これも見当が付かない。

仙助のいかにも人の好《よ》さそうな笑顔が浮かび、仙五朗は唇を噛んだ。


「見覚えは、ありません。全く知らぬ女です」

大和屋庄八郎が言い切る。それから、僅かに胸を反らし、草野と仙五朗を見据えた。

本所深川一の大店である大和屋からすれば、仙五朗はもちろん武家とはいえ三十俵二人扶持《ぶち》の下士に過ぎない同心など、取るに足らず。

口にこそしないが、大商人の驕《おご》りと尊大な誇りが伝わってくる。

「親方はどうでやす」

大和屋の後ろに控えていた仙助が顔を上げ、息を吐いた。呼び出されたときに、腹を据えたのか骸を厭う様子も怖《おじ》ける気配もなかった。

仙助は女に向けて手を合わせ、頭を下げる。仏への礼を示したのだ。

「初めて見る顔です。知らない方ですが……」

縫箔商人の唇がもぞっと動いた。躊躇いに似た色が表に浮かぶ。仙五朗はむろん、その色を見逃さなかった。

「親方、何か引っかかるものがあるんで？」

仙助の横にしゃがみ込み、囁《ささや》く。仙助が瞬《まばた》きをした。

「いや、全く見知らぬ人じゃああるんですが、その、手首んとこが……」

「手首？　あの痣でやすか」

仙助は頷き、「うちの小僧がね」と続けた。

「言ってたことを思い出したんです。もう、ずい分と前で……夏の盛りの暑いころだった気がしますが。熊吉が、その小僧の名ぁですが、そいつが店の前に水を打ってたときに変なおばさんに声を掛けられたって、うちの女房に話してたんですよ。それをたまたま耳にして、つい『おまえ、大年増に目を付けられるほどいい男なのか』ってからかったりしたんです。でも女房は気になったみたいで、あれやこれや問い質《ただ》してましたかね。そのとき、熊吉が『きれいなおばさんだったけど、手首に蝶が止まってるみたいだった』みたいなことを言ったような気がして、でも覚え違いかも……」

仙助が肩を窄める。

「それだけでやすか。その小僧さんとは詳しく話をしなかったんで」

「女房はしたかもしれません。わっちは仕事があったもんで、その場を離れやしたから何も聞いてません。その後も仕事でどたばたしていたもんで、その話はころっと忘れてました。女房もこれといって何も言いませんでしたし。今、仏さんの痣を見て、ふっと思い出したって次第です。あ、でも、小僧の言うことですから信用できるかどうかはわかりませんが」

仙五朗は顔を上げる。草野が無言で頷いた。

「親方、その件についちゃあ、あっしがお邪魔して直《じか》に聞かせてもらいやすよ」

「あ、それは構わねえですが、実は熊吉のやつ熱を出して寝込んでるんで」

仙助が言い終わらないうちに、大和屋が立ち上がった。

「お役人さま、申し訳ありませんが、わたしはこれで失礼させてもらいますよ」

申し訳なさなど微塵《みじん》も含まない物言いだった。

「寄り合いがありますし、商談の約束も入っております。これ以上、費やす暇はございませんので、引き取らせていただいてよろしいでしょうか」

大和屋は既に四十を越えているはずだが、きびきびした身熟しや艶のある肌と髪のおかげか、実齢よりかなり若く見える。ほどほどに肥えた身体は、弛緩《しかん》や老いではなく堂々とした貫禄《かんろく》を感じさせた。その身体を上物の小袖と羽織に包んでいる。大店の主に相応《ふさわ》しい押し出しだった。

「待ちねえ。まだ、話は済んでねえぜ」

草野は大和屋を呼び止めると、にやりと笑った。

「大和屋さんほどの大商人が刻に追われるはずもねえだろう。そんなに逃げ腰になるなよ」

「逃げる？　わたしがですか？」

鼻の先で嗤《わら》い、大和屋は草野に向き直った。

「お役人さま、お言葉を返すようですがわたしには、ここから逃げねばならない理由も気持ちもございませんよ。ただ、わたしはそちらの仏さまとは無縁でございます。とすれば、ぐずぐずここに留《とど》まっていて何になります？　まさに無駄というもの。大店であろうが小体《こてい》の店であろうが無駄は商いの敵でございますよ」

「なるほど、納得させられるな。さすが高名な商人の言は違うぜ」

草野が珍しく皮肉を口にした。

「さらに言うなら、無駄を厭わぬ者は商人にはなれませぬ。まあ、棒手振《ぼてふり》商いぐらいなら何とかなりましょうが。店を持つのはまずは無理でしょうな」

草野が目を狭める。温厚で滅多に怒りを露《あらわ》にしない性質《たち》ではあるが、さすがに腹に据えかねているらしい。仙五朗は腰を上げると、大和屋の前に回った。

「小袖はどうしやす」

と尋ねる。今度は大和屋が目を細くした。それだけで何も答えない。

「仏に被さっていた小袖でやすよ。あれは、大和屋さんの広間から盗み出された物でやすね。先刻、手代さんに確かめてもらったときは間違いねえとのことでしたが」

「……どうですかね。じっくり見ていないので確《しか》とはわかりかねますが」

舌打ちをしたくなる。それを抑えて、仙五朗は『丸仙』の主に確かめる。

「間違いねえですね、親方」

仙助が大きく息を吸い、吐き出した。そして、首肯する。

「間違いありません。あれは、大和屋さんから注文を受け、わっちが拵えたものです」

間違いないわけがない。仙五朗は『大和屋』に飾られた小袖を目にしたことはないし、縫箔についてはまるで素人だ。それでも、一目で逸品だとわかった。草野も同じだ。「これは、また見事な」が、小袖を目の当たりにした直後の一声だった。

素人であっても、不粋であっても見事と感じさせ、言わしめる。仙助の縫箔にはそれだけの力が籠っていた。

「幸い傷も汚れもついていねえようだ。どうしやす？　大和屋さん、このまま持って帰られやすか。それとも、引き取りに人を寄こしやすか。大和屋さんの物だとはっきりしてるんで、持ち帰っても構いやせんね、旦那」

草野が返事をする前に、大和屋が口を開いた。

「いりません」

一瞬、仙五朗は息を止めていた。見開いた目で商人を凝視する。

「……大和屋さん、今、何て？」

息を吐き出し、一度、瞬きし尋ねる。

この男は、今、何を言ったんだ。

「いりませんと申し上げました。うちには不要です。そちらでお片付けください」

「何を言ってんでやす。これほどの品をいらないって、どういう料簡なんで。しかも、『丸仙』の親方の前で口にする台詞じゃねえでしょう」

仙助はその場に座ったまま、何も言わなかった。口を結び、怒りも驚きも面に表していない。しかし、頬が強く張っているのは、奥歯を噛み締めているからだ。

「丸仙さん」

大和屋が仙助に身体を向ける。

「丸仙さんには真に申し訳ない始末になってしまった。この通り、お詫《わ》びする」

大和屋はゆっくりと頭を下げた。仙助は無言のままだった。膝の上で指を握り込み、大和屋の下げた額の辺りを見詰めている。

「小袖は娘の祝言の祝いに拵えたものだ。出来には感心も満足もしていた。しかし、こんなことになったら……死体の上に被せられていたなんて、あまりに縁起が悪くてとても婚礼道具として納められない。披露もできない。かといって、誰かに譲ることも飾っておくことも無理だろう。せいぜい、納戸に仕舞いこむぐらいが関の山だ。勝手な言い分だとは重々承知しているが、こちらの事情を汲んで、できるなら『丸仙』で引き取ってもらいたい。その方が、日の目を見ないまま仕舞い込まれるよりずっといいと思うのだがね。むろん、支払った金子はそのまま収めておいてくれて構わないから」

　やや早口で告げた後、大和屋は仙助から視線を逸らせた。

「わかりました」

　仙助が立ち上がる。膝の泥を払い、背筋を伸ばす。

「小袖は『丸仙』に返してもらいます。品代はいただくわけにはまいりやせんから、そちらも耳を揃えてお返しします」

「馬鹿な。そういうわけにはいきませんよ。今度の件で丸仙さんには何の落ち度もないのだからね。全てうちの都合です。金を返すどころか、こちらが詫び代を払わなきゃならないぐらいだ。なのに、返金などされたら大和屋庄八郎の名に関わる」

「こちらこそ、そういうわけにはいかねえんで。わっちにも職人なりの筋がありますんで」

　大店の主人と名高い職人は、睨み合いに近い格好で言い募り、一歩も引かなかった。

「わかった。とりあえず、親方が小袖を引き取ってくれ。金を返すの、払うのって談義は後程、ゆっくりやりゃあいい。何も仏さんの前で言い争うこたぁねえだろう」

　草野が仲裁の口を挟む。それから、僅かに眉を寄せた。

　風が吹いて、雑木が揺れる。落葉の季節に入ったのか、数枚の病葉《わくらば》が舞う。その内の一枚が命の絶えた女の顔に落ちた。

　草野がまた、眉間に深い皺を作った。

手下たちが楢《なら》の木の根元で一本の縄を見つけたのは、『丸仙』と『大和屋』の主人が去って間もなくだった。身軽く木に上った一太が、枝に皮の剝がれた痕があると報せてきた。

「あれは自然にできた傷じゃありやせんよ、親分。一寸ぐれえの幅で枝の真ん中にぐるっとついてましたぜ」

枝は大人の腕ほどの太さがあったという。仙五朗が縄を仔細《しさい》に調べ、絡まっていた数本の長い髪を摘まみ上げたとき、草野は短く唸った。

「親分の推察通り、女は自分で命を絶ったようだな」

「へえ」

「となると、いつもなら、ここでおれたちの出番は終わりだぜ。捕えなきゃならねえ下手人がいるわけじゃねえしな。まぁ、寺社奉行所の方には話は通してあるから、住職や寺男に詳しく話を聞くのは容易いが……そこまでやるかい？　住職も寺男も仏さんに見覚えはないと言ったんだろ」

「へえ……」

小柄で頰骨がなぞれるほど瘦せた住職と住職よりはやや肉が付いている寺男は、一様に首を横に振ったのだ。

まるで見知らぬお方です、と。

「我が寺の近くで仏になられたのも御仏のご縁でしょう。万が一、知人縁者が現れぬ場合、当寺で弔わせていただいて構いませぬが」

住職はそこまで申し出てくれた。曲がりなりにも骸の引き取り先が決まり、仙五朗は胸の内で安堵の息を吐いた。無縁仏には違いないが、投込寺《なげこみでら》に葬られるよりマシな気がしたのだ。

「確かにいつもならここまでの話になりやすが、いつもとは些か様子が違っていやすぜ」

「へんてこな謎が多いってことか」

林で自死した女の骸を誰が運んだのか、『大和屋』から盗み出された小袖が骸に掛けられていたのはなぜなのか、この女と本所深川界隈を荒らしている盗人とは関わりがあるのか……。

「そもそも、女はどうしてこの林で死んだんですかねぇ」

「そりゃあ首を吊るのに手頃な木があったからだろう」

「手頃な木があると知ってるってこたぁ、前に、ここに来たことがあるってことになりやせんか。死のうと決めた人間が自分がぶら下がる枝を捜して闇雲に歩き回り、この寺に辿り着いたってのは考え難い気がしやすが」

「あぁ、けどな親分、死のうと決めた者のお頭の中ってのは、尋常な物差しじゃなかなか測り辛い面もあるじゃねえか。たまたま死に場所に選んだってのも無きにしも非《あら》ずさ」

草野がふわりと欠伸《あくび》を漏らした。あまり興はそそられないらしい。ややこしかろうが、謎が残ろうが自死は自死。おもしろみも旨《うま》みもない。掛けられる手間もない。

草野の思案は手に取るようにわかる。毎日事件が起こり、人が死に、殺され、人を殺し、傷つけ、下手人やら盗賊やら巾着切りらが跋扈《ばっこ》する。それが江戸という処《ところ》だ。

南、北両奉行所それぞれに百四十人、合わせて二百八十人の同心の内、犯科人の召し捕りを担うのは四十人から五十人。一町奉行所で二十数人に過ぎない。その人数で、魔窟にも譬《たと》えられる江戸の闇に立ち向かうわけだから人手も日数も足らないのは、ある意味、当たり前だろう。だから度重なる公儀の禁令にもかかわらず、仙五朗のような岡っ引が、使われることになる。

ともかく、草野も仙五朗も為さねばならない事は山のようにあった。身許もはっきりしない骸に、いつまでもかかずらってはいられない。それが、草野の本音だろう。それを忌むつもりも諫《いさ》めるつもりもない。しかし、仙五朗はここで手を放す気にはなれなかった。もう少し深く、執拗《しつよう》に探りたいと思う。いや、探らねばと感じるのだ。

「後ほど『丸仙』の小僧とやらに話を聞いてみようかと思ってやす。仏さんの身許の手掛かりがあるかもしれやせん」

草野が目を眇め、仙五朗を見やった。

「このままお終《しま》いにはしねえってか。やけに拘《こだわ》るな、親分」

「へえ、どうも小袖のことが引っ掛かりやしてね。わざわざ盗み出した小袖をなんで仏に被せたのか。理由がとんとわかりやせん」

「うーん、まぁ確かにな。供養にしちゃあ妙だしな。しかし、身許が割れたからといって、そこらあたりがはっきりするとは言い切れねえぜ」

「へえ。しかし、他にやり方がありやせんよ」

草野はにやりと笑うと、両手をぱちりと打ち合わせた。

「よしわかった。親分の気の済むようにとことんやってみな。正直、おれには無駄骨に思えるが、おれより親分の思案の方が勝ってるこたぁ承知しているからよ」

「ご冗談を。けど、ありがとうごぜえやす」

ふと、草野が真顔になる。

「親分のお頭《つむ》もカンも凡庸じゃねえ。そこに引っ掛かったんだ、ただの首吊りで済ましちゃならねえ一件なのかもな」

仙五朗は黙って頭を下げた。

お上の御用聞だ、岡っ引の親分だと呼ばれても、しょせん、同心一己の手先に過ぎない。小者より下の陰の者なのだ。そういう者の力をきちんと認め、自分より勝っていると口にできる。同心としては些か頼りないが、人としては、なかなかに上等な性質だ。草野の素直で真っ直《す》ぐな気質が仙五朗は好きだった。

「旦那、実はちょいとお願いがありやして」

「うん、何だ?」

「お役所で調べてもらいてえことがあるんでやすが……」

草野の眉がひくりと動いた。

「そりゃあ、この一件に関わっててんのか」

「へい。それこそ、カン頼みのところじゃあありやすがね。旦那、お耳を」

「おいおい、こんなところで内緒話かよ。用心深《ぶけ》えな」

草野の苦笑が消える。口元が引き締まる。

末枯《うらが》れた葉がまた一枚、風に散り、どこかに運ばれていった。

四　再びの桐唐草入珊瑚玉模様

「あら、熊吉」

　おちえは表を掃いていた小僧に声を掛けた。

「部屋にいないから捜してたのよ。起きて大丈夫なの」

　箒《ほうき》を握り、熊吉はこくりと頷《うなず》いた。

「もう、よくなりました。働けます。あの……病になったりしてすみません」

「まあ」と、おちえは束《つか》の間《ま》、熊吉の小さな顔を見詰めてしまった。

「何を言ってるの。病に罹《かか》ったのはおまえの落ち度じゃないでしょ。誰だって熱ぐらい出すし、お腹《なか》だって下します。謝ったりしないでいいのよ」

「でも、おいら、奉公に来ているのに病になって、お医者さままで呼んでもらって、お内儀《かみ》さんにお粥《かゆ》を作ってもらって……」

「だから、病人なんだから当たり前のことなの。そんなこと一々気にしていたら、今度はお腹が痛くなっちゃうよ」

おちえはわざと突慳貪《つっけんどん》な物言いをしてみた。熊吉はもともと気弱な子だったが、病み上がりで、さらに気合を削がれているらしい。

「当たり前じゃないです」

箒の柄を握り締め、意外なほどはっきりと熊吉は言い切った。

「病になったからお医者さんに診てもらうの、美味《おい》しいお粥が作ってもらえるの、当たり前なんかじゃないです。おっかさんも、祖母《ばあ》ちゃんも、弟も妹も、病になってもお医者さんなんて呼んでもらえないです。おいらだって、『丸仙』に来るまでは一度も診てもらったことないです。だから申し訳なくて……」

おちえは小さく息を吸いこんだ。

熊吉の父親は一昨年、亡くなっている。稼ぎ手を失い、年寄りと女、子どもばかりが残った所帯は生きていくのさえぎりぎりの暮らしを余儀なくされただろう。その前からも貧しかった日々が、さらに窮していく。食い扶持《ぶち》を減らすために、僅かでも支度金を手にするために、熊吉は奉公に出された。

「お店に迷惑かけちゃいけないよ、少しでも役に立たなきゃいけないよって、おっかさんに言われてたのに……祖母ちゃんにも言われてたのに、おいら迷惑かけちゃって」

熊吉が洟《はな》をすすり上げる。おちえは吸い込んだ息を吐いた。何て鈍くて、傲慢だったのだろうと奥歯を嚙《か》み締める。

熊吉ではなく自分が、だ。

熊吉がどんな気持ちで奉公に来たか。どんな事情や想《おも》いを背負っているのか。考えようともしなかった。具合が悪ければ医者を呼んでもらい、お粥でも重湯でも氷菓子でも、食べられる物をささっと用意してもらえる。それを当たり前だと言い切ってしまった。自分が恵まれた者であることを忘れていた。

どうしようもなく鈍感、どうしようもなく傲慢だった。

おちえは一歩前に出て、熊吉の細い身体《からだ》を箒ごと抱きかかえた。

「ごめんね、ごめんね熊吉」

「え？　あ、あの、何でおじょうさまが謝るんです。あの、おいら……」

熊吉は身体を僅かに動かしたが、抗《あらが》おうとはしなかった。おちえの腕の中で静かに立っている。

「でもね、熊吉。無理はしちゃいけないの。ううん、無理をしなくていいんだよ。具合が悪いのに無理して働くとね、治りかけていた病がまたぶり返すってこともあるの。治り際って大事なんだよ。わかる？」

「うん」と熊吉は頷いた。それから顔を上げて、おちえを見る。

「でも、おじょうさん、おいら、本当に元気です。治り際じゃなくて治ってるよ」

「ほんとに？　どこも痛くない？　身体が怠《だる》くない？」

「痛くない。怠くない。大丈夫です」

腕を解き、少し躊躇《ためら》い、おちえは続けた。

「じゃあね、熊吉。あの、相生町の親分さんと話ができる？」

「え？　相生町の……岡っ引の？」

「そう、仙五朗親分さん。おまえに尋ねたいことがあるんだって」

「おいらに？」

熊吉が唾を呑《の》み込んだ。

「怖がらなくていいのよ。おまえのことをお調べに来たわけじゃないんだから。あたしも傍《そば》にいるから、親分さんの話を聞いてあげてくれる？」

「おじょうさんが付いていてくれるんですか」

「ええ、べったり横に座ってる。なんなら手を握ってもあげるよ」

くすっ。熊吉が笑った。おちえも微笑《ほほえ》む。

「おじょうさんがいてくれるなら、おいら、平気だよ」

箒を壁に立て掛け、熊吉が家内に入って行く。おちえも後に続こうとした。

ちりっ。背中に微《かす》かな気配を感じた。

振り向く。

誰もいない。いや、人は大勢いる。通りをそぞろに歩いている者も、荷を担いで早足に行き過ぎる者も、菓子の立ち売りもいる。町木戸の辺りには番小屋で荒物を買うおかみさんたちが数人、見受けられた。

けれど、おちえを見ている者など誰もいない。

気のせい？　でも。

井戸端での気配を思い出す。あのときと同じで、気配は寸の間で消えた。

「おじょうさん」

熊吉が呼ぶ。表に佇《たたず》んだままのおちえを訝《いぶか》しんでいるのか、声音に不安が混ざっている。

「はい。すぐに行くよ」。もう一度、辺りを見回し、おちえは通りに背を向けた。

「すまないね、小僧さん。身体の調子はもういいかい」

仙五朗が尋ねると、熊吉は首を折るように頷いた。それから、小さく「はい」と答える。

「熊吉、ほら、こちらにおいで。あたしの横に座って」

おちえは手招きして、熊吉を板間に座らせた。仙五朗はいつも通り上がり框《がまち》に座って足を組んでいる。お滝が板間の隅に畏《かしこ》まっている他は、誰もいない。仙助も一居も仕事場だ。

縫箔《ぬいはく》はほとんど音を立てない仕事だ。職人たちは口を結び、目を凝らし、一針一針を刺していく。

ぽっ、ぽっ、ぽっ。ぽっ、ぽっ、ぽっ。

針が布に糸を通す、その音だけが微かに聞こえてくるのだ。幼いころ、おちえは廊下に寝転び、父の仕事場の音を聴くのが好きだった。乾いた地に落ちる雨音のようで心地《ここち》よい。目を閉じて耳を傾け、そのまま寝入ってしまうことも度々あった。

仕事が一段落し、職人たちが針を置くと途端にその静寂が破れ、人の気配が濃くなる。おしゃべり、足音、ときに怒鳴り、ときに苛立《いらだ》ち、ときに大笑する声々。静から動に、ふっと移り変わる一時もおちえは好きだった。今でも、好きだ。

しかし、今は仕事場からは何の物音も伝わってこない。

仙五朗、おちえ、お滝、熊吉。四人しかいない台所も静かだ。表通から飴《あめ》売りの唐人笛と子どもたちの声が微かに響いてくる。

「この爺《じい》さんが怖いかい」

仙五朗が重ねて尋ねると、熊吉は今度は首を横に振った。

「怖くないです。おいら何も悪いことしてないし、親分さんはおじょうさんと仲良しだし」

おちえと仙五朗は思わず顔を見合わせていた。

「仲良しか。こりゃあ嬉《うれ》しいな。果報が回ってくる気がすらぁ」

仙五朗が自分の膝を叩《たた》き、笑う。「親分さんと仲良しだなんて、あたしも嬉しいです」とおちえは応じ、お滝もすかさず「あたしも仲良し組に入れておくれよ」と口を挟む。

それで、場の気配がずい分と和んだ。

「でな、小僧さん。おまえさんに尋ねたいことがあるんだ。なぁに、てえしたことじゃねえ。ただ、ちょいと思い出してもらいてえんだよ」

和んだ気配を壊さないためか、仙五朗の物言いは柔らかだった。

「ここの親方に聞いたんだけど、おまえさん、夏のころに年増に声を掛けられたことがあったとか。そこんとこ、覚えているかい」

「えっと……店の前を掃いていると、よく声を掛けられます。道を尋ねる人とかいて……」

「うんうん、だろうな。その女も道を尋ねたのかい」

「いいえ、違います。えっと、あの……」

熊吉の頬が赤らむ。ちゃんと話そうとし過ぎて言葉が追い付かないのだ。

「小僧さんは、その女のことを覚えてるんだね」

仙五朗が問いを重ねる。相手に詰め寄る険しさも鋭さもなかった。どこまでも柔らかい。

「覚えてます」

「そりゃあ助かる。けど、どうして、そんなにはっきりと言い切れるんだ。いろんな人に道を尋ねられたり、声を掛けられたりするんだろう？」

「うん、あ、はい。そうです。たいてい、二人か三人か声を掛けてくる人がいます。『小さいのに、よくがんばってるね』とか『そんな掃き方だと掃除にならんぞ』とか、いろいろです。優しい人もおっかない人もいて、あ、道を聞いてくる人もいます。でも、おいら、町内の裏路地のことなんか知らなくて、教えてあげられないこともあって……」

「熊吉、そんなことはどうでもいいよ。親分さんのお尋ねにちゃんと答えな」

要領を得ない小僧の物言いに痺《しび》れを切らし、お滝が顔を歪《ゆが》める。それを身振りで制し、仙五朗は深く首肯した。

「優しい人、おっかねえ人。いろんな人がいるのがお江戸さ。けど、熊吉さんは女のことを覚えていた。たくさんの人があれこれ、言ってくるのに、その内の一人をちゃんと覚えていたんだな」

熊吉さん。名うての岡っ引からさん付けで呼ばれて、熊吉の頬がさらに赤らんだ。

「はい、おいら覚えはあんまりよくないけど、その女の人のことは覚えてます。えっと、あの手首のとこに蝶々《ちょうちょう》みたいな痣《あざ》があったのと、着物のこと訊《き》かれたから……」

「着物？」

「あ、え、うん。着物です。えっと、あの親方が作っているやつで、あの、すごくきれいな模様で……えっと、親方がずっとかかりっきりで刺していたので……」

「小袖のことね。大和屋さんから注文されたもの。それでしょ」

おちえの助け舟に熊吉は小さく息を吐いた。

「そうです。大和屋さんの小袖です」

「そうかい。その女は小袖のことを、熊吉さんにいろいろと尋ねたんだな」

「はい。えっと、とても豪華な小袖だとの噂《うわさ》だがどんな風なのだとか、後どれくらいで出来上がるのかだとか、一目見られないだろうかとか……えっと、そんなことを尋ねられました。でも、おいら、よくわかんなくて『わかりません』しか言えなくて、そしたら、その人、ちょっとがっかりしたみたいで……。でも、お礼だって、おいらに銭をくれようとして、でも、あの、おいら断った。いらないって言って……お内儀さんから知らない人から物をもらっちゃいけないって言われてて、えっと、だからいらないって言いました。本当は欲しかったけど、いらないってちゃんと言いました。そしたら、銭を引っ込めて町の木戸の方に歩いて行って……それで、変だなと少しだけ思って……」

「変というのは？」

熊吉の黒目が揺れる。言葉を探し、できる限り確かな話を伝えようとしている。おちえは小さな痩《や》せた背中にそっと手を添えた。

がんばるんだよ、熊吉。

「あの、おいらに話し掛けてきたとき、その女の人、えっと、木戸の方から歩いて来たと思うんです。なのに、ひき返して、また木戸から出て行くのかなって。町内に用事がなかったのかなって思って……」

『丸仙』は町木戸の近くに建っている。夜四つのあたり木戸は閉まる。その後、木戸脇の潜《くぐ》り戸を通る者を報《しら》せる番太郎の拍子木が、くっきりと響くぐらい近いのだ。

だから、熊吉の疑念はよくわかる。まるで、小袖のことを尋ねるためだけに八名川町の『丸仙』に足を運んだようなのだ。他に用事があるなら、町内に入って行くだろう。

「町の木戸か。そうか、よく聞かせてくれたな。ありがとうよ。熊吉さんがしっかり者で助かったぜ。で、お助けついでにもう一つ、教えてもらいてえんだがな。その女の手首の痣ってのはこんな具合だったかい」

仙五朗が懐から折り畳んだ一枚の紙を取り出した。熊吉の前に広げる。袖口から覗《のぞ》いた細い手首が描かれている。これは知り合いの絵師が写し取ったものだと、仙五朗は告げた。つまり死体の手首というわけだ。そう思うからか、軽く曲がった五本の指がどことなく不気味にも哀れにも見えてしまう。

熊吉が息を詰め、紙に目を近づけた。

痣は歪《いびつ》で小さな丸が二つくっついている。なるほど、翅《はね》を広げた蝶々のようだ。

「とってもよく似ています。多分、間違いないです」

身を起こし、熊吉は答えた。小声だけれど逡巡《しゅんじゅん》はなかった。

「そうか、間違いねえか。じゃあな、熊吉さん。この痣より他に、その女について気が付いたことは何かなかったかい」

「気が付いたこと……」

「そうさ、様子がどことなく変だったとか、訛《なま》りがあったとか、目立つような飾り物をつけていたとか、どんな些細《ささい》なことでもいいんだが」

熊吉が唇を結び、考え込む。誰も何もしゃべらない。飴売りの笛の音がしだいに遠ざかり、やがて聞こえなくなった。

「……何か呟《つぶや》いたみたいだったけど……ゆりが綺麗《きれい》だとかみたいな……」

「ゆり？　花のゆりか？」

「わかりません。でも、綺麗と聞こえたから花のことじゃないのかなあ……。ちょうど百合《ゆり》の花が咲く時分だったし」

どうしてここで百合の花が出てくるのか、おちえにはまるで解せない。熊吉の聞き間違いだろうかと首を捻《ひね》った。

仙五朗が息を吐き出す。

「そうか、ゆりか。熊吉さん、ほんとにありがとうよ。よく、この爺さんを助けてくれたな」

「おいら、親分さんを助けたの」

ふっと熊吉の物言いが幼くなる。

「おお、助けてもらったとも。ずい分と役に立ってくれた。礼を言うぜ」

「ほんとよ。熊吉。夏の盛りのころでしょ。大人だって記憶が曖昧になるのにちゃんと覚えていてたいしたものよ。感心しちゃった」

仙五朗とおちえに褒められ、熊吉は笑みを浮かべた。

「それにね、あたしの言いつけを守って銭を受け取らなかったのも偉いよ」

お滝は立ち上がると、先を捩《ね》じった紙包みを熊吉の手に乗せた。

「貰《もら》いものなんだけどね、金平糖だよ」

「金平糖！」

熊吉の黒目がくるりと動いた。

「金平糖って、あの南蛮菓子のですか」

「そうだよ。言いつけを守ったご褒美だからね。大切に、お食べ」

「お内儀さん、ありがとうございます」

「いいともさ。さっ、持ち場にお戻り。掃除を済ませてしまうんだよ」

金平糖を懐に仕舞い、熊吉は弾むような足取りで出て行った。仙五朗も腰を上げ、おちえとお滝にひょいと頭を下げる。

「いつもいつもお邪魔しちまって申し訳ねえ。おかげで、いい話が聞けやしたよ」

「熊吉の言ったことが役に立ちましたかね」

お滝が首を傾《かし》げた。おちえと同様に、子どもの取り留めのない話にしか聞こえなかったのだろう。戸惑うような色が目の中に浮かぶ。

「へえ、あの小僧さん、なかなかの手掛かりを一つ、二つくれやしたよ」

「それならいいんですけど。熊吉と話をした女の人ってのが、雑木林の近くで亡くなってた人と重なるわけですよねえ」

「さいで。同じ女にまず違いねえと思いやすよ。亡くなっていたのは林の中でやすがね。林の中で首を吊《つ》った女を誰かが外まで、寺との境目あたりまで運んだってことになりやすかね。そして、親方の刺した小袖を被《かぶ》せた」

お滝が口元を歪めた。そして声を潜める。

「その件なんですけどね、親分。うちの人、かなりまいっているみたいでねえ」

「へえ、そりゃあそうでしょうね。あれほどの名品を見知らぬ女の亡骸《なきがら》に被せられたんだ。落ち込まない方がどうかしてやすよ。それに世間には、口さがないやつらがたんとおりやすからね。けど、あることないこと言いふらす輩《やから》なんて気にしねえのが得策でやすよ。一月もしねえ間に収まって、みんなきれいさっぱり忘れちまいやすから」

お滝がため息を吐《つ》く。

女の骸《むくろ》。『丸仙』の手になる豪華な小袖。注文主は名だたる大店『大和屋』の主人。もうそれだけで役者が揃《そろ》っている。おもしろおかしく語る材が並んでいるのだ。

『丸仙』の小袖は呪われているだの、女をとり殺すだの、真夜中、『大和屋』の屋根で豪華な小袖が一枚、燃えながら舞っていただのと、そう日を待たず根も葉もない噂が飛び交うだろう。しかし、仙五朗の言う通り一月足らずで下火になり、消えてしまうはずだ。

「違うんですよ」

もう一度、お滝がため息を吐き出した。

「うちの亭主が落ち込んでるのは世間の口じゃなくて大和屋さんのせいなんですよ。何て言いますかねえ……。大和屋さんからの注文の小袖は仙助が自分の技をつぎ込んで、命懸けと言っちゃあ大げさですけど、ありったけの力を傾けて拵《こしら》えたものなんです。仕上げた後は数日、精も根も尽き果てたって有り様でずっと横になって、動くのも億劫《おっくう》だったぐらいなんです。この人、このまま抜け殻になるんじゃないかって心配になったほどでしたね。魂が抜け落ちたみたいな顔になって、ぼうっとあらぬ方を見てたりして」

「へえ、あっしには縫箔のことなんざ全くわかりやせんが、あの小袖が生半可な技や心持ちで出来上がる一枚じゃねえ、稀《まれ》な逸品で、それを拵えるのがどれほどの大仕事かって、そこらへんは察せられますぜ」

「ええ……ありがとうございます。でも、大和屋さんは、その小袖をあっさり見切ったわけでしょ。それが、かなり堪えているみたいで。何となく元気がないんですよ。ね、おちえ」

「うん」

何となくどころではなく、かなりしょぼくれている。仏向寺という寺から帰ってから、ずっとふさぎ込んでいるのだ。

「何とか仙助から経緯《いきさつ》は聞き出しましたが、ほんとに、あたしも腹が立ちましたよ。いくら大和屋さんが注文主だからといって、もういらないと言い捨てるなんて酷《ひど》かありませんか。精魂込めて作ったものを蔑《ないがし》ろにされたら、職人としてはたまりませんよ。ほんとに、ふざけないでもらいたいですね。大店の主人だからって、何をしても何を言っても許されるなんて道理はないでしょうに。言っちゃあ何ですが、大和屋さん、傲慢が過ぎませんかね」

しゃべっているうちにお滝の鼻の穴が膨らんできた。本気で憤っている証《あかし》だ。

「確かに、大和屋さんのやり方はいただけねえ。あっしも驚きやした。けど……」

仙五朗が腕を組む。

「あれほどの大店でやすから、あっしみてえな者には、そうそう付き合いがあるわけもねえ。大和屋さんと顔を合わせたのも数えるほどでやす。けどねえ、大和屋さんの為人《ひととなり》についちゃあ、そう悪くは聞かねえんですよ」

「そりゃあ、みんな大店に遠慮してんですよ。大和屋さんに睨《にら》まれたくないんでしょ」

「いや、逆でやすよ」

仙五朗がかぶりを振る。お滝が瞬《まばた》きした。

「大和屋さんは、その日暮らしの者からすりゃあ遥《はる》か雲上の人だ。ありあまるほどの財と力を持っていなさる。商いも上々で潰れる心配など胡麻《ごま》の粒ほどもねえ。家の内のこたぁ知りやせんが、上の娘は婿を取り夫婦で店を支え、次の娘も大和屋に劣らぬ大店に嫁ぐことが決まったわけでやしょ。順風満帆、非の打ちどころがない成り行きじゃねえですかい。そういう人物ってのは、えてして悪く言われるもんでやすよ。針の先ほどの欠点を丸太ぐれえに膨らませて、あれこれ悪口の俎上《そじょう》に載せるんで」

お滝が顰《しか》め面で、相槌《あいづち》を打った。

「ええ、わかりますよ。妬みも嫉《そね》みも混じって、あることないこと言いふらす。世間じゃよくあることですよね」

何を思い出したのか、お滝は重い吐息を漏らした。

「へえ、よくあるこってす。けど、それが大和屋さんにはあんまりないんで。全くないとは言いやせんが、誇《そし》るより褒める言葉の方がずっと多く耳に届いてきやしてね。いわゆる、ひとかどの人物だと、腰も低くて穏やかな人柄でと、そんな類の話でさ」

「ふん、ひとかどの人物にしちゃあ、ちょいと心配りが足らないんじゃありませんかねえ。あんな風に小袖を見切るなんて、仙助の気持ちを踏みにじるのと同じで……」

「おっかさん」

おちえは母の膝に手を載せた。

「もう、止《や》めなよ。愚痴っぽいおっかさんなんて、おっかさんらしくないよ」

お滝は、いつもからりと乾いている。陰湿さなんて欠片《かけら》もない。噂話には好んで耳を傾けるが、他人の悪口や陰口はほとんど言わない。母のそんな気質がおちえは好きなのだ。だから、もう止めてほしい。ここで大和屋を幾ら誇っても何人のためにもならない。仙助だって、惚《ほ》れ抜いて一緒になった女房が誰であれ悪《あ》し様に言うことを一縷《いちる》も望んでいないはずだ。

「おとっつぁんだって、もう、だいぶ立ち直ってるじゃない。おっかさんもいつもみたいに、嫌なことはあっさり忘れて笑ってよ。そりゃあ、あたしだって大和屋さんには腹が立つけど、幾ら腹を立てても仕方ないでしょ。とどのつまり大和屋さんは評判ほどの人物じゃなかったってことが、はっきりしたわけなんだから。それでいいじゃない」

「そこなんでやすよ」

仙五朗が腕組みしたまま、低く呟いた。

「そこんとこがちょっと解せねえんで。実は、ここの親方と大和屋さんに亡骸を検分してもらったとき、大和屋さんがやけに居丈高な様子でやしてねえ。うちの草野の旦那なんか珍しく向かっ腹を立ててやしたよ。あっしも、最初はむっとしやしたが、それが納まると違和を覚えちまいましてね。へえ、あっしの知っている、見たり聞いたりしている大和屋さんとは人が違うみてえな感じがして……」

「まっ、それって」

おちえは思わず膝ですり寄った。

「まさか、偽者だったんじゃないですよね」

「へ？」

「だから、その大和屋さんが大和屋さん本人じゃなくて、別の人だったってことじゃないですか。それなら、人が変わったように感じても不思議じゃないでしょ。本当の意味で別人なんですから」

「はあ」

仙五朗は寸の間、おちえを見詰め、苦笑いを浮かべた。

「なかなかの思い付きじゃありやすが、大和屋さんは本物の大和屋さんでやしたよ。いやや、さすがにそこを取り違えるほど耄碌《もうろく》しちゃあいやせんよ」

「そうだよ。何を突拍子もないこと言ってんのさ」

「だって、人の性根ってそんなにころっと変わったりしないよ。よく似た別人か、別人のように振舞っていたかじゃないかと、あたしは思うけどな」

「おまえは読本の読み過ぎなんだよ。人がそう容易《たやす》く入れ替わったりするもんかい。ねえ、親分さん」

仙五朗は腕を解き何事かを思案していた。

「え？　あ、ええ、そうでやすね。入れ替わりは難しいでしょうねえ。とすれば、大和屋さんがああまで居丈高だったのには何か理由があるってこってすよ。おちえさんが言った、別人のように振舞っていたってあたりが肝かもしれやせん」

「でも、何のために、そんなことを？　大和屋さんだってわかってるんだから、そこで他人の振りをしても意味はないでしょ」

「その通りじゃああありやすが……」

仙五朗が小さく唸《うな》る。その唸りを吐息に変えて、ほおっと深い音を漏らした。

「他人の振りねえ」

「親分さん、何か思いついたことがあるんですか」

再び、座りながら寄っていく。お滝もじりじりと前に進む。母と娘、二人の女ににじり寄られ仙五朗は一歩、退く。

「いや、これといって今、どうのこうの伝えられるこたぁありやせん。また、改めてお報せにまいりやさぁ。じゃあ、これで。お邪魔いたしやした」

止める間もなく、勝手口から姿を消した。

「おやまあ、逃げ足の速い親分さんだこと」

お滝がくすっと笑う。さっきまでの渋面が朗らかな笑顔に変わっている。

「あたしたちのことが、余程怖かったんだね」

おちえもつい、軽口を叩いた。

「そうだね。胸の中はまだもやもやしてるけど、何だか大和屋さんにも謎がありそうだし、薄情だ、傲慢だって怒るだけじゃ済まなさそうな感じじゃないかい」

「もやもやより、うずうずするってとこね」

「まあ、そういうとこだねえ。盗まれた小袖が遺体に被さっていたのも、自死したらしい女の人がお寺近くに横たわっていたのも、その女の人が熊吉に小袖のことを尋ねたのも、大和屋さんの様子がいつもと違ったのも、みんな謎だものねえ。けどさ、どう謎なのか、どうしたら解けるのか、あたしたちにはさっぱりだ。親分さんが打ち明けてくれるのを待つしかないね」

「そうよ。謎が解けて、騒動も落ち着く。それを待つしかないの。できるなら、あたしの竹刀《しない》が返って来ますようにって、仏さまに拝んどかなくちゃ」

おちえは立ち上がり、前掛けを締めた。そろそろ、職人たちに八つを出す時分だ。茶の用意をしなければならない。

「騒動ねえ……」

お滝が頰に指を添えた。整った横顔に憂いが滲《にじ》む。

「うん？　おっかさん、どうかした？」

「いえね、何となくだけど、今、胸がざわざわしたんだよ」

「もやもや、うずうずの次はざわざわなの。おっかさんの胸は忙しいよねえ」

「親をからかうんじゃないよ。また、新たな騒動が起こらなきゃいいけど。おちえ、よくよく気を付けて動くんだよ。騒動のもとは、たいていおまえなんだから」

「もう、娘を疫病神みたいに言わないでよ。あたしは何の騒動も起こしません」

「どの口が言うのやら、だよ」

お滝が肩を竦め、おちえは、わざと頰を膨らませた。この後、自分が本当に騒動のもとになろうとは夢にも思っていなかった。お滝のように胸がざわつくこともなく、竹刀や小袖や気に掛かるものは幾つもあったが、明日も明後日もそれなりに静かな、変わらぬ日々だと信じ込んでいた。

その男が『丸仙』に現れたのは、翌日の朝、五つを過ぎたあたり。まだ、豆腐だの蜆《しじみ》だの漬物だの、朝餉《あさげ》に欠かせない物売りの声が路地に響いていたころだった。

「まあ、儀造《ぎぞう》じゃないか。いきなり、どうしたんだい」

朝の膳を片付けていたお滝が目を見張り、勝手口から入ってきた弟を見詰めた。

「姉さん、久しぶり。義兄《にい》さんもごぶさたしてます。おぅ、おちえ、元気そうだな」

儀造は板間にいた三人にそつなく挨拶をして、にっと笑った。

愛想笑いでも作り笑いでもない。人の善さと意志の強さが透けて見える笑み顔だった。

「わぁ、叔父《おじ》さん。ほんとうに、お久しぶりです」

おちえも笑顔になる。お滝の弟、儀造は馬喰町で小売りも兼ねる蠟燭《ろうそく》問屋『肥前屋《ひぜんや》』を営んでいる。父親から引き継いだとき、表店とはいえ間口三間ほどの小店だった『肥前屋』を十年足らずで、倍の店構えにし、商いを広げた。つまり、なかなかの腕前の商人なのだ。倅《せがれ》の商才の確かさと縫箔職人に嫁いだ娘の行く末に満足し、安堵《あんど》もしたのか儀造とお滝の父母、おちえの祖父祖母は、おちえが幼いころに相次いで亡くなった。

遺《のこ》された姉と弟は、疎遠になることもべとべととともたれ合うこともなく、それぞれの家族を作りながら親しく行き来している。とりわけ、儀造は美しくて気風《きっぷ》のいい姉を好いていて、ひょいと訪れては世間話をして、帰っていくことがときたまあった。そういうとき、叔父は必ずおちえのために、ちょっとした小間物とか菓子の包みとかを土産にしてくれた。一緒に遊んでくれたこともある。榊道場を再建するために走り回っていた折も、ずい分と支えてもらった。

「おまえは、姉さんに似て一途《いちず》だからなあ。つい、手助けしたくなるよ」。そんな一言と共に差し出された金子は相当な額だった。いつも遠くから見守ってくれて、いざという折には必ず手を差し伸べてくれる。おちえにとって叔父はそんな人だった。だから、儀造の顔を見ると心が弾む。

ただ、今朝はやけに刻が早い。朝餉が終わったか終わらないかという頃合いに、儀造がおとなうのは初めてではないだろうか。それに、雀茶の縞《しま》小袖に鴉羽《からすば》色の羽織という出立は、ついでの便にちょっと立ち寄ったという姿ではない。

いつもと違う。そこに引っ掛かる。

「ほんとにどうしたのさ。何かあったのかい」

お滝も引っ掛かるものがあったらしく、僅かに面を曇らせた。

「まさか、おいのさんに何かあったんじゃないだろうね」

儀造の女房おいのは今、身重だった。『肥前屋』の夫婦にとって二人目の子になるが、長子の赤ん坊は生まれて三月で亡くなっている。おいの自身も病弱な質《たち》で、身籠った当初は悪阻《つわり》が酷く寝たきりになっていた。そのせいで、もともと細かった身体がさらに痩せてしまった。母子ともに元気で過ごせるのか、お滝はやきもきしていたのだ。

「おいのは元気だよ。このところ、飯がやたら美味《うま》いみたいでびっくりするぐらい食べてんだ。一貫は肥えたんじゃないかな。ほっぺたなんてふっくらしてきて、顔が丸くなってる」

「そうかい。なら、いいけどさ」

ほっと安堵の息を吐いた姉と義兄と姪《めい》に向かって、儀造は曖昧な笑みを向けた。

「いやぁ、実は……今日は、仲人紛《まが》いの真似《まね》を頼まれちゃって」

「仲人？」

お滝と仙助が顔を見合わせた。

「ともかく、上がりなよ。突っ立ってする話じゃねえようだしな」

仙助の手招きに応じて、儀造は板間に上がった。

「どうする？　座敷の方に行くか？」

「そうだよ。あっちできちんと聞かせておくれな」

「ここで、話してよ」

父と母の間に割り込むように、おちえは言った。

「仲人紛いって、なに？　あたしに関わり合うことなの、叔父さん。もしそうなら、あたしにも聞かせてよ。ううん、どうしても聞かせてもらいますから」

そんなつもりはなかったが、挑むような口調になっていたらしい。儀造が苦笑する。

「はは、相変わらず威勢がいいな、おちえ」

「威勢がいいんじゃなくて、跳ねっ返りなんだよ。全く言いたいことを遠慮も斟酌《しんしゃく》もなくずけずけ言っちまうんだからね。先が思いやられるだろう」

「姉さんの若いころにそっくりじゃないか。姉さんも、よくおふくろに叱られてたよな。『女ってのは、言いたいことの半分は呑み込んで慎み深くするもんだよ』なんて。姉さん『女だけが言いたいことを我慢しなきゃならないなんて、おかしい。納得できない』って言い返してたじゃないかよ。おれ、障子の陰で聞いてたぜ。しまいには、おふくろが呆《あき》れ果てて」

「ちょっと、儀造、いいかげんにおし。わざわざ、あたしの昔を披露しに来たわけじゃないんだろう。わかったよ。おちえ、叔父さんにお茶を淹《い》れてあげな。それから、隅っこに座って、おとなしくしとくんだよ。さ、儀造、聞かせてもらおうじゃないか」

お滝が居住まいを正す。

「そんなに畏まらないといけねえのか」

仙助も胡坐《あぐら》から正座に足を変えた。

「いや、身内だからな、ざっくばらんでいいと思うけど……。えっと、おちえの言った通り、おちえに関わることなんだ。えっと、つまり、おちえを是非、嫁にと望んでいる相手がいて、そこから、おれに仲を取り持ってはくれないかって頼みが来たんだよ。あ、ありがとよ」

おちえが淹れた茶をちらりと見て、儀造はなぜか身を縮めた。

「いや、おれは一応、断ったんだよ。おちえは『丸仙』の一人娘で婿を取らなきゃならないんだって、よくよくわかってるからさ。そう伝えもしたさ。けど、相手が断られるのは承知の上で、一度だけでも話を通してくれないかって一生懸命でさ。そこまで見込まれたのなら、伝えるぐらいは伝えておこうかって気になったわけよ。それに、婿取りを脇に置いとくと、申し分のない相手にも思えたし……」

「誰だい、その申し分のない相手ってのは」

仙助が問う。このところ余分な肉がついて、少し緩んでいた身体の線が昔のように引き締まった……ように見えた。心身が張り詰めたのだ。口調はさほど硬くなかったが、眼差《まなざ》しは心持ち尖《とが》っていた。おちえの縁談が持ち込まれるたびに、仙助はこういう眼つきになる。尖って、険しい。

「要するに、おとっつぁんはあんたを嫁にやりたくないし、そんじゃそこらの男の女房にさせたくないんだよ。誰も彼も気に食わないってわけさ。ずっと今のままでいられるわけもないのに、どうするつもりなのかねえ。ほんとに困ったもんだ。男親ってのは、どうしてこうも厄介なのかねえ。嫌になっちまう」

と、いつかお滝が文句と嘆きをごちゃ混ぜにして語っていた。

儀造がさらに身を縮める。茶をすすり空咳《からぜき》をすると、真顔を義兄に向けた。

「深川元町の『伊予屋』のご主人、陽太郎さんだ」

「『伊予屋』、まぁ……」

お滝が息を呑み込む。おちえは唇を噛んだ。

もしやという思いはあった。

もしかしたら……。竹刀を素振りする陽太郎の顔が眼前を過《よぎ》ったのだ。

「『伊予屋』ってあの有名な蠟燭問屋の、かい？」

「うん。その『伊予屋』だよ」

姉の前だからだろう、儀造の物言いが少し幼くなる。それに気が付いたのか頬を染め、儀造は黙り込んだ。代わりのように、お滝が声を大きくする。

「そりゃあ、すごいじゃないか。驚いたねえ。おまえさん、『伊予屋』だってよ。知ってるだろ。この辺りじゃ、いや、本所深川では評判の店で」

「うるせえな。言われなくたってわかってらぁ」

仙助が目に見えて不機嫌になっていく。女房の昂《たか》ぶりが気に入らないのだ。お滝の方は、亭主の不機嫌など歯牙にもかけない。

「伊予屋さんってのは、どんなお方なんだい。まさか、後添えになんて話じゃないよね。確か、まだお若いと聞いてるからさ。幾つぐらいの人でどこでおちえを見初めたんだよ。いや、その前にさ、おまえ、伊予屋さんと知り合いだったのかい。知らなかったよ。幾ら同じ商いをしているからって、馬喰町と深川元町じゃ縁がないのかと思っていたけど」

　ぽんぽんと問いを弟に投げつける。

「いや、姉さん、ほんと変わらないねえ。せっかちで早口で。そんなに、ぐいぐい来られたら、しゃべりたくてもしゃべれないじゃないか。勘弁してくれよ」

「違《ちげ》えねえ。お滝、おまえは暫《しばら》く手で口を塞いどきな」

　弟と亭主から戒められ、お滝は不満げに口元を歪めた。

「伊予屋さんは若いよ。といっても、次の正月で二十三にはなると言ってたがな。あれほど評判の店の主がそんなに若いなんて、ちょっと驚くだろ。それほど商才があったってわけになるのかね。いや、おれも昨日に初めて言葉を交わしたわけだが、浮ついたところなど一切なくて、威厳さえ伝わってきたもんな。伊予屋さんがどこで、おちえを見初めたかははっきり言わなかったけど、一目見たときから、所帯を持つならこの人しかいないと感じたそうだ。ただ、正式に仲人を立てて申し込んでも、『丸仙』の一人娘ということで、端《はな》から取り合ってもらえない見込みもある。それで、おれにお鉢が回ってきたわけなんだな。親戚筋から話が行けば、少しは耳を傾けてくれるかもしれないと思ったと、そういうことだ」

　ふんと、仙助が鼻を鳴らした。

「やけに算盤《そろばん》高い野郎だぜ。おれは気に食わないね」

「それだけ、おちえを気に入って、どうしてもって心意気の表われじゃないか。何でも悪く取らないで素直にお考えよ」

　お滝が口を挟む。口を塞いではいられなかったらしい。

「おまえは、何でも都合よく考え過ぎじゃねえのか」

「あたしは性根が素直なのさ。それで、儀造、おまえはいつから伊予屋さんと知り合いだったんだい。そんなこと、これまで一度も言わなかったじゃないか」

　二人の男を交互に見やり、お滝はしゃべり続ける。そうは見せまいと努めているが、かなり慌てているのだ。慌てたり、焦ったりすると母の舌は普段にも増してよく回る。

「知り合いなもんか。昨日初めてしゃべったって言ってるだろう。他人《ひと》の言うことをちゃんと聞いてくれよ。いや、おれも『伊予屋』の評判ぐらいは耳にしていたさ。で、気にはなってた。実は評判の因《もと》を知りたいと品を買い求めたことも二度ばかりあったんだよな。けど、それくらいの繋《つな》がりでしかなくて、知り合いどころか、顔も碌《ろく》に見たことがなかったって塩梅《あんばい》だ。だから、不意に訪ねてきた客に伊予屋陽太郎だって名乗られたときは、驚いたさ。おちえとの仲を取り持ってくれないかと頼まれたときには、もっと驚いて、ひっくり返りそうになったけどな。でさ、さっきも言ったように、おれも悩んだんだよ。これが、まあ他からの申し出なら、おれの一存で断ったかもしれない。少なくとも仲を取り持つなんて真似はしなかったさ。けど、『伊予屋』だからなあ。あれほどの店の主人自らが出向いてきて、本気で頭を下げられて……伝えないわけにはいかなかったんだよ。えっと、それに」

ちらりと義兄の顔を見やって、儀造は言葉を継いだ。

「正直、悪い話じゃないとも思った。『伊予屋』の身代もさることながら、ご主人の為人《ひととなり》の評判もすこぶるいい。真面目《まじめ》で穏やかで、浮いた噂なんて一つも聞こえてこないんだ。それに、少し下世話になるかもしれないけど、家族はご主人と祖父《じい》さまの二人きりらしい。詳しい経緯は知らないが、二親は早くに他界して、ご主人は祖父さまに育てられたとか。つまり、世間によくある舅《しゅうと》、姑《しゅうとめ》の煩わしさがないのさ。あ、違う違う。調べたりしたわけじゃないって。昨日の今日で、できるわけないだろう。町が違うとは言え、同じ商いをしているんだ。知らず知らず耳に入ってくるんだよ。伊予屋さんがそれほど目立つってことさ。為人云々《うんぬん》は差し引いても、舅、姑がいないのは気楽じゃないか。店格、人柄、その他諸々《もろもろ》、申し分なし。すんなり嫁に行ける立場の娘なら良縁中の良縁、願ってもない縁だろ」

誰からも応えがないので、儀造は唇を結んだ。替わりのように仙助が口を開く。

「けどよ、変じゃねえか。何で、『伊予屋』の主人ってのは、おまえがおちえの叔父だって知ってたんだ。人を使って調べ上げたんじゃねえのか。あっちは昨日の今日ってわけじゃねえ。前々から、考えていたんだろうからよ」

「う……それは、そうかもしれないが」

「だったら、この話は端からなかったってことにしてもらわねえとな。こっちの知らない間にこそこそ調べられてたなんて、いい気はしねえ」

「けど、義兄さん、相手の家や身辺を調べるなんて当たり前のことじゃないか。そこに、いちいち腹を立てたら縁談なんて成り立たないぜ。なあ、姉さん」

縋《すが》るような弟の眼差しをお滝が撥《は》ね付ける。

「あたしもいい気はしないね。聞きたいことや知りたいことがあったら、堂々と本人やあたしたちに尋ねればいいじゃないか。ねえ、あんた。あんたは、あたしを嫁にするときあれこれ調べ回ったりしなかったものね」

「おうよ。おれはお滝に惚れて嫁にしたいと思ったんだ。家がどうの評判がどうのなんてどうでもよかったぜ。肩にのっかった葉っぱほども気にならなかったね。なのに、伊予屋ってのは何だ？　こそこそと探りを入れて」

「あたしがしゃべったの」

我慢できなくて、おちえは言った。叫びとまでいかないが、かなりの大きさの声が出た。

母が、父が、叔父が一斉に見詰めてくる。

「叔父さんが馬喰町で蠟燭問屋をやってるって、あたしが陽太郎さんに言ったのよ。言ったというか、つい口走ってしまったってとこなんだけど……。ともかく、陽太郎さんがこそこそ調べたわけじゃないわ」

「まっ、おちえ」

お滝の眉が吊《つ》り上がる。仙助の口は半開きになっていた。

「おまえ、まさか伊予屋さんと付き合いがあったのかい。今、陽太郎さんって呼んだよね。まさか、将来を言い交わしたわけじゃないだろうね。親にも内緒で、とんでもないよ」

「違うって。そんなんじゃないの。どうしてそう先走るかなあ。落ち着いて、こっちの言うことを聞いてよ。でないと、何にもしゃべれないでしょ。さっき叔父さんに咎《とが》められたばっかりじゃないの」

「え、おれは姉さんを咎めたりしてないぞ。そんなこと、おっかなくてできるもんか」

儀造が慌てて手を横に振る。お滝は唇を尖らせたが、そのまま黙した。

「あのね、陽太郎さんは榊道場に入門してきたの。そのとき、初めて顔を合わせたわけ。だから、あたしとは門弟同士の間柄になるの」

一目惚れされただの、格子越しに道場を覗いていただの、源之亟が取り押さえただの、入門料に頭がくらくらしただの、そのあたりは伏せて、おちえは、今、陽太郎が熱心に稽古に勤《いそ》しんでいること、源之亟が主に指南をしているが、めきめき腕を上げていることなどを掻《か》い摘《つま》んで伝えた。

「あら、まあまあ。そんな経緯かい」

お滝の眉が元に戻る。仙助は唇を一文字に結んだ。儀造は腕を組み、小さく唸る。

「あたし、これから深川元町に行ってきます」

三人を順に見やり、おちえは告げた。

「陽太郎さんにお逢《あ》いして、直《じか》にお断りしてきます」

「う、断るかぁ」

儀造の唸り声が少し大きくなった。

「はい。このお話はお受けできません。叔父さんには、お手間をとらせましたがお断りさせてください。申し訳ありません」

手をつき、深々と頭を下げる。

「……いや、手間なんかじゃない。ただ、良い縁に思えたから伝えに来ただけさ。おちえ、断るなら、おれが伊予屋さんにそう言うよ。それが筋ってものだからな」

「いいえ、叔父さん。あたしに話をさせてください。陽太郎さんは榊道場の門人です。しかも、とても見込みのある方なんです」

陽太郎を指南しているときの源之亟、その顔つきを思い浮かべる。目元も口元も引き締まっているが、楽しげだった。才のある弟子を見出《みいだ》した喜びが染み出している。

伊上さまって、根っからの師範気質なんだわ。

道場に行くたびに感じていた。陽太郎も本気で、真剣に稽古に取り組んでいる。そして、日に日に上達している。竹刀を数回ふっただけでよろけたり、息を弾ませたりしていたのが嘘《うそ》のようだ。心持ちだが、身体つきまで逞《たくま》しくなったように見える。

陽太郎と言葉を交わすことも、稀にだが指南することもあった。しかし、初めて出逢った日から後、陽太郎から想いを打ち明けられたことは一度もなかった。あれはあれっきり、陽太郎の一時の昂ぶりに過ぎなかったのだと、おちえは納得していた。道場での先輩、後輩の間柄で親しく、楽しく付き合っていければと願っていたのだ。それが、まさか、こんな形でひっくり返るとは。ただ、ひたすら驚いてしまう。

「どう言えばうまく伝わるのか、よくわかんないんだけど。あたし、陽太郎さんが稽古に懸ける気持ちは本物だと信じている。陽太郎さんの一生懸命さに他の門人もやる気を出すようになって、道場内はとっても活気に満ちているのよ」

事実だった。それまでも生き生きとした気配はあったし、門人たちはそれなりに稽古に打ち込んでいた。そこに陽太郎が加わったことで、みんなの意気はさらに上がった。山岸佐久弥などは源之亟に誘われ、親に命じられて、さほど熱もなく通っていた風だが、このところ、しっかりと稽古で汗を流していた。そうすれば、上手《うま》くもなる。上手くなれば、おもしろみもやる気も増す。線が細くて、暗く、煮え切らない一面のあった佐久弥が、よく笑い、よくしゃべり、動きが機敏になったことに、おちえは気付いていた。

陽太郎一人のおかげではないが、その稽古に取り組む姿勢が道場内に生気を呼び込んだのは確かだ。道場を再開したとき、昔日《しゃくじつ》の勢いや気風を呼び戻せるだろうかと憂慮したけれど、今、おちえの大切な場所は、昔日とは少し異質の、それでも活気、生気としか呼びようのない気配に満たされている。

道場のためにも、門人たちのためにも、自分のためにも、源之亟のためにも、陽太郎のためにもその気配を壊したくない。今のまま守り通したい。

「なるほどね。変にぎくしゃくして、伊予屋さんが辞めちまったら困るってわけだね」

お滝が身も蓋もない言い方をする。

「けど、縁談を断られたぐらいで辞めるんだったら、それまでの男ってことじゃねえのか」

仙助は正論を突き付けてくる。おちえは胸を張った。

「陽太郎さんは辞めたりしないわ。そんな生半可な人じゃないと思う」

「おやまあ、おまえの物言いだと伊予屋さんを気に入っているように聞こえるけど」

お滝は横目を使い、娘を見やる。

「陽太郎さんは大切な門人です。その上でもその下でもありません。あたしは稽古に通うたびに顔を合わせているし、これからも合わせるでしょう。榊道場に集う者同士として、ずっとお付き合いしていきたいの。そのために、この話はあたしからきっちりお断りしておきたい。そうでないと、叔父さんに任せたまま関わらないでいたとしたら、あたし、道場で陽太郎さんに逢うのが辛《つら》い……辛いってのとはちょっと違うかもしれないけど……」

「気まずいってわけか」

儀造が助け舟を出してくれた。

「うん、そう。気まずいの」

「だなあ。伊予屋さんは、余計に気まずいかもしれないな。相当、本気で、覚悟をしてきたって風だったからなあ。想いが潰《つい》えたとなれば、それこそ辛いだろうしな。うん、暫くは、おちえの顔を見るのが辛いはずだよな。気の毒っちゃあ気の毒だ」

「陽太郎さんも、叔父さんを介してじゃなくて直に言ってくれればよかったのに。その機会は幾らでもあったはずだし……」

「馬鹿をお言いじゃないよ」

　お滝がぴしゃりとおちえを遮る。

「ものには相応の決め事ってのがあるんだよ。伊予屋さんほどの店の格になるとね、自分の気持ちはどうあれ、中に人を介して話を進めるってのは当たり前なんだ。正式な嫁取りをするのに本人に直に伝えるなんてこと、するもんか」

「えっ、お滝、おれは嫁に来いって直に伝えたじゃねえか。あれ、間違ってたのか」

　仙助が頓狂な声を出し、黒目を泳がせる。

「ああ、そうだったね。今川焼を渡して『おれと所帯を持ってくれねえか』ってね。あそこが、洒落《しゃれ》た簪《かんざし》や櫛《くし》じゃなくて何で今川焼だったのか、今でも合点できないよ。ただ、あのときの『肥前屋』と『伊予屋』じゃ格が全然違うじゃないか。あ、今は儀造の頑張りのおかげで、『肥前屋』の構えもずいぶんと立派になったけどさ」

「姉さん、ここで気を遣ってくれなくていいぜ。けど、まあ、姉さんの言う通りだ。世間には通さなきゃならない筋ってものがある。伊予屋さんは、名の知れたお店《たな》のご主人だ。縁談を申し込むにしても、受けるにしても、断るにしても、それなりの手筈《てはず》がいるんだよ。ただし、道場の門人同士ってことなら直にやりとりしても、おかしかないだろうさ。おまえの気性だ。やると決めたら公方《くぼう》さまが止めたって、やるんだろう。そういうところは、姉さんにそっくりだもんなあ」

「ちょいと、儀造。あたしはこの娘《こ》ほど跳ねっ返りじゃないからね。公方さまどころか親や目上の人の言いつけには、いつだって素直に従ってきたからね」

「どの口が言うんだよ。姉さん、義兄さんと一緒になるとき、親父やおふくろから止められたじゃないかよ。職人じゃなく商人のところに嫁げって。そのとき、姉さんどう言った?」

儀造がにやりと笑う。

「どう言ったの?」。おちえは叔父の顔を覗き込んだ。仙助も耳をそばだてている。

「『あたしが、あの人と一緒になるって決めたの。決めたんだから、周りがとやかく言っても無駄よ』だとよ。おれは、まだガキだったけど姉さんてすげえなと感じ入ったのは、よく覚えてるぜ。おふくろと親父《おやじ》が『お滝が決めたんなら、もうどうしようもないね』って、ため息を吐いてたのも覚えてる」

「ええ、そうだったのか。義父《とう》さんや義母《かあ》さん、おれと所帯を持つのに反対してたのか。知らなかったなぁ。まるで、知らなかった」

「そうなんだよ、義兄さん。まぁ一年も経《た》たないうちに、『仙助さんの許《もと》に嫁いで、お滝は幸せだ。あいつは親より人を見る目があったなあ』なんて笑い合ってたけどな。ことほどさように姉さんは自分のことは自分で決めて、一旦決めたら頑として譲らないというか」

お滝が腰を浮かす。仄《ほの》かに頰が赤らんでいた。

「もういいよ。遥か昔のことじゃないか。おちえ、今から深川元町に行くんだね」

「あ、う、うん。台所仕事を済ませたら出掛けるつもりだけど」

「台所はいいよ。お富にやらせるから。それより、さっさと着替えをしな」

「え、着替えるって？」

格子縞の木綿小袖に黒襟を付け、昼夜帯を結んでいる。おちえの普段着だ。

「まさか、おまえ、そんな恰好《かっこう》で伊予屋さんを尋ねるつもりじゃないだろうね」

「そのつもりだったけど、駄目？」

「駄目に決まってるじゃないか。叔父さんも言っただろう。世間には通さなきゃならない筋ってものがあるってね。正式に申込みいただいた縁談を断るつもりなら、それに相応《ふさわ》しい形ぐらいしな。一張羅に着替えて、髷《まげ》も直して、化粧もして行くんだ。できる限り拵えて、出向く。それが、相手への礼儀ってもんじゃないか。礼儀を欠くなんて、おまえだけじゃない『丸仙』の名折れにもなるんだからね」

言われてみれば、そんな気もする。礼儀なら尽くさねばならない。

「……わかった。でも、化粧までしてたら半刻はかかるよ」

「構わないよ。しっかり支度をおし。あんた、一さんに一緒に行ってもらえないかねえ」

お滝が亭主に顔を向ける。仙助は僅かに首を傾げた。

「一は今、仕事場の掃除をしてるぜ。それが終わったら、糸屋に注文書を持っていくように言い付けてあるがな」

「糸屋は、あたしが引き受けるよ。だから、おちえに付き添ってもらっておくれよ」

おちえは立ち上がり、前掛けの紐《ひも》を解いた。

「どうして、お供なんかいるのよ。一さんは忙しいんだから、何でもかんでも引っ張り出さないで。あたし一人で行きます」

「お供じゃない。お目付け役だよ。おまえが調子に乗って変なことを口走りそうになったら、止めてもらわないとね。一さんならできるだろう。それに、誰かが付いて歩いた方がさまになるじゃないか。『伊予屋』にのり込むんだ、それなりに恰好は整えないと」

「乗り込むって、おっかさん、あたし討ち入りに行くんじゃないんだからね」

「似たようなもんだろ。当人が自ら断りに出向くなんて前代未聞なんだからさ。おまえの親をやってると、いつ首を刎《は》ねられてもいいぐらいの覚悟がいるんだよ」

母と娘のやり取りに儀造が噴き出した。その笑い声に呼応するように、物売りの声が響いてくる。仙助が長い息を漏らした。

『伊予屋』は賑《にぎ》わっていた。評判通りの繁盛だ。

通された座敷は静まり返っているけれど、商いの強く、逞しく、明るい気配は確かに感じられる。そして、よい香りがした。お香を焚《た》いている風もないのに、すっかり秋めいた涼風が吹き込んでくるたびに、ふわりと優しい甘さが漂った。障子を開け放してあるので、築山《つきやま》のある庭が見える。松があり、小菊の一群れがあり、おちえの好きな桔梗《ききょう》もまだ硬いけれど蕾《つぼみ》を付けていた。でも、この香りは花のものではないようだ。

仄かに甘い香りを吸い込みながら、おちえは低頭した。前には、伊予屋陽太郎が座っている。無理やり座らされた上座から身体をずらし、おちえは突然訪れた非礼を詫《わ》び、縁談の断りを告げた。いや、告げようとした。

「この度は、身に余るお話をいただきながら、誠に申し訳ない仕儀となりましたことをお詫び申し上げ……申し上げまして……」

舌を嚙みそうだ。

礼に基づいた丁寧な物言いも大切だが、今は想いを直截《ちょくせつ》に伝えたい。誤魔化さず、自分の言葉でちゃんと伝えなければならない。そう思う。

「おちえさん、どうかお顔をお上げください。申し訳ないのは手前の方だと、よくわかっておりますので。お詫びしなければならないのは、わたしなのです」

おちえは顔を上げ、背筋を伸ばした。

「陽太郎さん」

「はい」

「あたしは、剣の道が好きです。榊道場が好きです。好きでたまりません。道場での稽古は何にも増して大切で、かけがえのないものなんです」

陽太郎はおちえの眼差しを受け止め、頷いた。

「それは、道場でのおちえさん、いえ、おちえ先生を見ていればわかります。わたしなりにですが、よく、解しているつもりでおります」

陽太郎はもう一度、鷹揚《おうよう》に頷いた。源之亟に組み伏せられて慌てふためいていた姿とも、あれこれ問い質《ただ》され縮こまっていた姿とも、道場で竹刀を振り、息を弾ませている姿ともまるで違う。商家を支える主の貫禄《かんろく》を確かに具《そな》えていた。

威厳さえ伝わってきたもんな。

儀造叔父の感嘆を含ませた一言がよみがえってくる。

「剣の道を究めたい。だから縁談は一切、断るのだと、そう仰《おっしゃ》るのですか」

「違います」

かぶりを振る。座敷の隅に控えている一居が僅かに身動《みじろ》ぎした。

「道を究めるなんて、そんな大層なことを望んでいるわけじゃありません。もっと……もっと、何て言うのかしら、えっと、あたしの気持ちなんです。自分がどこまでやれるのか試してみたいみたいな……えっと、ですから、あたしの剣はまだまだ中途半端なんです。この先もどんなに励んでも中途半端なままなのか、もう一歩、伸びていけるのか、わかりません。わからないから試してみたい。そう思っているんです。女だからだとか、お嫁に行くからだとかで逃げたくないんです。あ、いえ、あの、あたし、偉そうなこと言っちゃって……。自分にそれだけの覚悟があるかどうか、正直わからないんですけど」

目を伏せる。そうすると、一居の気配がくっきりと伝わってきた。

一さんは覚悟を決めて、貫いた。迷わなかったわけがないけれど、逃げはしなかった。

「自分の限り、もうここまでだってわかったときに、それでも稽古を続けられるのか、道場が好きだと言い切れるのか、わからないんです。でも……だから、もう少し、じたばたしますしたいんです。だから、当分は誰とも所帯を持つ気はありません。すみません」

再び、頭を下げる。我ながらたどたどしい言い方だ。恥ずかしくなる。でも、嘘はついていない。誠実に打ち明けたつもりだ。陽太郎なら察してくれるだろう。きっと……。

「では、お待ちします」

「えっ」

思わず身体を起こし、瞬きを繰り返す。

「あの、陽太郎さん、今、何と？」

「おちえさんが所帯を持つ気になるまで待ちます。そう申しました」

思いもしなかった返答に、おちえは息を詰めた。陽太郎がふっと笑む。

「と申し上げたら、ご迷惑でしょうか」

「陽太郎さん、冗談のおつもり……じゃないですよね」

「至って、本気です。こんなこと冗談では口にできません」

そこで居住まいを正し、陽太郎は続けた。

「おちえさん、少し長くなるかもしれませんが、わたしの話を聞いてはいただけませんか」

「はい」

おちえも姿勢を正す。

「ありがとうございます。既に、お聞き及びかもしれませんがわたしには二親がおりません。生まれたときから父親はおらず、母親もわたしが三つの年に亡くなりました。ですから、わたしは母方の祖父に育てられたのです。『伊予屋』は祖父が起こした店で、わたしは二十歳のときに跡を継ぎました」

『伊予屋』の評判が高まったのはその頃からではないだろうかと、おちえは記憶を辿《たど》ってみた。『伊予屋』の名前が儀造叔父の口から度々出るようになったのも、世間話の合間に耳にするようになったのも、そんなに昔のことじゃない。

「祖父も歳《とし》ですし、病を抱えてもおりました。それで、わたしは必死にこの店を守り、育ててきたのです。嫁取りを勧めてくれる方もおられましたが、それどころではないと言うのが本音でした。商いより他のことは考えられない。そういう有り様だったのです。でも、あの日……八名川町のお得意さまに品を届けに行った帰り、おちえさんと出逢いました。いえ、出逢ったといっても、路上でお武家さま二人と何かもめている……ではなくて、何かを話し合っている様子でした」

池田を追いかけ、むしゃぶりついていたときだ。髪を振り乱し、人目も憚《はばか》らず、池田の腕を摑《つか》んでいた。思い出せば、頰が火照る。

「何と美しい人だと、一目で心を奪われました」

「はぁ、あ、あの、陽太郎さん。それは道場でも聞きましたけれど、あの、美しいというのとはちょっと違うんじゃないでしょうか。あたし、道着で髷も結ってなくて……」

しかも、「捕まえた」だの「放さない」だの池田相手に大声で叫んでいた。

「はい。きちんと髷を結い、装っている、今のおちえさんもお美しいことに変わりはありません。でも、今よりあのときの方が生き生きと、美しく照り映えていらっしゃった。何と言うのかなあ……えっと、その、本当に生きているって感じがしたんです。人形に近い着飾った美しさではなく、素のままの人としての美しさだと感じたわけです。それで、近くの甘味処《どころ》のお婆《ばあ》さんに尋ねてみました。あの、女人は誰なのですかと」

「ああ、『ふじ屋』のお婆さんね」

道場の斜め前の店だ。冬は汁物、夏は蜜豆が美味しくて、稽古の後お若たちと寄ることがちょくちょくあった。店を一人で切り盛りしている老女は愛想がよくて、ときに饅頭《まんじゅう》や煎餅をおまけしてくれたりする。しかし、かなりのおしゃべりで地獄耳だ。

「榊道場の閉門や再開のことも、おちえさんが師範代に準じる腕前なのも、『丸仙』という縫箔屋のおじょうさんなのも、全部、お婆さんが教えてくれました」

「頼みもしないのに、べらべらおしゃべりしたでしょ。あのお婆さん、人は善いし、あることないこと言いふらしたりはしないんだけど、ほんと話が好きで」

「ええ、そうでした。しまいには蜜豆や餡物の作り方まで伝授してくださって、話を止めるのに苦労しました。それで、おちえさんが道場で子どもたちを指南をしていると知って、どうしても我慢ができず窓から覗くという、あんな無作法な真似をしてしまいました。しかし、覗いてみると、おちえさんだけでなく門弟のみなさんの稽古振りにも目が釘付《くぎづ》けになってしまって、居ても立ってもいられない気分になって……わたしも、この中に入りたい。剣の稽古をしてみたいとの想いが突き上げてきたのです」

「陽太郎さんは、これまで一度も道場通いをしたことはないと仰ってましたよね」

「そうです。町人には縁のないものだと、ずっと思っておりました。商家ですし、真剣はもとより竹刀や木刀を握ったことはありません。でも、どうしてだか竹刀の音や掛け声、何より道場の溌剌《はつらつ》とした気風に、心の臓がどくどく音を立てるほど逸《はや》ってしまいました」

　陽太郎の上達ぶりから推し測れば、商才に劣らぬ剣の才を持っていたのだろう。だからこそ、惹《ひ》かれたのだ。

「ただ、おちえさんへの想いと稽古のおもしろさは、別です。間近で接すれば接するだけ、おちえさんと一緒になりたいという気持ちは高まるばかりでした。かの『丸仙』の一人娘でいらっしゃることは重々、承知しながら諦めきれず肥前屋さんにお願いに上がった次第です。結句、ご迷惑をおかけしてしまいました」

「迷惑だなんて、とんでもないです。でも、やはりお断りするしかなくて……」

「待っていては、いけませんか？」

「いけません。あたし、誰にも頼りたくないんです。自分で自分の行く末を決めたい。陽太郎さんが待っていてくれると思えば、甘えが出るかもしれません。あたし弱いから、自分で自分を追い込まないと覚悟が決められないんです。ごめんなさい」

「う……そんな風に詫びたりしないでください。どうしていいか、わからなくなる。わたしとしては、そんなおちえさんだから待ちたいと思ったのですが……。おそらく、わたしでは駄目なのでしょうね」

　陽太郎の物言いが重くなる。

「陽太郎さん。一つお尋ねしたいのですが」

「はい？」

「焦っていらっしゃいます？」

陽太郎が目を見開いた。唇は動いたけれど、声は出てこない。

「あ、すみません。また、出過ぎたことを。でも、あの、何となくそんな風に感じたんです。感じたというか、思ったというか……あの、ですから、陽太郎さんなら、あたしがじたばたしてるのぐらいお見通しだったんじゃないですか。そりゃあ、もういい歳で、このままじゃ嫁に行き遅れるって、母親には嘆かれていますけれど。わたしに嫁入りの気持ちがないというの、きっと、おわかりでしたよね。陽太郎さん、鋭いもの。なのに、急に叔父さんを通じて縁談を持ち込むのって変だなって思いました。だから、焦っているのかしらと」

一居が腰を浮かしたのと障子が横に滑ったのは、ほぼ同時だった。

「それについては、この爺《じじい》からお話しいたしましょう」

のそりと、偉軀《いく》の男が入ってきた。

一瞬、そう見えた。しかし、一瞬が過ぎれば、そこに立っていたのはどちらかと言えば小柄な、痩せた老人だった。海松《みる》茶の小袖に濃灰色の羽織を身に着けている。その茶と鼠《ねずみ》色が見事な白髪の髷によく似合っていた。

「祖父《じい》さま。起きていて大丈夫なのか」

陽太郎も腰を上げる。老人はおちえの前に膝をつき、低頭した。

「陽太郎の祖父でございます。今は隠居いたしまして、幸六《こうろく》と名乗っております」

「あ、はい。八名川町『丸仙』の娘、ちえでございます。この度は約定もなくお邪魔致しまして、申し訳ありませんでした」

「いや、さすがに陽太郎が一目惚れしただけのことはある。なかなかに骨のある娘さんだ」

陽太郎の祖父、幸六は軽やかな笑声《しょうせい》を上げた。それだけで、おちえの気持ちが緩んだ。肩の力が抜ける。

「わたしも長く生きてはおりますが、まさか、ご本人がお断りの挨拶にお出《い》でになるとは思い至れませんでしたよ。いや、驚きました」

「す、すみません。ご無礼だと、礼に反していると重々承知しておりましたが、どうしても他人任せにしたくなかったものですから、ですから、あの」

「あ、いやいや。誤解しないでください。おちえさんを責めているわけではないのですよ。むしろ、感心しておるのです。おもしろくも感じておりますよ。こんな、型破りな娘さんにお目にかかれるとは、実に愉快だとねえ」

幸六がまた笑う。からりと乾いて気持ちのいい声だ。そこに、おちえを咎める色合いは僅かもない。本当に、おもしろがっているようだ。

「ただ、これは孫の誉れのために申し上げますが、今回、肥前屋さんにお頼みした一件、全てわたしのせいなのですよ」

「祖父さま」

陽太郎が止めろという風に右手を横に振った。

「いいのだ。おちえさんは、こうまで率直に語ってくださった。それなら、こちらも隠し立てなしに伝えねばならんだろう。おちえさん、実は、わたしは余命を限られましてな。医者の診立てでは次の正月を迎えられるかどうか、ということらしいのです」

「え、でも……ご隠居さま、とてもお元気そうに見えますが」

口にしてから、自分を殴りたくなった。あまりに間の抜けた、稚拙な物言いだ。ただ、幸六は潑剌《はつらつ》として、明るく、病とは無縁にしか見えない。

「ええ、まあ、今のところ調子が良いのですよ。ただ、身体の内があちこち壊れかかっておりましてなあ。いつなんどき、どうなってもおかしくない有り様のようです」

「爺さま、何を言ってるんだ。養生していれば治る病だと先生は仰っただろう」

孫にちらりと目をやり、幸六は小さく笑った。

「その医者が年を越すのは難しいかもしれないと、おまえに告げていたじゃないか。内緒話のつもりだったんだろうが、あいにく、耳も目も聡《さと》いままなんでな。ついでに言うなら、まだ身体も思うように動かせる。この先はわからんがな。そう、この爺の先のことが些《いささ》か怪しくなって、陽太郎は慌てたわけです。できれば、わたしが生きているうちに嫁取りをして、『伊予屋』の行く末に懸念など何一つないと示したい。そう考えたのですな。で、これまでも縁談は幾つか持ち込まれていたのですが、ほとんど見向きもしなかったくせに、急に嫁取りの話を進めようとしたのです」

「まあ、そうだったのですか」

不意打ちのようにどたばたとことが動き出した理由、それがやっと呑み込めた。

「あ、もちろん、陽太郎の気持ちとしては嫁を娶《めと》るなら、おちえさんしかいないわけです。万が一にも、おちえさんが受け入れてくれたら自分の想いも叶《かな》い、祖父孝行もできると淡い望みを抱いて肥前屋さんをおとなったのですよ。些か、いや、かなり読みが甘いとしか言いようがありませんな。一石二鳥、之為《これな》らずですよ」

「祖父さま……」

陽太郎が頬を赤くして、うつむく。

「しかしね、あなたと話をしていて、陽太郎は『待つ』と言った。おちえさんの心が定まるまで待つと。そこは、信じていただきたい。おそらく、あのとき、陽太郎は祖父がどうの、嫁取りがどうのなんて考えておらなかったでしょう。おちえさんを待ちたい。その一心だったと思います」

「はい、身に余るお言葉でした。でも、あの、先刻も申し上げたのですが……」

「ええ、わかっております。廊下で全てを聞いてしまいました。俗に言う立ち聞きですな。行儀の悪い振る舞いですが、どうにも気になりましてな。どうぞ、ご寛恕《かんじょ》ください」

立ち聞きしていた？

おちえは寸の間、一居を見やる。一居が微かにかぶりを振った。

「おちえさんのお覚悟は、よくわかりました。陽太郎、この方はおまえの歯の立つ相手ではなさそうだぞ。なかなかの強者《つわもの》だ。まあ、だから惹かれたのだろうがな」

「……ええ、おちえさんのような方は初めてでした。おちえさんを見ていると、生きているって感じがまっすぐに伝わってくるんです。そうしたら、わたしまで心身がしゃんとするのですよ。心地よい風を受けたような気がして……」

「陽太郎さん。お稽古は続けますよね。辞めたりしないですよね」

僅かの躊躇いもなく、陽太郎は答えた。

「もちろんです。おちえさんのことと道場はまったく別です。榊道場での一日一日は、わたしにとってもかけがえのない日々になっています。辞めるなんて考えたこともありません」

「あ、す、すみません。あたしったら、軽はずみなことを言ってしまいました」

ほんとうに軽はずみだ。軽はずみで卑しい。陽太郎の真剣で純な気持ちを疑った。恥じる程卑しいではないか。お滝がいたら、お尻を力いっぱい抓《つね》られただろう。

「おちえさん、わたしはいつか……」

「え?」

「いつか、あなたと互角に戦えるようになりたいのです」

おちえは膝の上に手を重ね、奥歯を噛み締めた。

吉澤さま、一度だけでいいのです。あたしと手合わせをしていただけませんか。

心内で何度も吉澤一居に語り掛けた、その声が響いてくる。

「いつでも、お相手いたします」

陽太郎の眼を見据えながら答える。

あたしは吉澤さまのように剣を捨てない。捨てずにどこまで生きていけるか、試してみる。

だから陽太郎さん、いつでも、お相手いたします。

「さて、いつになったら相手になれるのか。二年や三年では無理だろうなあ」

幸六が呟きにしては大きな声を出す。陽太郎は眉を顰《ひそ》めた。

「祖父さま。そこまであからさまに言うこと、ないだろう」

「いやあ、おちえさんとの手合わせ、生きているうちに見たいものだが、どう考えても命が持ちそうにない。残念だが諦めるか」

世間話をするような気楽な調子で、幸六が言った。陽太郎の眉がさらに寄る。

そのとき、急ぎ足の足音が聞こえてきた。

「旦那さま、明日の仕入れのことで『平野屋《ひらのや》』から遣いが来られましたが」

「……わかった。すぐに行く」

引き上げる潮時だ。

「長い間、お邪魔いたしました。これにて失礼いたします」

「またお出でください。お待ちしております。わたしは、待つのは得意なので」

陽太郎と目が合う。おちえは視線を逸《そ》らし、立ち上がった。一居も腰を上げる。

ほんの刹那、瞬きにも足らないほどの間、尖った気が耳元を掠《かす》った。幸六の表情が引き締まる。険しいほどの眼つきだ。その眼がぴたりと一居に向けられた。おちえも動けない。背中に汗が滲んだ。

「うん？　どうかしましたか」

陽太郎が首を傾げる。おちえは無理に笑みを作った。

「あ、いえ。あのこのお部屋、いい匂いがするなって通されたときから気になっていて」

「あ、わかりますか。昨夜、香蠟燭を点《つ》けていたのです」

「香蠟燭？」

「蠟に香を練り込んだもので、蠟燭が燃えると仄かに香るのです。今度、売り出してみようかと、あれこれ試しているところでした。おちえさんが気が付いてくれて、嬉しいですよ」

おちえは曖昧な笑顔になった。蠟燭というだけで大層な贅沢《ぜいたく》品なのに、そこに香まで練り込むなんてどれほどの値になるのだろう。

「あまり、気を惹かれませんかな」

幸六に問われ、おちえは少しばかり慌てた。

何て鋭い人なんだろう。それとも、あたしがわかり易《やす》い？

「そ、そういうわけじゃないのですが、あたしたちとは縁遠いなと……。あ、でも、お大尽とか吉原《よしわら》とか、大きな料亭とか、そんな処なら求めがあるんじゃないでしょうか」

「しかし、そういう処ばかりを相手にしていては商いは行き詰まる。そう思いませんかな」

「思います。あたしたちが蠟燭を使うのは提灯《ちょうちん》ぐらいで、行灯《あんどん》はたいてい油です。でも、たまにですが蠟燭を灯《とも》すことがあります」

小袖にしろ、打掛にしろ、歌舞伎衣裳《いしょう》にしろ、化粧回しにしろ、できあがると仙助はそれらを衣桁《いこう》に掛け、両脇に蠟燭を灯す。日の光の下では絢爛《けんらん》豪華にも、意匠を凝らしておもしろいとも目に映ったものが、炎に照らされたとき別の一面を表すことがある。妖しく、どこかに不思議を秘めた様相を示すのだ。仙助はそこまでも見極めて刺している。むろん、それは縫箔屋『丸仙』での蠟燭の使い方だ。他の家なら、蠟燭を使うことなど滅多にないだろう。よほどの晴れの日、それこそ婚礼とかだ。それも、できる限り廉価な物を選ぶ。金に糸目をつけず購《あがな》える者ならいざ知らず、庶人であれば香りだの絵付けだのが施され値が張るものより、より安く明るく長持ちする物が何よりだ。

そのあたりを口ごもりつつも何とか伝える。

「あ、もちろん豪華な蠟燭も入り用です。だけど、『伊予屋』の蠟燭は値のわりに品が上等だって喜んでいる人たちのことも、滅多に蠟燭なんか買えない人たちのことも忘れないで欲しいなあと……あ、す、すみません。また余計なことを……」

言ってしまった。幸六が相槌を打ったり、短く言葉を挟んだりして促してくるのに、ついつい乗ってしまった。

陽太郎は腕組みをして、考え込んでいる。紛れもない商人の面構えだった。

「余計なことなんかじゃない。商いの真髄を衝《つ》いています。限られた客ではなく、多くの人々に求めてもらう。商いとは、まさにそこに尽きますからな。おちえさん、あなたは商家のお内儀としても、十分にやっていけますな。今さらですが、陽太郎の眼は確かだったわけだ。断られはしたがな。いや、つくづく惜しいことだ」

「祖父さま、何を言ってるんだ。今日は口が滑り過ぎるんじゃないか」

「ははは、おちえさん、わたしもあなたが気に入りましたよ。陽太郎を抜きにしても、ぜひ、またお顔を見せに来てくださいな。ただ、もうあまり日が残っていない。できれば、今年中にもう一度、お逢いしたいものですな」

「祖父さま……」

陽太郎が唇を噛み締める。幸六は、からからと笑い声をたてた。


「一さん」

深川元町から八名川町に向けて歩く。その途中、おちえは振り返り一居に声を掛けた。

御籾蔵《おもみぐら》の横手を歩いていたときだ。青く澄んだ秋空が頭上に広がっている。柿色の体をした蜻蛉《とんぼ》が群れを作り、舞っていた。その翅が光を浴びて、銀色に煌《きら》めく。

「どうして、あんなことを？」

気配のことだ。束の間、一居が幸六に向けたそれは鋭く尖っていた。一居が傍らに並ぶ。

「わざわざ尋ねなくても、おちえさんなら答えがわかっているでしょう」

「……試したの？」

「ええ」

「ご隠居さまを？」

「ええ」

なぜとは問わない。その答えもわかっている。

おちえは唇を結び、前を向いた。中の橋の袂を過ぎ、六間堀《ろっけんぼり》に沿って真っすぐに歩く。

「笊《ざる》やあ、みそこし、万年柄杓《まんねんひしゃく》う」

どこかから笊売りの掛け声が聞こえてきた。胸に風呂敷包みを抱えた商人風の男と擦れ違う。

「昼日中から逢引きかい。羨ましいこった」。擦れ違ったとき、嫌味な一言を投げつけてきた。

相手にしないで歩き続ける。

「おちえさん、ご隠居さまは廊下で立ち聞きしていたと仰いましたね」

「ええ、嘘じゃないわね。あたしと陽太郎さんのやりとりを聞いていなきゃ、あの頃合いで入ってては来なかったでしょうから。ご隠居はずっと廊下にいたのよ」

「気が付きましたか」

歩きながら、一居の横顔を見上げた。一居はおちえを見下ろし、繰り返す。

「ご隠居の気配に気付いていましたか、おちえさん」

「いいえ、まったく。一さんもなの？」

「ご隠居が入ってくる寸前、やっと気取りました」

呻《うめ》きそうになる。おちえはともかく一居まで気配を感じ取れなかったとは、驚くしかない。しかも一居の放った、瞬時の気を過《あやま》たず捉えた。

「相当の遣い手、なのかしら」

「間違いなくそうでしょう。不用意に踏み込んでいけば返り討ちに遭う。そんな力を感じました。伊予屋さんの剣の才も、ご隠居譲りであるなら納得できます」

「ええ、陽太郎さんの才は本物よ。本人はわかっていないみたいだけど、ときに眼差しも鋭くなるの。相手を射貫《いぬ》くみたいに」

おちえは首筋に手を添えた。ここに感じた痛みに近い視線を思い出す。

「おちえさん」

一居が微かに息を詰め、足を止めた。おちえも立ち止まる。

「え？　あ、親分さん」

八名川町の町木戸の前に仙五朗が立っていた。おちえたちを認め、近づいてくる。

「おちえさん、一さん、逢えてよかった」

「あら、あたしたちを待っていてくださったんですか」

「へえ。『丸仙』に寄ったら、深川元町に出向いているが間もなく帰るだろうとお内儀さんに言われやしてね。それならと、ここで待っていたわけなんでやす。あ、いやね、お内儀さんは『丸仙』で待つようにと言ってくれたんでやすが、このところ、しょっちゅう覗いてるもんで気が引けちまいましてね。ええ、実は、ちょいとお伝えしたいことができやして。少しの間、よろしいですかい」

「はい、もちろんです」

「じゃあ、ちょいとすいやせんが、お二人ともこちらへ」

仙五朗は木戸番屋におちえと一居を誘った。木戸番のための小屋で、焼き芋や草鞋《わらじ》、一文菓子などを表の台に並べて売っている。町雇いで年に一両二分ほどの給金しかない木戸番の内職だった。火事のとき、連絡や炊き出しのための場所ともなる。その小屋の奥、三畳ほどの狭い板間に通された。表の台の間とは腰高障子一枚で隔てられているだけなので、菓子を求める子どもの声や木戸を出入りする人々の物音が、くっきり響いてくる。木戸番が気を利かして、茶と輪切りにした焼き芋を運んできたが誰も手を付けない。

「すいやせんね、こんなところで」

仙五朗がひょいと頭を低くする。

「いえ、構いません。でも、うちじゃ駄目なのですか」

『丸仙』は目と鼻の先だ。時を惜しむほど離れてはいない。

「気が引けるだなんて、そんな遠慮は無用ですよ。親分さんの話ならおっかさんもおとっつぁんも聞きたいに決まってます」

「へえ。いや……本当のことを言っちまいますとね、親方の耳に入れたくねえ話柄なんで」

「おとっつぁんに？」

「へえ、親方、大和屋さんの小袖の扱い方に、かなり意気消沈してやしたよね。あれも元を正せば、あっしが二人を同時に呼びつけて死体の検分を頼んだのが因なんでやすからね」

一居と見合わせる。仙助は確かに職人としての矜持《きょうじ》を傷つけられた。外見と違い、傷つき易い性質でもある。落ち込んでいたし、今でも落ち込んでいる。けれど、それは仙五朗のせいではない。仙五朗は岡っ引の仕事をしただけだ。しかし、今は、誰のせいであろうがなかろうが拘《こだわ》る気にはなれない。

「あの小袖がどうかしたのですか。今、うちの客間に飾ってありますが」

「きれいなままでやすよね。傷も汚れもついちゃいませんよね」

「むろんです」

答えたのは、一居だった。

「美しいままです。どれほど見ていても飽きないほどに美しい逸品です」

声に熱がこもる。いつも平静で乱れることのない一居の物言いや表情が、こと縫箔や縫箔を施した品に関しては、ときに揺れ、熱を持ち、変容する。

「そうでやすね。しかし、それが、あわやズタズタに切り裂かれるところだったみてえでね」

「え？　ズタズタ？」

意味がわからない。おちえはまじまじと老岡っ引を見詰めてしまった。一居は端座したまま身動ぎもしない。

「詳しく話しやす。これは、『大和屋』の女中からあっしが直に聞き出しやした。ちょっと、耳触りの悪い話でやすが我慢してくだせえ。実は、親方が大和屋さんに小袖を納めてから数日の後、それがどれくれえ後なのかはっきりしねえんでやすが、大和屋さんの内でちょっとした騒ぎがあったらしいんで」

「騒ぎ……ですか」

「へえ、絶対に口外するなと大和屋さんから固く口止めされていたそうで。そこを崩して、しゃべってもらうのにかなり難儀をいたしやした」

それは嘘だろう。女中が何歳でどういう気質なのか知る由もないが、仙五朗は苦もなく事実をあれこれ聞き出したはずだ。名うての岡っ引にかかれば、いつの間にか知っていることを洗いざらいしゃべらされてしまう。

「その女中の言うことには、大和屋の娘、まさにあの小袖を嫁入り道具にして嫁いでいく娘が、短刀を振り上げて小袖を裂こうとしたらしいんで」

声が出なかった。息が喉の奥にひっかかったみたいだ。喉がひくひく震える。

「披露目の宴よりだいぶ前のことですし、こそ泥騒動も起こってねえころでやす。昼間でしたし、見張りも付いていなかったんだとか。女中がたまたま短刀を振り上げたところを見て、大声を上げた。それがとんでもない大声だったようで、娘が驚いている間に女中はむしゃぶりついていって、短刀を取り上げたってことですから、なかなかの豪傑ですぜ。無我夢中だったと言ってやしたがね。結句、小袖には傷一つ付かなかったけれど、娘は泣き喚《わめ》いて、集まってきた奉公人に抱えられるようにして連れて行かれたそうです。その後、女中は褒美だと言われて、ちょっとした銭を貰ったんだとか。まあ、本当は口止め料なんでしょうがね」

「そんなことがあったのですか。危なかった」

我知らず息を吐き出していた。切り裂かれた小袖など目にしたら、いや、伝え聞いただけで仙助がどれほど嘆き悲しむか。考えただけで背筋が寒くなる。

おちえの傍らで一居も息を吐いた。苦しげな吐息だ。

「一さん、大丈夫?」

「ええ、いや、少し悪心がしています。あれほどの小袖が危うくズタズタにされるところだったとは……考えれば恐ろしくて、震えが来ます」

言葉が偽りでない証に、一居の頬からは血の気が引いて、額には汗さえ浮かんでいた。

「でも、なぜ、娘さんはそんな真似をしたのかしら」

「そこまでは女中にもわからないようで、狐《きつね》でも憑《つ》いたんだろうかなんて言ってやしたね。けど、狐が人に憑くなんてこたぁありやせん。人の所業には人の理由ってものがありやす。その理由を探るのは、そう難しくはねえとあっしは踏んでやした。『大和屋』の内をちょいと引っ掻いてみればいいことでやすからね。どう引っ掻くかと思案していた矢先……、その娘が消えたんでやすよ」

「消えた？　消えたって、どういうことです」

「まんまでやす。昨日、『大和屋』からいなくなったんで。小袖の一件があってから、身体の調子が優れないってことで寝たり起きたりしていたらしいんでやすが、昨夜の夕方、お付きの女中が部屋を覗いたら蛻《もぬけ》の殻で、屋敷内のどこにも姿が見えないってんで、また騒動になって今に至るって顚末《てんまつ》でやすよ」

「今でも見つかっていないのですか」

「へえ。八方手を尽くして捜しているようでやすが、見つかっちゃあいねえでしょう」

「親分さんの許に報せはきていないのですね」

「きてやせん。嫁入り間近の娘が行方知れずだなんて、外に漏らしたくねえんでしょう。大和屋の沽券《こけん》に関わりやすし、嫁入り話そのものが壊れかねねえ」

おちえは首を傾げた。

娘が行方知れずになっている。経緯も事情もわからないが、命に関わる事態にならないとは言い切れないだろう。箱入り娘にとって江戸は決して安全な場所ではないのだ。娘の身を案じれば、どんな手を使っても一刻も早く見つけ出さねばならない。親なら沽券や嫁入り話に気を配っている余裕はないはずだ。それとも、大店となると親の情だけで動けないものなのだろうか。縫箔職人の娘としては合点がいかない。

「娘さんの行方知れずと嫁入りの件は関わりあるのでしょうか」

一居が口を挟む。

「一さんは、あると思いやすか」

「思います。小袖は、嫁入り道具の内でも最も大和屋さんが誇るものでしょう。だからこそ、広間に飾り披露目の席まで設けようとした。娘さんからすれば、小袖は婚礼の印そのものに見えたのではないでしょうか」

「それを切り裂こうとしたってのは、つまり、婚礼そのものを無しにしたいって表われだったんですかね」

「そうだとは言い切れませんが、刃物を使って切り裂くという行いは尋常ではありません。かなり、追い詰められていたのではありませんか。追い詰められ、思い余り、平常の心を失って刃を握った。身体が優れないのは、心が弱り果てていたからとも考えられますね」

「へえ、それほど嫁入りが嫌だったってこってしょうかね」

一居がふっと笑んだ。

「それくらい、親分さんならお見通しでしょう。『大和屋』の様子だとて報せがなくても耳に入るように手筈をしていた。つまり、『大和屋』に二六時中、手下を貼り付けていた。違いますか」

「えっ、そうなの？」

「でなければ、大和屋さんの隠し事を、こんなに早く察することはできないはずです」

今度は仙五朗が声を出して笑った。

「いや、まいりやしたね。そのとおりでやすよ、一さん。仏向寺の件以来、『大和屋』を手下《てか》に見張らせていやした。一人二人、口の軽い奉公人も見つけやしてね。まあ、それなりに『大和屋』の内のことは伝わってくるって寸法でさ。しかし、本当にお頭《つむ》の回りが速いお人だね。回りついでに、娘が行方知れずになった理由、見当が付きやすかい」

「婚礼の用意が進んでいくのに耐えられなかった……からでしょうか。小袖は婚礼の印ともなっていたのですから」

「つまり、娘は婚礼を嫌がっていた。嫌でたまらなかった。家を飛び出すほどにね」

「他に好いた相手でもいたのかな。それなら、気持ちはわかるわ。好きな男と一緒になれないばかりか嫌な相手に嫁がなきゃならないなんて、あたしでも我慢できないもの。涙が涸《か》れるぐらい泣くと思う……え、なに？」

仙五朗と一居に同時に見詰められて、おちえは少し身を引いた。

「あたし、何か変なこと言いました?」

「いや、変じゃありやせんが、その、おちえさんの台詞《せりふ》じゃないような……」

「そうですね。おちえさんが婚礼を嫌がって涙を流すという図、どうにも浮かんできません。おちえさんなら嫌なら嫌とはっきり告げるでしょう。泣くというのは違う気がします」

「まっ、二人ともなによ。あたしだって泣くことぐらいあります」

仙五朗が空咳の音を響かせる。

「まあ、それはさておいて、娘はかどわかされたわけでも神隠しに遭ったわけでもねえ。自分の脚で出て行ったんで。へえ、小僧の一人が娘が裏木戸から出て行くのを見てやしてね。おじょうさんがお供も連れずにどこに行くんだろうと不思議に思ったそうで。そのとき、手に風呂敷包みを抱えていたから、余計に変だと感じたそうでやすよ。大店のおじょうさんが自ら風呂敷包みを持つなんてこと、めったにねえこってすからね」

「身の回りのものを纏《まと》めていたって、それ、覚悟の家出ってことですよね」

おちえに向かい、仙五朗が頷く。

「そうとしか考えられやせん。ただ、置文みてえなものは、なかったそうなんで」

そこまで調べ上げているのかと、おちえは驚く。一居も軽く息を吸った。それを吐き、僅かに首を傾げる。

「しかし、大和屋さんたちが本気で捜しても見つからないとは、些か不思議ですね。風呂敷包みも持たない箱入り娘なら、知り合いも行き先も限られてくるでしょう」

おちえのような町娘なら、ある程度は好きに動ける。実際、おちえは母親の癇癪《かんしゃく》や小言や心配を掻い潜り、道場再開のために走り回った。しかし、『大和屋』のおじょうさんともなるとそうはいかないだろう。どこに行くのもお供が付いて回るし、親が良しとする場所以外に足を向けるのは難しいはずだ。つまり、親の知らない隠れ場所を作るのは極めて難しいのではないか。

「だが、実際は大和屋さんたちが必死に捜しても、まだ見つからない」

一居が呟く。

「さいで。実はあっしも気になって……世間知らずのおぼこ娘なんて産まれたての兎《うさぎ》の子みてえなもの。狐やら狼《おおかみ》やらがうろうろしている江戸の巷《ちまた》に迷い出たら、餌食になるのは目に見えてやす。で、そういう悪党どもの溜《た》まり場を探ってみやした。が、娘に手を出したやつはいなかったんでやす。消えちまったというのは、ちょいと違うかもしれやせんが、今のところ大和屋さんもあっしも行方を摑めておりやせん」

大和屋はまだしも、仙五朗の網にも引っ掛からないとなると……。

「誰かが匿《かくま》っている。そうとしか考えられない」

おちえの思案を一居が言葉にする。

「あっしも、そう思いはしやす。しかし、その〝誰〟が浮かんでこねえんで」

「まったく手掛かりがないのですか」

「へえ……いや、たった一つありやす。手掛かりと言えるかどうかは怪しくはありやすが、名前がね。ええ、その行方知れずの娘の名、おゆりってんでやす」

おゆり？「あっ」。叫んでいた。

「親分さん、熊吉が言ってましたね。女の人が、ゆりが綺麗だと呟いたみたいだったと。あ、一さん、実はね」

一居に、熊吉の話をざっと伝える。

何か呟いたみたいだったけど……ゆりが綺麗だとかみたいな……。

熊吉はそう言った。

「熊吉の聞いたゆりは花ではなく、行方知れずになっている娘さんの名だったかもしれない。そうですよね、親分さん」

「へい。女はその前に小袖についてあれこれ尋ねていやす。小袖を身に纏ったおゆりのことを想い、さぞかし綺麗だろうと女は呟いたと推し量ることはできやすね」

「では、その女の人とおゆりさんには、何か関わりがあったと？　でも、大和屋さんは見覚えがないと言われたんですよね」

「言いやした。はっきりとね。けど、それは嘘かもしれやせん。おちえさん、あっしが大和屋さんに違和を感じたってとこ覚えてやすか」

「ええ、覚えています。死体を検分したときの大和屋さんが居丈高で、どことなく別人のようだったと仰いましたよね」

偽者だの入れ替りだのと口走ってお滝に叱られ、仙五朗に苦笑されたことには触れない。どうでもいいことだ。今、三人で話しながらゆっくりと事件の真相に迫っている。そう感じられてならない。そして、同時に仙五朗が木戸の処で、おちえたちを待っていた理由がわかった。

仙五朗はしゃべりたかったのだ。しゃべっていくうちに、解けていくものがある。思わぬ見地、意外な見方に気付くことがある。おちえはともかく、一居は鋭い。一居の鋭さと仙五朗の見聞が絡まり合えば、事件を霧の中から引きずり出す力になる。老獪《ろうかい》な岡っ引はそう見定めているらしい。

「そう、そこです。あのとき、大和屋さんは違う自分を演じていたのかもしれやせん」

「違う自分？」

「目の前の骸が誰か知らない、見たこともないと言う自分、ですよ。それを演じたために、いつもの大和屋さんとは僅かながらずれてしまった。そのずれが、居丈高であり横柄な身ぶり、物言いとして現れたんじゃねえですか」

「大和屋さんは骸になった女人を知っていた。そういうことですか」

一居が控え目に口を挟む。仙五朗が首肯する。

「じゃあ、大和屋さんにもう一度、尋ねてみればいいじゃないですか。親分さんが、本当に知らないのかって詰め寄ったら、大抵の者は白状しちゃうでしょう」

「いや、おちえさん、それは」

ここでも仙五朗は苦笑する。

「いくら何でも乱暴でやすよ。それじゃ脅し紛いのやり方になりやす。破落戸《ごろつき》相手なら差し支えねえでしょうが、まっとうに生きている者には使えやせん」

おちえは肩を窄《すぼ》め、口元を押さえた。

「すみません。あたしったら軽はずみなことを言っちゃって」

仙五朗の仕事は犯科人を探し出すことだ。それは一つ間違えれば無実の者を牢《ろう》送りにしてしまう、そんな危うさを含んでもいるのだ。手柄欲しさに、無実の者を犯科人にでっちあげた役人や岡っ引の話を二度ばかり耳にした覚えがある。

仙五朗は自分の仕事の危うさを百も承知しているのだ。だから、慎重にゆっくりと相手を見極め、追い詰めていく。手っ取り早く白状させるなんて手段を安易に使わない。

「軽はずみじゃありやせん。誰だって考えるこってす。けど、あの大和屋さんが本気で口をつぐんでいるのなら、そう容易くはしゃべっちゃくれねえでしょう」

「大和屋さんとしては、どうしても秘しておきたい相手なのでしょうか」

やはり控え目な口調で一居が言った。

「でしょうね。知っているのと素直に言えないわけでやすから。昔、懇ろになった女とか、そんな柔なものじゃねえと思いやすよ。それくれえなら口にしたって、大和屋さんには痛くも痒《かゆ》くもねえはずだ。お内儀は一昨年だか昨年だかに亡くなっていやすし、大店の主に女がいたとしても、世間は騒ぎゃしやせん」

「では、余程のことが理由ですね。どうしても口外できない理由、例えば」

ほんの一瞬、一居が唇を結ぶ。おちえはその横顔に目を凝らす。仙五朗は真正面から見据えていた。

「例えば、祝言の決まった娘に関わる秘め事とか……。親分さんも、そう考えたのではありませんか。身許知れずの骸とおゆりさんという娘には繋がりがあると。小袖が盗まれ、骸に被せられていた一連の事件とおゆりさんの行方知れずの件は繋がっていると」

仙五朗は腕組みし、短く唸った。ややあって口を開く。

「一さん、おちえさん。お二人なら外に漏れることはねえでしょうから、お話ししやす。骸の一件とおゆりの行方知れずはたまたま続いたんじゃねえと、あっしも考えやした。で、おゆりの周りを調べてみたんでやす。え？　ええ、まあ、半日もありゃあ十分でやした。祝言の相手は、神田界隈《かんだかいわい》では知らぬ者はいない呉服問屋。亡くなった『大和屋』のお内儀の親戚筋の店だとかで、その縁で祝言が決まったんでやすよ。大店同士の結びつき、しかも親戚筋となるとどちらの店にも益になりやす。おゆりってのは、なかなかの別嬪《べっぴん》だそうで話はトントンと進んだんじゃねえですかい」

「もし、大和屋さんに昔馴染《なじ》みの女がいたってわかったら、縁談は壊れるんですか」

おちえの問いに、まさかと仙五朗はかぶりを振った。

「さっきもいいやしたが、女との関わりなんて大和屋さんからすりゃあ、何程の傷にもなりやせんよ。世間を騒がせるほどのいざこざを起こしたってなら別ですが、大和屋さんの来し方には、そんな波風も立っちゃあいやせん。けどね」

仙五朗が珍しく言い淀《よど》む。間を取るためか、茶を一口すすった。

「けど、おゆりが『大和屋』のお内儀が産んだ娘ではなかったとしたら、どうでやしょうね」

おちえは「えっ」と声を上げたが、一居は無言で頷いた。

「亡くなったお内儀の縁で決まった縁談でやす。それが、お内儀とは血の繋がりがなかったとなれば、ちょいと揉《も》めるかもしれやせんね。揉めるだけならいいが相手方が騙《だま》されたの、話が違うだのと言いだせば、縁談自体が御破算になるかもしれねえ。大和屋さんは、そこを心配したのかもしれやせん」

一居が僅かに眉を寄せ、尋ねる。

「大和屋さんにとって、破談は痛手になるのですか」

「なるでしょうね。とことん調べたわけじゃねえので言い切れはしやせんが、『大和屋』の内情は、世間で言われているほど盤石でも豊かでもねえようですぜ。大店との確かな繋がりは

『大和屋』を救う道ともなるのかもしれやせん。それと、大和屋さんは小袖を始めとして豪華な嫁入り道具を揃《そろ》えていたようでやすが、『大和屋』の格を守るためにかなり無理をしていると、これは古参の奉公人から聞きやした」

「親分さんは、おゆりさんの母親は亡くなった女人だと考えているのですか」

「その見込みも十分にあるってこってすよ。おゆりの母親があの骸の女なら、大和屋さんが知らぬ存ぜぬと惚《とぼ》け通した理由も合点がいきまさぁ」

「……おゆりさんは自分の産みの親が誰か知っていたのかしら」

ふっと呟いていた。

知っていたのだろうか。もし仙五朗の言う通りだとすれば、自分の出自に気が付いていたのか、いなかったのか。

これも暫く躊躇《ためら》い、仙五朗は湯呑を見詰めた。まだ、半分ほど茶が残っている。

「おみちって女中がいやす。五年ほど前から、おゆり付きになって身の回りの世話をしていた娘でやす。年も近いし、気立てもいいってので、おゆりは、どこに行くのもお供はおみちじゃなければばって言うほど気に入っていたんだそうで」

「じゃあ、そのおみちさんだったら、おゆりさんの行方を」

知っているかもしれませんねと言い掛けた口を閉じる。おゆりが自分の意思で出て行き、行方がわからないなら、まず一番にお付きの女中があれこれ問い質されるはずだ。

「おみちは、おゆりがどこにいるか知りやせんでした。ええ、実はあっしも、おみちを捉まえて話を穿《ほじく》り出そうとしたんでやす。けど、おゆりを庇っているとか隠し立てをしているとかじゃなく、本当に知らない風でやした」

〝剃刀《かみそり》の仙〟からすれば、娘の心内にあるものを引きずり出すなど造作もないだろう。仙五朗が何も知らないというのなら、おみちは本当に何も知らないのだ。

「ただ、他のことなら聞き出せやした」

「他のこと？」

おちえは口中の唾を呑み込んだ。

「へえ、おゆりが外に出るときは必ず、おみちが供をしてやした。いつだったか琴の稽古の帰り道に、おゆりの鼻緒が切れたことがあったんだとか。幸い、近くに履物屋があったので、おゆりが水茶屋で休んでいる間におみちがその店に走った。そこで鼻緒を挿《す》げ替えてもらって水茶屋に戻ってみると、おゆりが見知らぬ女と、少なくともおみちには見覚えのない女と話し込んでいたんだそうでやすよ」

おちえと一居は顔を見合わせていた。

「おみちが帰ってくると、女はすぐにその場を立ち去ったそうでやす。しかし、おゆりは、それから稽古の帰りに何度かその水茶屋で女と逢っていたんで。おみちは口止めされていたし、若い男ならまだしも、かなり年のいった女と話をするぐらい咎められる筋じゃないと考えて、誰にも告げず黙っていたんだとか。まっ、あっしが見ても口の堅《かて》え、主想いのいい娘でやした。『おじょうさまの行方知れずに、あの女の人が関わっているとしたらどうしよう』と半泣きになってやしたよ。それでも、そのことを大和屋さんに告げる気は起こらないのだとも言ってやした。おゆりが『大和屋』に連れ戻されるのがいいとは思えないんだそうでやす。ええ、おみちの言い分だと、おゆりは身内からずい分冷たくあしらわれていたようでね。それが出自に関わっているのかどうかは、わかりやせんが、亡くなったお内儀など姉娘、婿を取って『大和屋』を継ぐはずの娘でやすが、そちらばかりを可愛《かわい》がって、おゆりなど見向きもしなかったと。大和屋さんはさすがに娘として、それなりに接していたみてえですがねえ、他の者は何とも……。今回の縁談も、おゆりを『大和屋』から追い出し、かつ、『大和屋』の益にもなるってことで一石二鳥だと姉夫婦が話していたのを、おみちは確かに耳にしたんだそうです。廊下を歩いていたら、遠慮のない大声で話し、笑い合うのを聞いたんだと。しかも、そのとき、おゆりはおみちの前にいて……つまり、おみちと同じものを聞いていたってわけでやすよ。惨《むご》いっちゃあ惨い話じゃねえですか」

「まあ」と息を呑み込んだきり、おちえは何も言えなくなった。

「しかも、縁談の相手、大店の倅《せがれ》ってのがどうしようもない放蕩《ほうとう》野郎のようで、昨日、手下を使ってちょいと調べただけで、ぼろぼろ女とのいざこざが出てくる始末でやすよ。ちょいとでやすからね。本腰入れて探ったらどれだけの数になるのか。店の女中にも何人か手を付けていたらしくて、中には身籠ったまま端金《はしたがね》で追い出された女もいるとか。こういう噂には多分に尾鰭《おひれ》がくっつきやすから、話半分差し引いて聞いとかなくちゃなりやせんが。まあ、身持ちが堅いとはお世辞にも言えやせんね。実際、縁談がまとまりかけたころ、この男、おゆりを料亭に呼び出して手籠めにしようとしたんでやすよ。どうせ祝言をあげるのだから、早めに夫婦になるのもよかろうとか何とかほざいたらしゅうござんすがね」

おちえは息を吐き出した。

「あたしなら、その場で一撃、お見舞いしていたわ」

首筋か、脾腹《ひばら》か、小手か、ともかく身体の急所に渾身《こんしん》の一撃を打ち込んでやる。竹刀がないなら、床に思いっきり叩きつけてやる。

「おちえさんなら、そうでしょうが、なかなか男に反撃できる娘ってのはいやせん」

「え、じゃあ、おゆりさんは……」

いやと仙五朗が首を横に振った。おちえは、今度は安堵の息を吐いた。

「控えの間にいたおみちが機転を利かして騒いだんでやすよ。百足《むかで》が出たと叫んだとか。驚いて男が怯《ひる》んだすきに、おゆりは逃げ出して事なきを得たようでやす。ただ、その後も祝言の段取りは滞ることもなく進んで行きやした。おゆりが一人で泣いているのをおみちは何度か見かけていたそうで。『ですから、親分さん、このままおじょうさまがお帰りにならなくともいいと、思うのです』と、はっきり言いやしたよ。ずっと、しゃべりたかったともね。『大和屋』

の内でおゆりがどれほど辛かったか誰かに話して、助けてもらいたかった。だから、知っていることを全部、打ち明けました。よろしくお願いしますと頭を下げられちまいやした。へえ、だから、あっしが聞き上手なんじゃなくて、おみちは『大和屋』の者以外の誰かに、打ち明ける気があったんですよ」

そうではあるまい。おみちという娘は伝えるべき者に伝えるべきことを伝えたかったのだ。岡っ引仙五朗を信じるに足ると見極めた。そして、託したのだ。

「おゆりさんの居場所を突き止めたとしても、おゆりさんが安泰でいられるのなら安易に大和屋さんに報せないでほしい。そう頼まれたと、親分さんは受け取ったのですね」

一居がおちえの心内を言葉にしてくれた。

「そうでやすね。あっしとしては、おゆりが無事かどうかをまずは知りてえんで。その後のことは、また、考えやすよ。いや、長々とおしゃべりしちまいやした。けどお二人に話していることでお頭の中がすっきりしやす。これから、大和屋さんに直にぶつかってみやすよ。骸の女のことでね。おゆりの家出と繋がっているかもしれねえとなると、黙り込んでるわけにはいかねえでしょうしね。観念して本当のことを話してもらいやす。いや、話させやすよ」

「親分さん、一つ調べていただきたいことがあるのですが」

一居が膝を進める。

「おゆりさんの花嫁道具の中には、上質の蠟燭があるはずです。それをどこから購《あがな》ったか、確かめてもらえませんか」

「一さん！」

叫ぶように、一居を呼んでいた。仙五郎は一瞬、眼光を鋭くしたが「わかりやした」と答えただけだった。ただ、続けて、ぽんと膝を打った。すでに眼つきは柔らかく凪《な》いでいた。

「忘れていた。お二人にお知らせしなきゃならねえことがまだ、あったんだ。実はね、例のこそ泥にやられた品々、あれがみんな、戻ってきたんでやすよ」

「戻ってきた？」

おちえと一居の声がぴたりと合わさった。

「へえ、昨日、煙管《キセル》も皿も形見の小袖もなにもかもが、それぞれの家に戻ってきたんでやす。朝、目が覚めたら座敷の隅にまとめて置いてあったとか。それだけじゃなくて、上等な下《くだ》り物の茶が一袋、品と一緒にあったそうでやす」

「え？　えっ、それって何なんです。お詫びの印？」

「ですかねえ。初めは毒入りじゃねえかと用心していたそうですが正真正銘の宇治《うじ》の茶だったとか。おもしれえ話でやしょ。土産付きで品を返す泥棒なんて聞いたこともありやせんや。大和屋さんの小袖も歪な形じゃありやすが戻ってはきたわけだし、後は……」

あたしの竹刀。

あたしの竹刀が戻ってくる？

鼓動が速くなる。おちえは胸の上に手のひらを強く押しつけた。


目が覚める。

真っ暗だ。

江戸はまだ夜の底に沈んでいる。

え、なに？

おちえは身を起こした。とっさに枕もとを探る。

あった。師範から直に渡された新しい竹刀だ。毎夜、枕もとに置いて眠っている。

袋から取り出し、起き上がる。

人の気配を捉えた。確かに捉えた。

廊下に出ると、雨戸が一枚、横にずれている。その隙間から蒼《あお》い月の光が差し込んでいた。

「逃《のが》さぬ」

一居の声だ。短く、強い。おちえは竹刀を手に庭に降りた。

月が明るい。満月というには欠け過ぎているけれど、光は十分に地に届いていた。その光の中に黒い人影が二つ、浮き上がっている。

一人は一居だ。もう一人は……。男という他はわからない。黒装束に身を包み、影そのもののように見える。

一居が踏み込む。手には木刀が握られていた。おちえが素振りに使う物だ。昨夜、念のためにと乞われ、渡していた。おちえには、そして一居にも予覚があった。

今夜、来ると。

一居が踏み込む。同時に木刀を払った。鋭い風音が起こる。それぐらい速い。

えっ、まさか。

素足で庭に降り立ったまま、おちえは目を見張った。

避《よ》けた。

ぎりぎりではあるが、黒い影は一居の切っ先を避け、後ろに飛び退《すさ》ったのだ。

吉澤さまの一撃をかわした。

信じられない。吉澤一居の剣がかわされる場面を初めて目にした。信じられない……。

男がすっと屈《かが》み込んだ。一居が間合いを詰める寸前、高く跳ねる。月明かりの中に黒い大きな鳥が羽を広げた。そんな幻を見る。

影は植込みの向こう、路地に降り立ちくるりと背を向けた。瞬きする間もなく闇に溶ける。

「……一さん」

気を取り直し、下駄《げた》を履くと、おちえはゆっくりと前に出た。

「おちえさん」

一居の眸《ひとみ》がすっと動く。その眼差しを追って、おちえは声を上げた。それは、「あっ」とも

「わっ」ともつかぬ叫びになって、夜の庭に響く。

雨戸に竹刀が立てかけてある。月に照らされて柄の縁に桔梗の刺繍が浮かび上がっている。伸ばした手が震えていた。

戻ってきた。あたしの竹刀がちゃんと戻ってきた。

眼の奥が熱い。涙を堪《こら》えようとしたとき、ふっと芳香が匂った。とたん、涙が熱を失い、退《ひ》いていく。

この香りは。

おちえは振り向き、無言で一居に竹刀を渡す。一居は戸惑う様子もなく、竹刀に鼻を近づけた。「やはり」。呟きが漏れる。

「この竹刀が盗まれたとき、廊下の辺りで微かな香りを嗅いだのです。それが何の香りか心当たりが付きませんでした。ほんとうに微かでもあったので。ただ、この竹刀と同じ香りだったと言い切れる気がします」

「微かじゃないわ。あたしにも嗅ぎ取れるぐらい、しっかり香りが付いてる」

「ええ。わざと付けたとしか思えないですね」

「わざと……」

風が吹いた。香りが揺れる。寝間着一枚の身には涼し過ぎる風だ。

おちえは二本の竹刀を抱き締め、廊下に上がった。

「……どうしたんだい？　何かあったのかい」

お滝が暗闇の中から声を掛けてくる。さすがに物音に気付いて目を覚ましたらしい。仙助の鼾《いびき》がひときわ、高くなる。

「おっかさん、また、早出の職人さんに相生町まで走ってもらえるかな」

「え？」

「仙五朗親分を呼んできてもらいたいの」

お滝が身を硬くする気配が伝わってきた。

「それと、これを」

一居が沓脱《くつぬ》ぎ石の上から白い袋を拾い上げた。

「え？　何だい？」

「宇治の茶だと思います」

「宇治茶だって？　どうして、そんな物があるんだよ」

お滝が月の光の中で、目を見張る。

仙助の鼾はまだ続いていた。

『伊予屋』でおとないを告げると、すぐに陽太郎が現れた。

「おちえさん、ずい分と早いお越しですね」

隙のない身支度をした陽太郎の声は落ち着いていた。咎める響きは含まれていない。まだ、朝五つのころだ。日が明けるのが一日一日少しずつ、しかし、確かに遅くなっていく季節、約定もなく他家を訪れる刻ではなかった。

『伊予屋』は既に店先の掃除も終わり、奉公人たちが忙し気に動いている。商家の一日が始まる。その生々《せいせい》とした気配の中で、おちえは深く頭を下げた。

「陽太郎さん、ごめんなさい。でも、どうしてもご隠居さまにお逢いしたくて、お逢いしなければならない事情ができて、それで押しかけてしまいました」

「祖父さまに……そうですか」

陽太郎の眉がひくりと動いた。おちえの斜め後ろに立っていた一居の陰から、仙五朗が進み出たからだ。

「相生町の親分さん」

深川元町は仙五朗の縄張りだ。『伊予屋』の主人は岡っ引の顔をちゃんと知っていた。仙五朗は軽く辞儀をすると、さらに一歩、前に出る。

「伊予屋さん、ご隠居さんに逢わせてもらえやせんか」

物言いは丁寧だが、有無を言わせぬ力がこもっていた。

陽太郎は静かに息を吐いた。束の間、目を閉じる。その目を開けたとき、口元には微かな笑みが浮かんでいた。

「わかりました。どうぞ、お上がりください。実は祖父も待っておりました」

「待っていた？　あっしたちをでやすか」

「ええ。ただ、こんなに早く三人揃ってお出でになるとは慮外なことでしたが」

陽太郎について歩きながら、おちえは肩を窄めた。

「すみません。ご無礼だとは承知しておりますが一刻を争うような気がして……」

陽太郎が立ち止まる。肩越しにちらりとおちえを見やる。

暗い眼をしていた。

「そうですね。一刻を争うほどではありませんが、そう刻はないかもしれません」

再び歩き出し、次に足を止めたのは長い廊下の行き止まり、白く朝の光を弾《はじ》く障子の前だった。廊下は庭に面していて、視線を巡らせれば、紅に染まり始めた木々の葉や小菊の一群れを眺めることができた。もっとも、今のおちえにはそんな余裕はない。

「祖父さま、入るよ。お待ちかねのお客さまだ」

陽太郎が障子を開ける。おちえは振り返り、一居と視線を絡めた。

香りがした。あの、甘い芳しい香りだ。香蠟燭の香り。そして、おちえの竹刀を包んでいた香りだ。

『伊予屋』の隠居、幸六は孫におとらずきっちりと身支度を整えていた。納戸色の小袖に藍色の羽織といった出立が白髪によく映えて、威厳さえ漂わす。しかし、儚《はかな》かった。どこか儚げに感じてしまう。

　おちえが膝をつき不躾《ぶしつけ》な訪問を詫びるより早く、幸六が口を開いた。

「よくお出でくださいました。お待ちしておりましたよ。おちえさん、二日続けてお逢いできて嬉しい限りですな。ああ、陽太郎。障子は開けたままにしておいてくれ。風が気持ちいいからな。ささ、どうぞどうぞ。みなさま、むさい座敷ですが、どうぞお入りください」

　促され、おちえ、一居、仙五朗の順に幸六の前に腰を下ろす。陽太郎は座敷の隅で自ら茶の用意を始めた。

「おちえさんだけでなく、相生町の親分さん、それに……一さんでしたな。お二人も揃って来てくださって何よりです」

「そう言っていただけると安堵しやすよ。あっしのような者まで連れになっちまって、多少なりとも気が引けていたもんでね」

「気が引ける？」

　幸六がくすりと笑った。

「名うての岡っ引、〝剃刀の仙〟にしては、ちょっと芝居が下手《へた》過ぎやしませんか。失礼ながら、そんな気配は微塵《みじん》も感じませんでしたが。もっと猛々《たけだけ》しいと申しますか、むしろ、気を張り詰めてお越しになったのでは」

　仙五朗が顎を引いた。にやりと笑う。

「はは、こちらの気などお見通しってわけですかい。さすがに〝飛燕《ひえん》の十半《とおはん》〟だけのこたぁありやすね。畏れ入りやした」

一瞬だが、陽太郎の動きが止まった。が、すぐに湯呑を揃え始める。おちえの方が戸惑っていた。首を傾げる。

「え？　親分さん、何ですか、それは」

「昔、そうあっしが御用聞きのとば口に立ってもいねえころでやすから、かれこれ二十年、いや、もっともっと、三十年近く昔になりやすかね。〝飛燕の十半〟って盗賊が江戸の町を荒らし回っていたことがあったんで。徒党を組むわけじゃなく単身で仕事をしている盗人でやした。信じられないほど身が軽くて、まさに飛燕、燕みてえに空が飛べるんじゃねえかって噂されていたそうでやすよ。十半ってのは足跡の大きさでやす。ええ、足跡の他は正体に繋がるようなものを何一つ残さねえ。そんなやつだったとか。獲物に狙うのは大店か大身のお屋敷、お武家も含めてね。人を傷つけたり、まして殺《あや》めたりすることもねえ。ただ、鮮やかに金を盗み出す。かつかつの暮らしをしている貧乏人からすれば、ちょっとした英雄にも見えたんでしょうね。盗人は盗人でしかねえはずなのに。あ、いや、あっしは知りやせん。まだ若い髪結いで、手札も貰っていない頃でやすからね。うちの旦那に頼んで、お役所の旧記を調べてもらったんで。江戸で騒がれ、まだお縄になっていない盗賊ってのがいるか、どうか。そしたら〝飛燕の十半〟が浮かんできたんで」

若くて、髪結い床で働いている仙五朗。どうがんばっても思い浮かばない。

「おちえさんと一さんには話しやしたが、あの小袖、えっとなんとかって模様の」

「桐唐草入珊瑚玉模様です」

一居がゆっくりと、丁寧にその名を口にした。

「そう、その小袖が盗まれた夜、善丸って按摩《あんま》が『大和屋』の近くで大きな鳥が飛び立つような気配を感じたと言ってやした。旧記にある〝飛燕の十半〟と善丸の証し言葉が、あっしの中でぴたりと一致しやしてね。それに『丸仙』の生垣近くに付いていた足跡もぴったり十文半だった。でやすね、一さん」

一居が頷く。おちえは軽くかぶりを振った。

「そんな、親分さん、いくら何でも無理が過ぎます。その〝飛燕の十半〟が江戸を荒らしていたのは、ずっと昔なんでしょ。あたしが生まれるずっと昔」

「ずっとずっと昔でやすね。ただ、こいつが世間を騒がせたのはほんの一年余りで、その後、何年も鳴りを潜めていやしたが、最後に一軒だけ大店を狙い、数百両を盗み出してそのまま消えちまったと、記してありやしたよ」

「ですよね。どっちにしても大昔でしょ。あの、昨夜、うちに入った盗人は……いえ、竹刀を返しに来てくれたとしたら盗人じゃないのかもしれませんが、あの、とても身軽で確かに〝飛燕の十半〟と呼ばれてもおかしくないかもしれません。けど、何十年も前の盗人がそのままよみがえってきたとかあり得ないですよね。えっと、えっと、親分さんはご隠居さまを疑っているみたいだけれど、その、ご隠居さまのお歳であの動きは無理じゃないかと……」

仙五朗が瞬きしておちえを見る。

「けど、おちえさんだってご隠居に逢わねばと、すげえ形相になってたじゃねえですか」

「すごい形相になんかなってません。あたしは、ただ、その……竹刀についていた香りが香蠟燭とやらの香りと同じだったから、えっと、それで竹刀を盗まれたときも一さんが同じ香りを嗅いだって……ね、一さん」

「はい。ただ、今回はずっと強く、しっかりと香りました。おそらく、わざと香りを付けたのでしょう。自分の正体を明かすために、です」

仙五朗が一居に眼を向け、その視線をおちえに移した。

「けど、それならご隠居じゃなくて伊予屋さんを疑うんじゃねえですかい。歳からしても、伊予屋さんなら存分に動ける」

陽太郎は急須に湯を注いでいる。馥郁《ふくいく》と茶が匂った。

「いいえ、陽太郎さんじゃありません」

言い切る。

「盗人は一さんの剣をかわしました。むろん、一さんは本気じゃなかった。木刀でしたから多少の手加減はしたでしょう。もろに打ち込むと、相手の骨を砕きかねないですから。そうであ

 っても、あの速さの一撃をかわしたんです。陽太郎さんでは無理です。とうてい、避け切れなかった。そしたら、残るのはご隠居しかいないじゃありませんか。でも」

でも、幸六を目の当たりにすると、この老人にあれほどの動きができたのかと疑念がわく。

「おちえさん、正直過ぎますよ」

陽太郎が苦笑いする。

「そこまで、露骨に言わないでください」

「あ、すみません。あたしったら、また……」

「いや、仰る通りです」

陽太郎の配った茶をすすり、幸六は短く息を吐いた。

「わたしもいろいろと刃の下を掻い潜ってはきましたが、あれほどの一撃は初めてでしたよ。よくかわしたと己を褒めていたのですが、そうですか、やはり手加減していたのですな。とすれば、本気で向かってこられたら勝ち目はありませんなあ」

湯呑を置き、幸六は立ち上がった。羽織を取り、小袖を脱ぐ。

黒装束だ。陽太郎が目を伏せた。

幸六は膝を折り、仙五朗の前に手をついた。

「親分さん、〝飛燕の十半〟でございます。いろいろとご厄介をおかけしました。ここまでくれば逃げも隠れも致しません。お縄を頂戴いたします」

仙五朗が湯呑を持ち上げる。

「ご隠居、茶が冷めやすぜ。せっかくの上等な茶だ。おちえさん、一さん、遠慮なくいただきやしょうや」

おちえと一居は見合わせる。陽太郎と幸六も同じ仕草をしていた。

「親分さん、わたしを捕縛しないのですか」

「ご隠居が仰ったじゃねえですか。逃げも隠れもしないと。それなら、どたばた焦ることたぁねえでしょう。むしろ、茶を飲みながら、ゆっくり聞かせてもらえやすかねえ。今度の経緯を。あの骸の女が誰なのか。そして、『大和屋』のおゆりさんとの関わりもね。あ、もし何なら、おゆりさんも一緒に茶を楽しんだらどうでやす。襖《ふすま》の陰は暗いし、冷てえでしょう」

もう一度、一居と顔を見かわす。

むろん気付いていていた。襖の向こうに人が座っていることを。

陽太郎が立ち上がり、隣室に続く青海波《せいがいは》模様の襖を開ける。嶋田髷《しまだまげ》の娘が身を硬くして座っていた。化粧はしていないし、髷の飾りもない。しかし、白い肌と仄かに桜色をした頰、艶やかな黒髪が美しい。薄紅色の振袖には井桁《いげた》模様が散っていた。

「ゆりでございます」

娘は意外なほど、しっかりとした声で名乗った。

この人ならと、おちえはとっさに思った。

この人なら、桐唐草入珊瑚玉模様の小袖を着こなしたかもしれない。

「そうですかい。やはり、ここにおられましたか。かどわかされたわけじゃねえ。自分の意思でここに逃げ込んだわけでやすね」

「はい。わたしが縋ったのです。ここしか縋るところはなくて……」

「妹なのです」

陽太郎が告げた。さすがの仙五朗も「え」と言ったきり後が続かない。おちえなど、湯呑をもったままぽかんと口を開けてしまった。

「おゆりは、わたしの妹です。血の繋がったたった一人の妹なんです」

陽太郎は絞り出すようにそれだけ言うと、身体中の息を出し尽くすほど、長い吐息を漏らした。おゆりがその傍らに座る。

「ご隠居、詳しく話してもらえやすか」

仙五朗も息を吐き出し、幸六に乞うた。乞われた相手は深く頷く。

むろんです。全てをお話しいたしますよ。

わたしは、若いころ悪の道に踏み込んでしまいました。〝飛燕の十半〟などと異名を取り、たくさんの罪を犯してしまいましたよ。まあ、人を手に掛けなかったことだけが、救いと言えば救いです。盗人の勝手な言いぐさでしょうが。

わたしにも妹がおりました。ずい分と年の離れた妹でその分、可愛くて仕方ない、兄というより父親のような気持であったと思います。妹が生まれて間もなく、二親が相次いで亡くなったので余計に兄妹の絆《きずな》は深かったと思いますよ。

盗みに手を染めたのも、二人の暮らしのため……というのは虫の良すぎる言い訳ですかな。妹は十五の年に『大和屋』に奉公に上がりました。一人前になって、兄さんに恩返しをするなんて泣かせる台詞を口にしていたものです。

ええ、そうです。『大和屋』ですよ。そして、〝飛燕の十半〟が盗人を止めたのは、妹、お菊《きく》が曲がりなりにも一人前の者として働きだしたからです。万が一にも、わたしが盗人として捕まれば、お菊にも累が及ぶ。そう思い、足を洗いました。仲間がいるわけではなし、正体がばれたわけでなし、このまま穏やかにいきていけると、これもまた虫のいいことを考えておりましたよ。しかし、甘かった。世間とはそこまで甘い代物じゃなかった。

お菊が身籠ったのです。相手は『大和屋』の倅。今の大和屋庄八郎でした。そのころ、庄八郎はさる大店の娘と祝言間近になっておりました。お菊と一緒になれるわけもなかったのです。お菊は身を引きました。それしかなかったのです。わたしはお菊と一緒に江戸を離れることにしました。どこか見知らぬ土地で子を産んで、育てたいとお菊が望んだからです。

ただ、その前に大和屋からは私和《しわ》＝示談をたっぷりいただきました。いや、庄八郎がお菊に渡した金子などではない。お菊と子どもが一生暮らしていけるだけの金です。

ええそうです。〝飛燕の十半〟が最後に狙った大店が『大和屋』です。

その金を元手に、わたしは会津《あいづ》で蠟燭問屋を始めました。父親が漆蠟の買い付けを生業《なりわい》としておりましたから。

お菊は会津の地で亡くなりました。

まだ幼い子どもと私が残されました。はい、その通りです。陽太郎はお菊の倅です。ですから、わたしとは祖父と孫ではなく、伯父《おじ》と甥《おい》の仲になります。しかし、ずっと「じじ、じじ」とわたしを呼ぶので、いつの間にかすっかり祖父さんの気分になって、今に至ります。江戸になぜ戻ってきたのか、ですか。お菊が亡くなってから、どうしてだか江戸が恋しくてならなくなったからです。会津は良いところでしたがお菊がいないと、その静かさや暗さ、雪の多さが身に堪え始めたのです。それで、そこそこ上手くいっていた店を畳み、江戸に戻りました。で、この店『伊予屋』を新たに始めたわけです。運もよかったし、会津の良質の蠟燭を大量に持っていたのも幸いして、年々身代を大きくすることができました。わたしがいうのもなんですが、陽太郎はわたしの何倍も商才があり、商いに長《た》けておりました。『伊予屋』をここまでにしたのは、わたしが二分、陽太郎が八分の手柄でしょう。

陽太郎はお菊と大和屋庄八郎との間にできた子。まあ、本人は言われたくはないでしょうが、父親譲りの才であるのかもしれませんな。

おゆりは間違いなく庄八郎の娘です。だから、この二人は腹違いの兄妹となるわけです。

おゆりの母親？　はい、その通りです。あの、かわいそうな女です。名はおいの、小料理屋の仲居をしていた者です。わたしとは……医者の家で顔見知りになりました。はい、一年ほど前から病を得まして、それが完治の見込みはないものだそうです。ですから、医者に通うのは気休め程度の薬をもらうためです。それでも、薬を飲めば痛みは和らぎますし、怠さもとれます。おいのも同じ病で医者の許に通っておりました。ただ、おいのの方が若いからなのか、病の進み方が早く、今年に入ってからは薬が日に日に効かなくなっていると訴えておりましたよ。死を間際にした者同士、話が尽きませんでな。話しているうちに、『大和屋』との因縁をお互いが抱えていることが明らかになったのです。あれには驚きましたな。

おいのも天涯孤独の身で、自分の来し方を誰かに聞いてもらいたかったと言うておりました。まさか、その話に大和屋庄八郎が出てくるとは思ってもいませんでしたが。

おいのは短い間ですが、庄八郎に囲われていたそうです。あぁ、別にあいつを庇う気などさらさらないのですが、おいのにはお菊の面影がありました。ええ、わたしも初めて見たときは驚いたぐらいです。むろん、まるで別人なのですが、ちょっとした仕草とか目元あたりとかが、とてもよく似ておりました。好みと言ってしまえばそれまでですが、庄八郎はおいのとお菊を重ねていたのかもしれませんな。

しかし、おいのも捨てられました。おゆりが五つになったころ、突然に縁を切られたのです。『大和屋』のお内儀のしわざだそうです。おいのと庄八郎の縁を切らせ、なおかつ、かわいい盛りの子どもまで母親から取り上げてしまう。お内儀からすれば、亭主の囲い女に手酷い仕返しをしてやったというところでしょう。それでも、自分の娘として、つまり『大和屋』の子として育てるとそこだけは約束したとか。庄八郎の娘なのは確かなわけですから、約束せざるをえなかったのでしょうな。囲い者の子でいるより『大和屋』の娘として育った方が幸せだと言われれば、おいのとしては納得するしかなかったのでしょう。

おゆりの話だと、庄八郎も何かにつけ、おゆりを庇いはしたそうです。そうだな、おゆり。うむ。虐《いじ》められたわけでも、邪険に扱われたわけでもなかったが、温かく育ててもらったわけでもないと……。え？　お付きの女中がそんなことを……『大和屋』に帰らない方がいいと。そうですか。ちゃんと見ている者はいるものですねえ。

おいのは、庄八郎からの手切れ金を元手にして小料理屋を始め、何とか自分の口を自分で養っていたそうでやす。それでも、おゆりのことは片時も忘れたことがなかった。身体の調子が悪くなり、自分の寿命が尽きようとしていると察したとたん、おゆりに逢いたくて矢も楯《たて》も堪《たま》らなくなった。えっ？　ああ、そうですか。『丸仙』の小僧さんに小袖のことを尋ねたりしたのですか。逢いたくても逢えない。その気持ちを持て余して、つい、『丸仙』に足が向いたのですかね。大和屋庄八郎がすごい小袖を注文したと巷《ちまた》の噂になっていましたから。

しかし、神か仏の導きですかね、諦めきれずで『大和屋』の近くをうろついていたとき、供を連れたおゆりを見たんだそうです。一目で自分の娘だとわかったそうですよ。姿を見たら、今度は声を掛けたくなる。それで、おゆりが水茶屋で休んでいるとき思い切って話し掛けた。そしたら、おゆりも覚えていたんだそうです。おいののことを生みの母親だとわかったと。信じられないことだが、幼い日に見た母親を忘れていなかったのですよ。


そこで、幸六は額の汗を拭いた。目の下に薄っすらと隈《くま》ができている。

「お休みになったほうがいいんじゃありませんか」

思わず、そう言ってしまった。それほど辛そうだったのだ。

「いいや話を続けます。聞いてくださいな」


今、話さないと、次の機会はありませぬから。

おいのは、おゆりに祝言を上げたくないと泣かれ、どうにかして救ってやりたい、救ってやらねばと思い悩みました。そして、命をかけて庄八郎に訴えようと決めたのです。残り少ない命を娘のために使いたいと。それで、わたしに庄八郎宛の文、遺書を渡してくれと頼んできました。え？　ええ、そうです。これは偶々《たまたま》なのですが、『大和屋』から蠟燭の注文が大量に入っておりましてね。嫁入り道具にするとかで、香蠟燭もたっぷりと注文がありましたよ。品を納めるついでに、庄八郎に文を渡すなど容易いことです。ええ、何気なく屋敷内を見取ることもね。

はい、わたしはおいのの遺書で庄八郎が祝言を止めるとは思えなかったのです。人情云々ではありません。商家の主には店を守る責があり、それは商人にとって何にも増して大切なものと承知しておりましたからね。庄八郎は人としては欠けたところもある男ですが、『大和屋』を守る一念だけは本物です。だから、おいのには無駄死になるだけだ。止めろと何度も止めました。しかし、おいのは聞き入れませんでした。病が進み、痛みが激しくなり、生きていく気力が残ってなかったのでしょう。娘のために命を使い果たしたいという母親の執念の前に、わたしなど口をつぐむしかありませんでした。ただ、できうる限り、おいのの想いを叶えてやりたくはありました。おゆりは陽太郎の妹です。救ってやれるならそうしたい気持ちもありました。

それで、嫁入り道具の小袖を盗むことを思い立ったのです。

庄八郎においのの死に様を見せつけてやりたかった。

小袖を盗み、骸に掛ける。

そうすることで、庄八郎は否《いや》が応でも、おいのと向き合わねばならなくなります。遺書は、盗みに入った夜、庄八の枕元に置いておきました。そして、小袖と骸の噂が広がれば、祝言の邪魔になるかもしれない、破談にすることができるかもと考えたのです。

目論見はことごとく外れました。

庄八郎は『大和屋』の主の立場を貫き、世間の噂も広がる前に揉み消したようです。あちらの方が、わたしより一枚上だったということでしょう。

おゆりが家を出たのは慮外のことでした。おいのから、どうしても我慢できなければ『伊予屋』に行けと教えられていたそうです。そこに、おまえの兄さんがいるんだと。

おいのは、もう自分を抑えることができなくなっていたようです。病がその力を奪っていたのでしょう。ともかく、おゆりを不幸から救い出すとその一念にだけ、かられていたように思います。

そして、自ら命を絶ちました。亡くなる前に、わたしにだけ文を寄越してきましたよ。今から仏向寺ちかくの雑木林に行く。後を頼むと。仏向寺も雑木林も、おいのが幼いころ遊び場にしていた場所だそうです。

陽太郎。白湯《さゆ》をくれないか。うむ。茶ではなく白湯がいい。


湯呑の白湯を飲み干し、幸六は口元を拭った。


もう、話すことはあまり残っておりません。

おいのの遺体を見つけたとき、夜が明けかけておりました。わたしはおいのを木から降ろし、骸を運び、顔をできるだけ整えてやりました。わたし一人の仕業です。自分でも驚いておりますよ。この老いぼれにそれだけの力が残っていたなと。はい、『大和屋』に忍び込んだのはその日の夜です。犬に悪さをされぬように、おいのは、本堂の下に隠しておきました。

人の出入りがほとんどない寺なので、見つかる心配はまずないと思っておりました。万が一、見つかったときは、小袖だけ高欄に掛けておくつもりでした。あの小袖さえお役人の目に留まれば、庄八郎を引きずり出すことができますから。

すぐに弔いもせず、長い間、地面に横たえたままで、おいのには申し訳なかったが、他に遣り様がなかったのです。それにしても我ながらよく身体が動いたものです。

え、はは、恐れ入ります。

そうなのです。二度と着るはずのなかったこの装束を身に着けたとたん〝飛燕の十半〟がよみがえってきましてね。塀を上ることも、垣根を跳び越すことも、屋根を歩くことも、天井裏に忍び入ることも容易にできるのです。本当に不思議ですよ。わたしは、根っからの盗人なのでしょうか。

しかし、もう、いけません。とうとう力が尽きました。この装束を着込んでも、こうして座っているのがやっとの有様です。いや、もういいのです。大概のことは話しましたから。聞いてくださって、ありがたかったですよ。

ああ、陽太郎はあまり多くを知りませんよ。わたしが伯父だということ、お菊のこと、父親が誰かということ、おゆりという妹がいること……それだけは伝えてありました。父親とは無縁に、江戸で商人として生きていくと陽太郎なりに決心していたはずです。ですから、おゆりが風呂敷包みを抱いて、裏口から入ってきたときもさほど驚かなかったのではないでしょうか。はい、昨夜、おちえさんたちがお出でになったとき、おゆりはうちにおりました。二間ほど離れた座敷に、ね。

えっと、あともう少しですね。わたしが陽太郎に洗いざらいを打ち明けたのは、昨夜、いや今日の明け方、おちえさんに竹刀を返し、ここに帰ってきてからです。何だか身体中の力が抜けて、手も足も萎えたようでした。

もう長くないのでしょう。死ぬ前に、陽太郎にだけは全てを打ち明けておきたくて……心の箍《たが》が外れたように、全てをしゃべっていました。あのとき、初めておいのの気持ちがわかりましたよ。人は死が近づくと、できる限りの重いもの、澱《よど》んだものを吐き出したいとのぞむものなのですねえ。外に出して、心身を軽くしたいと。

あ、はい。仰る通りです。あちこちで、細々した盗みを働いたのは、腕慣らしです。ずっと閉じ込めていた盗人の勘を呼び覚ますための、いわば軽い稽古のようなものでした。

ただ。おちえさんの竹刀は違いますよ。いや、あの日、陽太郎が珍しく高揚してもどってきまして、八名川町でたいそう美しい女人を見たとね。それが、あの有名な縫箔屋『丸仙』のおじょうさんらしいと。

それを聞いて、ふと『丸仙』を覗いてみる気になったのです。それまで、女に目もくれなかった陽太郎が美しい、美しいと騒ぐおじょうさんに興を引かれたわけです。あのころは、まだまだ元気で、歩き回るのもそう苦にはなりませんでしたから。衰えというのは急に襲ってくるものですなあ。しみじみ、病の怖さを感じていますよ。死ぬのが怖いとは感じませんが話が逸れました。ですから、『丸仙』に忍び込もうと考えていたわけではなかったのです。ただ、井戸端にいたお二人はすぐにわたしの気配に気が付きました。これまで、気配を気取られることなどなかったのですが。これは、おもしろいと思いました。この二人のいる家に忍び込んでみたいと、暫くぶりに血がざわざわしましたよ。

一さん、死ぬ前に相手になってもらえて、わたしにとっては何よりでした。手加減されたのは悔しいですが、背中がぞくぞくするほど楽しくもありましたよ。

お礼申し上げます。

幸六が低頭する。その身体がぐらりと揺れた。

陽太郎とおゆりが背中を支える。ふたりの腕の中で、幸六は荒い息を漏らし、目を閉じた。

「医者を呼んできます」

陽太郎が立ち上がる。

「あっしたちも退きやしょう。ここにいても邪魔になるだけだ」

仙五朗も腰を上げた。おちえも一居も倣う。

おゆりが三人を見上げ、静かに頭《こうべ》を垂れた。

『伊予屋』の先代の葬儀は滞りなく行われた。

おちえがそう告げると、源之亟は「うむ」と唸り、眉を寄せた。源之亟の眉は太くもじゃもじゃなので、動きがよくわかる。

「あいつ、稽古を続けてくれるかな」

「陽太郎さんですか」

「そうだ。店も忙しくなるだろうし、育ての親の祖父さまが亡くなったとあっては、落ち込みもするだろう。稽古どころではなくなるかな」

「大丈夫でしょう。すぐには無理でも、御葬儀の後、落ち着けば出てきますよ」

竹刀を握り、おちえは大きく息を吸った。

道場の香りが流れ込む。それで胸を一杯にするのだ。

陽太郎は辞めたりしない。必ずここに戻ってくる。

信じられた。

一刻ほど前、おちえも遠くからだが、幸六のお棺を見送った。仙五朗はいない。

あの岡っ引は何もしなかった。幸六を捕えることも、おゆりを『大和屋』に戻すこともしなかった。〝飛燕の十半〟の名も二度と口にしなかった。

おちえたちが『伊予屋』を訪れた日から五日後、幸六は息を引き取ったのだ。

おゆりは今のところ『伊予屋』にいる。陽太郎が庄八郎の許に出かけ話をしたと仙五朗から伝えられた。その話がどんなものか、おちえには窺《うかが》えない。仙五朗でさえ摑めていないそうだ。おゆりの祝言はまだ破談になっていない。おゆりがこの先、どう生きようとするのか、これもおちえに摑めることではなかった。

人の生は、昔話のようにめでたしめでたしで終わらない。呻きや、嘆きや、後悔や、涙で彩られてしまう。

それでも生きていくしかない。

「おちえ」

呼ばれた。源之亟が肩を摑んでくる。頰が朱に染まっていた。

「伊上さま、どうしたのですか。痛いから離して……まっ」

おちえは唾を呑み込んだ。

「池田さま……」

池田新之助が道場に入ってくる。稽古着を着て、竹刀を手にしていた。ずんぐりとした姿、〝突きの池田〟の姿だ。速くて重い、突きの一撃を思い出す。

「に、入門を願い出る。稽古をお願いしたい」

源之亟よりさらに顔を紅くして、池田が告げた。

「おう」

源之亟が答えた。
おちえはもう一度、さっきより深く息を吸いこんだ。
武者窓から差し込む光に埃《ほこり》が煌めく。
竹刀の音を掻い潜り、百舌《もず》の声が高く響いた。

◉初出
Ｗｅｂジェイ・ノベル
第一話　二〇二三年七月十二日配信
第二話　二〇二三年九月二十日・十月二十五日配信
第三話　二〇二三年十月二十五日配信
第四話　書き下ろし

執筆にあたり、以下の皆さま方のご協力をいただきました（五十音順、敬称略）。
杉下晃造、杉下陽子、竹内 功
この場を借りて深く御礼申し上げます。

[著者略歴]
あさのあつこ
1954年岡山県生まれ。青山学院大学文学部卒業。小学校講師をへて、1991年デビュー。『バッテリー』で野間児童文芸賞、『バッテリーⅡ』で日本児童文学者協会賞、『バッテリー』シリーズで小学館児童出版文化賞、『たまゆら』で島清恋愛文学賞を受賞。児童文学からヤングアダルト、現代小説、時代小説まで、ジャンルを超えて活躍している。著書に〈弥勒〉〈おいち不思議がたり〉〈燦〉などの時代小説シリーズ、『たまゆら』『花や咲く咲く』『末ながく、お幸せに』『アスリーツ』ほか多数。本作は『風を繡う』『風を結う』に続く〈針と剣　縫箔屋事件帖〉シリーズ第三巻。

風《かぜ》を紡《つむ》ぐ　針《はり》と剣《けん》　縫《ぬい》箔《はく》屋《や》事《じ》件《けん》帖《ちょう》
2023年 2 月5日　初版第1刷発行

著　者／あさのあつこ
発行者／岩野裕一
発行所／株式会社実業之日本社
〒107-0062
東京都港区南青山5-4-30　emergence aoyama complex 3F
電話（編集）03-6809-0473　（販売）03-6809-0495
https://www.j-n.co.jp/
小社のプライバシー・ポリシーは上記ホームページをご覧ください。

ＤＴＰ／ラッシュ
印刷所／大日本印刷株式会社
製本所／大日本印刷株式会社

ISBN978-4-408-53821-1（第二文芸）